本書整理的底本由浦江詩人徐千意先生提供，出版經費由
浦江收藏家江東放先生提供，在此致以衷心的感謝！

浦陽歷朝詩錄

〔清〕鄭楙 編
董雪蓮　徐永明　點校

浙江大學出版社
ZHEJIANG UNIVERSITY PRESS

前言

2013年12月26日，筆者應邀參加了浙江浦江縣舉行的紀念月泉疏浚900周年座談會暨月泉書院重建奠基儀式。在座談會上，筆者結識了熱心鄉邦文獻收藏的浦江收藏家江東放先生。江先生領我參觀了他收藏的方志宗譜、文書地契、詩文別集、農具衣物，林林總總，蔚爲大觀。江先生又領我拜見了浦江前輩張文德先生。張文德先生長期致力於浦江文史的研究和文獻的整理，德高望重，著述甚豐。從張先生處，筆者又獲得了許多未知的信息。江先生得知我在編纂《浙江集部著述總目》，慨然許諾贈我一套他出資影印的綫裝書《浦陽歷朝詩録》，並囑我寫一篇有關此書的文章。回到杭州的第二天，即收到了他惠寄的《浦陽歷朝詩録》一函四册。下面，本人就《浦陽歷朝詩録》的編纂情況及文獻價值作一介紹，一則以報江先生的雅望，二則俾學界知悉這部重要總集的存在。

一、鄭楙與《浦陽歷朝詩録》的編纂

《浦陽歷朝詩録》二十三卷，卷首依次有道光十六年(1836)金華董學豐序、道光十四年(1834)義烏王芳序、道光二十三年(1843)王可儀序、道光十三年(1833)鄭楙所撰《彙輯浦陽詩引》、《編輯浦陽歷朝詩録凡例》、同輯姓氏、目録等内容。卷端題『金華董學豐秋都氏鑒定、義烏王芳蘅皋氏參訂、義門鄭楙竹巖氏彙鎸』。扉頁牌記署『咸豐六年丙辰鄭氏玄麓山房藏板』。第二十三卷爲續編補遺，卷端題『遂安鄭榮美檽仙氏鑒定、諸暨石毓藻栢山氏參訂、義門鄭楙竹巖氏彙鎸』，卷二十三卷末有『咸豐七年(1857)丁巳春月義門鄭隆煊旭庭氏校於玄麓山房』字樣。書末有朱能作、鄭遵泗、鄭榮美、張致嵱等人的跋。由此可知，此書主要由義門鄭楙(竹巖)編纂，咸豐六年(1856)刊刻了前二十二卷，之後又補刻了第二十三卷。

鄭竹巖（1794—1861），諱訓楙，一名楙，字輯時，號竹巖，又號蘭室居士，別號玄麓山人，浦江鄭宅鎮東園村人。工行草，精篆隸，所臨唐碑晉帖，無不入神。理祠事二十餘載，纂修宗譜、重新古跡及倡捐助無一不與，造福鄉里尤多。秉性剛方，公而忘私，晚年彙刊《浦陽歷朝詩録》、《義門奕吟集》、《樂清軒詩鈔》、《霽亭詩鈔》、《醉墨軒別編》等百數十卷，著有《墨軒詩稿》十餘卷藏家。鄭楙的祖父鄭遵兆和父親鄭祖芳都是詩人。遵兆字永行，號松濤，以外孫朱能作貴，誥贈奉政大夫户部福建司主事。朱能作，字雅齋，浦江人，嘉慶丁丑進士，授户部員外郎，擢江西道監察御史。由於有這一層關係，朱能作爲鄭楙編的《浦陽歷朝詩録》寫了跋語。父親鄭祖芳（一作滂），字和穎，號箕山（一作姬山），太學生。著有《樂清軒詩鈔》二十卷、《世恩堂文稿》四卷等。與阮元、吴錫麒、汪廷珍、戴殿泗、曹開泰等人有交遊。在《浦陽歷朝詩録》中，鄭楙收祖父的詩三首，父親的詩二十六首。

《浦陽歷朝詩録》，編纂的原因，鄭楙在卷首《彙輯浦陽詩引》中有交代，他寫道：

竊讀《金華詩録》有『金華之詩，盛於浦陽』之説，然浦陽之詩，自宋元明以迄國朝，而國朝之詩，唯乾隆癸巳以前所采入者，四人而已。其所稱盛者，豈在先朝，而今人不繼耶？憶昔年先大夫耽吟詠，邑中能詩者，往來題贈，莫不出風入雅，含英咀華，彙而鐫之曰《樂清軒外編》，則所謂盛於浦陽者，至今尤信，而《詩録》中無多采入，或子姓失傳歟？或流落他手，未肯公諸同好歟？楙足不出里巷，才不任搜訪，乃取《金華詩録》再三翻閲，見夫金華有《長山詩集》，蘭溪有《蘭臯風雅》，東陽有《東陽歷朝詩》，而《長山詩集》久已失傳，故《詩録》中惟蘭、東二邑居多，是可知其先有編輯也。去年續刊先大夫《樂清軒詩鈔》、《鄭氏奕葉吟集》業已告竣，因念邑中詩人非昔盛今衰，況自乾隆癸巳迄今六十年來，詩人輩出，又不知凡幾也。伏望諸君子將有本邑先哲之詩，於名下各註明字某號某及生平履歷，悉寄敝齋，繕謄成帙，奉請名公鑒定，題曰《浦陽歷朝詩録》，庶幾所謂『金華之詩，盛於浦陽』者，不致有今昔之嘅也，是爲引。

從引文中可以得知，鄭楙有感於《金華詩録》所説的『金華之詩，盛於浦陽』，而於國朝（清朝），『唯乾隆癸巳以前所采入者，四人而已』，因而發出疑問：『其所稱盛者，豈在先朝，而今人不繼耶？』於是鄭楙具體考察了《金華詩録》編纂的情況，他發現婺州一些地區曾編過詩歌總集，如金華有《長山詩集》，蘭溪有《蘭皐風雅》，東陽有《東陽歷朝詩》，而《長山詩集》久已失傳，『故《詩録》中惟蘭、東二邑居多，是可知其先有編輯也』。明白了《金華詩録》於國朝浦江詩歌收入少的原因之後，他決心要編一部《浦陽歷朝詩録》。

對於鄭棶編纂《浦陽歷朝詩録》的苦辛，金華董學豐以賦體的形式給予了描述：

> 浦陽義門鄭君竹巖，胸藏水鏡，目刮金鎞。……而況輯渤水之歌謡，裒吴寧之篇什，維江與董，皆有成書。自元歷明，我獨闕典。則詩之詡揚浦爲盛，而詩之散落浦爲尤，又何以言乎？爰是掣鯨鬐於碧海，拾鳳毳於丹陵，或翦艾以留芝，或抽英而銜蕊。淘之汰之，陸氏良金；卷之舒之，崔家麗錦。三年鐵綱，目滿紅珊；一尺金壺，腹貯元液。人其總總，旨則多多。體不同同，才亦各各。薄豪情於斜漢，直欲驚天；軫幽怨於空蹊，當教泣鬼。悵烟波於窮島，自足移人；寫夢影於閒池，偏能活景。以至釣徒樵逸，聚蓑笠以閒吟。酒漫漁聱，染烟霞而互唱者，莫不搴芳擷秀，截貝編珠，以就縚繩，以充緗帙，亦云備矣，何其勤也。

『掣鯨鬐於碧海，拾鳳毳於丹陵，或翦艾以留芝，或抽英而銜蕊』，形象地寫出了鄭棶爲編纂《浦陽歷朝詩録》四處訪求羅致，取精去粗的艱難歷程。從時間上來看，《浦陽歷朝詩録》最早的序是道光十四年（1834）義烏王芳的序，以最後補遺一卷刊刻於咸豐七年（1857）計算，其間經歷了二十三年，足見此書編纂問世之不易。

二、《浦陽歷朝詩録》的文獻價值

關於《浦陽歷朝詩録》的價值，董學豐、王芳、王可儀諸序都給予了很高的評價。董序云：『後竹巖續裒《奕葉吟集》八卷，以傳一族之和聲。今擴而廣之，創爲是編，曰《浦陽歷朝詩録》二十二卷，凡四朝八百餘載，而挹其華，裁同《國秀》；總七鄉三十都圖，而揚其藻，美比《篋中》。』王芳序云：『是録也，其義與志同，而其間殘編斷簡幾於埋没無傳者，得所表彰以垂不朽，厥功甚偉。且使異日續訂《金華詩録》，奉是編而登選之，藏之名山，傳之其人，亦覺事半功倍，一邑之光，不且爲一郡之幸哉！』王可儀序云：『今竹巖中表廣爲蒐羅，編曰《浦陽歷朝詩録》二十二卷，將以鐫板，俾得藉以流傳，不至湮没，則有功於浦之人文，不獨區區在詩也。爰是覽是編者，知吾浦之士，實行是敦，即以見風俗之醇，尚秉朱吕講學之舊也。』

以上諸序肯定了《浦陽歷朝詩録》在保存鄉邦文獻上的價值，但言語間不免有溢美之詞（如將《浦陽歷朝詩録》比作唐人芮挺章編的《國秀集》和元結編的《篋中集》），甚至帶上理學家的視角（如『尚秉朱吕講學之舊』云云）。但是，《浦陽歷朝詩録》即便在今天看來，其價值也是多方面的，下面擬對是書的文獻價值作一分析。

（一）爲研究浦江地域詩人及詩歌的發展提供了極爲豐富的材料

浦江雖然是蕞爾小邑，但歷史上却出過不少著名的文人，譬如，在宋代，有官至户部尚書、爲抗金而死義的梅執禮；有宋末遺民，爲月泉吟社主盟者之一的方鳳。在元朝，有官至集賢大學士的吴直方，有元『儒林四傑』之一的柳貫，有被四庫館臣譽爲『在元人中屹然負詞宗之目』的吴萊，有出於鄭義門、官至太常博士的鄭濤，有始終不與明王朝合作的元遺民戴良。入明，有被朱元璋譽爲『文章之首臣』的宋濂，有被劉基譽爲開國文臣『第三』的張孟兼等。此外，中國『第一個規模大、組織嚴、詩作豐富』的詩社月泉吟社也創辦於浦江。至元二十三年（1286），退休浦江故里的宋義烏縣令吴渭延請浦江方鳳與永康吴思齊、浦城謝翺等遺民在浦江月泉創辦月泉吟社，並以《春日田園雜興》爲題舉辦詩歌大賽，一時周邊省縣參賽的有上千人之多。清代的全祖望曾説道：『月泉吟社諸公，以東籬北窗之風，抗節季宋，一時相與撫榮木而觀流者，大率皆義熙人相爾汝，可謂壯矣。』[二]正是由於風承響接，濡染成風，前後相繼，浦江歷朝詩人輩出，詩歌創作源源不斷，無怪乎《金華詩録》的編者清人朱琰云：『金華之詩，盛於浦陽。』

《浦陽歷朝詩録》全書共二十二卷，續編一卷，所收浦江歷代詩人339人，詩歌1112首。分卷情況如下：卷一，宋代詩人19人[三]，凡45首詩。卷二至卷四，元代詩人20人，凡164首詩。卷五至卷十，明代詩人92人，凡231首詩。卷十一至續編，清代詩人208人，凡672首詩。如此衆多詩人的小傳及其詩作，對於研究浦江這一地域的詩人生平及其詩歌發展歷程的重要性是不言而喻的。本人相信，有了《浦陽歷朝詩録》，加之其他的文學文獻，浦江將來定有一部古代文學史或詩歌史問世！

（二）可補《全宋詩》失收的詩二十首，補《全元詩》失收的詩七十首

經查，有八位宋代詩人二十首詩爲《全宋詩》失收，有十三位元代詩人七十首詩爲《全元詩》失收（本人另撰有《〈全宋詩〉補遺二十首〈全元詩〉補遺七十首》一文，故以下僅列作者和篇目，詩的内容略去）。

《全宋詩》失收的詩分别爲：朱仙詩的《野望集陶》、《仙華山晚眺》，陳昌翁的《仙華山晚眺》，趙必普的《秋晚寄友》，朱臨的《三高詩》（范蠡、張翰、陸龜蒙），黃景昌的《白麟溪『我行其野』四首》，黃裳的《元宵》、《探梅》、《十月桃》，黃震龍的《松軒自詠》、《宋伯純七年之别忽寄一詩來遂賡其韻》、《鶴塘》、《東巖菴》、《春暮》、黃友龍的《杜鵑吟》。以上詩均見《浦陽歷朝詩録》卷一。

《全元詩》失收的詩分别爲：吴萊的《沖素處士像贊》，黃琦的《六言二首》，黃養正的《惜春》（二首）（《浦陽歷朝詩録》卷二），鄭銘的《秋扇》、《龍谷十二詠》（五首）、《贈許可宗》，鄭濂的《中秋

書懷》，鄭源的《非非子歌》、《有感》、《懷宋潛溪》，鄭深的《宦途寓意》、《寄仲潛弟》，鄭濤的《秋雨偶成》、《己酉初度之明日寄揭伯防秘監》、《七月四日始遂回鄉，而仲德兄偕仲宗弟以門户事亦來京師，同載而歸，喜中有作，録寄經歷弟》、《歲暮》（四首，有序）、《秋夜偶成》、《卧病金陵擬寄仲本兄》、《有感》、《除夕述懷》、《去家十有八載，今年重陽始獲，敘此團圞之樂，喜而成詠》、《元旦仲潛弟有詩，言向時湛露坊兄弟同居之樂甚，至併喜予歸，次韻以答並志所感》（二首）、《晚晴獨步》、《秋夜奉陪長山、潛溪、春谷、眉山諸公會飲喜友堂，予素不解飲，諸公强之，不覺大醉，即席賦此》、《美人臨鏡圖》、《錢舜舉畫菜》（《浦陽歷朝詩録》卷三），鄭泳的《上京雜興》（二首）、《長十八》、《寓意懷仲舒兄》，鄭涣的《和博士兄杏花詩韻》、《哭叔車姪》，鄭淵的《古意》（三首）、《懷潛溪先生》、《辛亥中秋宿太湖》、《贈王隱居》、《雪夜》、《述懷》（九首）、《書齋夜坐懷潛溪先生》、《和博士兄同性原遊飛雨洞流觴》、《中秋感懷》、《飛來峰》、《紅梅》、《雨竹畫》，黄生的《漁樵耕牧四首》，徐木潤的《詠月泉》，唐高鎔的《詠月泉》（《浦陽歷朝詩録》卷四）。

（三）爲研究文學大家宋濂的詩歌創作和生平交遊及其影響提供了新的材料

本人曾寫過《文臣之首——宋濂傳》，編過《宋濂年譜》，對宋濂的作品及傳記材料較爲熟悉。但是，《浦陽歷朝詩録》中尚有不少有關宋濂的傳記材料爲本人第一次所見。譬如，宋濂退休回歸浦江後，曾於洪武十二年（1379）八月二十九日與闊別多年的同門友、鄉友胡翰（仲申）、朱廉（伯清）、蘇伯

〔二〕全祖望：《跋月泉吟社》，《鮚埼亭集外編》卷三十四，《四部叢刊初編》本。

〔三〕筆者按：吴直方應爲元人，誤入宋代。

衡（平仲）、鄭濤（仲舒）、金蘭（元鼎）等聚飲鄭義門，賦詩唱和，極盡平生之歡。宋濂事後作有《鄭氏喜友堂訴燕集詩序》，這次聚會，除宋濂的文字外，之前其他人的文字均無徵，而《浦陽歷朝詩録》却保存了鄭濤的《秋夜奉陪長山、潛溪、春谷、眉山諸公會飲喜友堂，予素不解飲，諸公强之，不覺大醉，即席賦此》一首長詩。詩云：『煜煜文星夜聚奎，喜逢諸老赴佳期。白頭共結山中社，絳帳曾叨輦下師。老去簪纓咸得謝，年來泉石幸相依。舊遊似夢成陳迹，往事如新語故知。湖學淵源真不媿，孜亭模範合無疑。雄文世許今蘇頲，綵筆人推昔宋祁。侍席俊髦皆杞梓，趨庭羣從總蘭芝。耆英難擬西都會，真率庸追洛下時。座上共誇人似玉，風前何惜醉如泥。東籬節近花方蕊，南浦霜初蟹正肥。自是深情如味永，何妨坐久任更遲。壺觴屢酌緣知己，賓主相忘肯記誰。顧我平生那解飲，共君此夕復何辭。他時別後如相憶，應記麟溪醉寫詩。』

又譬如，宋濂與鄭義門弟子鄭淵的感情很深。當年宋濂與劉基、章溢、葉琛等被朱元璋徵至南京的時候，鄭淵和他的姪兒一起送宋濂至富春江嚴子陵灘，才依依惜別而去。宋濂曾有詩云：『子時惜我出，餞至瀫溪濆。離家二百里，不忍兩相分。情深忘道遠，猶謂咫尺間。行將過嚴瀨，勒轡子當還。子方執手泣，胡可便暌離？中情一如河，東流無止時。』後來，宋濂在南京做官，鄭淵又不遠千里趕至南京看望宋濂。宋濂的《潛溪後集》也由鄭淵等刊刻。在宋濂的文集中，有《俚詠寄義門鄭十山長叔姪追述嚴陵別意》、《病起酬鄭賢良淵》、《鄭仲涵墓志銘》等文字以見他和鄭淵的情意，而鄭淵之前僅有《次韻宋學士見寄四首》，收在清人編的有關宋濂的傳記資料《潛溪録》卷五。這次在《浦陽歷朝詩録》發現的鄭淵《懷潛溪先生》和《書齋夜坐懷潛溪先生》兩篇詩作爲本人之前所未見，詩中可以看出鄭淵對宋濂的深切思念之情。

又譬如，關於宋濂的兩個女兒，我們之前衹知道長女嫁給了金華賈林，次女嫁給了義門鄭杕。對於鄭杕，我們所知甚少。《浦陽歷朝詩録》卷六有鄭杕的小傳，並録有五首詩。小傳云：『字叔韡，非非半仙之子，宋學士之婿，謹飭而文，喜習詞章，通岐扁術，尤精於瘍醫，外科、針灸，能極其妙，有父傳焉。著有《學古齋稿》。』此外，我們還知道宋濂的外甥，也即鄭杕的長子叫鄭煓。卷八小傳云：『字允進，號覺軒，杕長子，宋太史外孫。博通經史，尤長於詩，得太史心法，上遡吴淵穎（萊）、方巖南（鳳）、吴子善（思齊）諸專家，故其作傑出，而人咸敬慕。著有《覺軒詩集》。』《浦陽歷朝詩録》録其詩一首。

關於宋濂的作品，浙江古籍出版社於1999年出版過羅月霞主編的《宋濂全集》，自2013年宋濂詩集《蘿山集》五卷在日本發現後，黄靈庚先生重編了《宋濂全集》，已由人民文學出版社出版。但是，兩種《宋濂全集》，均失收了宋濂的《送許時用還剡》一詩。此詩《浦陽歷朝詩録》有載，詩云：『尊酒都門外，孤帆水驛飛。青雲諸老盡，白髮幾人歸。風雨魚羹飯，烟霞鶴氅衣。因君動高興，予亦夢柴扉。』[一]據宋濂的《送許時用還越中序》，宋濂的這首詩應作於洪武二年（1369）。此外，有關宋濂的傳記材料，以清丁立中編、孫鏘補編的《潛溪録》爲最全，然而，《潛溪録》失載而《浦陽歷朝詩録》有載的宋濂傳記材料尚有：元鄭源的《懷宋潛溪》、明鄭杕的《懷宋太史》、明鄭幹《春夜侍學士宋公賞海棠》、清鄭祖芳的《和金華傅竹溪山長文光青蘿山懷古之作》、《十月十三日祭宋太史祠》、清張本涵《偕鄭齊齋若楹遊玄麓山訪宋文憲公手迹》、清王宇清《遊青蘿山房》、清張守涵的《懷宋潛溪太史》、清賈應和《玄麓山尋宋文憲題八景崖石手迹》、清周璠《謁宋潛溪先生祠》、清張邦鈿《青蘿山謁宋潛溪先生祠》、清陳松齡《過宋學士潛溪故里》、鄭祖芳《和金華傅竹溪山長文光青蘿山懷古之作》、《十月十三日祭宋太史祠》、清黄書林的《青蘿山懷古》等。

[一] 此詩也見影印文淵閣《四庫全書》本《御選宋金元明四朝詩·御選明詩》卷五十及《明詩别裁集》卷一。

（四）爲詩歌的校勘提供了新的版本

詩歌在傳抄刊刻的過程中，產生異文的現象是很正常的，在整理古籍時，應盡可能地選擇不同的參校本進行校勘，而這個參校本，也不僅僅局限於別集的單刻本，一些選集或總集也有可供校勘的價值。

譬如，《全元詩》據《詩淵》338頁輯入了明代鄭淵《宋學士贈詩用韻以謝》，詩云：『我憂何日消，正若塵土積。心隨道路長，目斷山川碧。依依江東雲，卷舒度朝夕。皎皎海底蟾，升高吐秋色。雲月會有時，猶可慰寥寂。我人胡睽違，不得從公側。年來性命乖，百病身已瘠。鳴鸞入仙洲，孤鳳憐影隻。灑淚向公言，爲我重悲惻。』這首詩與《浦陽歷朝詩録》卷四收入的鄭淵《懷潛溪先生》應是同一首詩，但詩中的一些句子和詞語出現了異文。《懷潛溪先生》全詩爲：『我憂何日消，正若塵土積。心隨道路長，目斷遥山碧。依依江東雲，卷舒度晨夕。皎皎海底蟾，升高吐秋色。雲月會有時，亦可慰寥寂。自媿胡不然，旦暮從公側。年來性命乖，百病身爲瘠。鳴鳳已高飛，孤凰憐影隻。灑淚向公言，爲我重矜恤。』詩中加下劃線的爲異文部分，可以看出，《全元詩》本和《浦陽歷朝詩録》本的鄭淵詩出入還是比較大的，假如，《全元詩》本鄭淵的詩當初若有《浦陽歷朝詩録》本作參校，則學術價值就更大了。

《浦陽歷朝詩録》收録了月泉吟社詩歌大賽中獲得名次的浦江籍詩人黃景昌（第二十五名）、陳君用（第四十名）、陳鶴皋（第四十六名）、戴東老（第五十二名）、柳州（第五十七名）等人的詩作。其中有幾首詩與通行的《月泉吟社詩》產生了異文。譬如，黃景昌的《春日田園雜興》詩，文淵閣影印《四庫全書》本、《金華叢書》本、臺灣新文豐《叢書集成新編》本均作：『野色摇春麥正肥，煙村閒寂往還稀。未多桑葉蠶初浴，更小茅茨燕亦飛。行市緑蛆花潑眼，卧依黃犢草侵衣。數聲桐角歸來晚，楊柳移陰月半扉。』但《浦陽歷朝詩録》收録的黄景昌這首詩，有兩句詩有異文。『更小茅茨燕亦飛』中的『更小』，《浦陽歷朝詩録》作『更少』。『卧依黄犢草侵衣』中的『卧依』，《浦陽歷朝詩録》作『卧坡』。從詩意及對仗要求來看，《浦陽歷朝詩録》本用詞更准確。因爲『多』對『少』，正反相對；『行市』對『卧坡』，也更封仗。

又譬如，戴東老的《春日田園雜興》詩，諸本《月泉吟社詩》作：『飲了椒盤收了燈，翁攜稚子步新晴。茅柴初熟勝臘醖，萊菔久齏宜晚羹。伏卵雞留上春種，出欄牛試吉辰耕。去年官賦今年罷，寂甚門前犬吠聲。』《浦陽歷朝詩録》本『犬吠聲』作『吠犬聲』。『犬吠』和『吠犬』都是仄聲字，且詩意也無大差别，但從《月泉吟社》詩集所收組織的下一首末句『讀書聲間織機聲』來看，應以《浦陽歷朝詩録》本『吠犬聲』更確切。因爲『織機』和『吠犬』都是動賓結構。又如柳州的《春日田園雜興》詩，諸本《月泉吟社詩》作：『東風生意鬧，農圃正宜勤。稻種開包曬，菊苗依譜分。疇西曉耕雨，舍北莫鉏雲。莫待荒三徑，歸歟陶令居。』《浦陽歷朝詩録》本『疇西曉耕雨』作『疇西晚耕雨』；『歸歟陶令居』作『歸與陶令居』。『歟』、『與』可通假，不是問題。但『曉』與『晚』，時間上是一早一晚，從對仗要求來看，應是『曉』爲確，因爲下一句的『莫』，即『暮』字，『曉』和『暮』是正反相對。

（五）爲研究宋元以來獨特的家族文化現象——鄭義門提供了新的材料

鄭氏在浦江是一個龐大的家族，其祖先鄭綺（1118—1194）在浦江麟溪倡同族而居，自是以後，子孫日益蕃衍，家族日益龐大，至明代，舉族而居已歷十世，甚至多達三千餘人，蔚爲人間一大奇觀。在崇尚孝悌人倫的儒家文人看來，這是非常了不起的同堂！朝廷屢屢旌表，達官紛紛賜書。元丞相脱脱親書『白麟溪』三大字，刻石碑立於白麟溪畔，元代肅政廉訪司使余闕篆題『東浙第一家』五大字。元翰林學士承旨月禄帖木耳題贈『一門尚義，九世同居』八大字，元皇太子贈『麟鳳』二字。明太祖朱元璋稱爲『江南第一家』。至於文人撰文題詠，更是不絶如縷。也正因如此，『其事載入《宋史》、《元史》、《明史》，成爲中國家族史上一大奇跡。』[二] 義門的儒學教育，離不開兩位重要的老師，即吴萊和宋濂。吴萊是宋濂的老師，吴萊在鄭義門執教後，又推薦宋濂繼他任教於此。宋濂有感於義門孝義傳家，風俗淳樸，後舉家從金華遷至鄭義門附近的青蘿山脚下，構屋居住，先後在麟溪居住二十四年之久。由於有吴萊和宋濂指導和垂範，鄭義門弟子也多通文達禮之士，所作詩文也多得性情之正。

《浦陽歷朝詩録》爲義門鄭楙所編，加之義門鄭氏對先賢的詩文注意搜羅保存，故《浦陽歷朝詩録》收録義門鄭氏的詩人和詩作占了很大的比例。其中，元代的義門詩人有鄭銘、鄭濂、鄭源、鄭深、鄭濤、鄭泳、鄭涣、鄭淵等；明代的義門詩人有鄭湜、鄭濟、鄭洧、鄭瀾、鄭淏、鄭沂、鄭槱、鄭梃、鄭杕、鄭枋、鄭材、鄭幹、鄭楷、鄭彬、鄭檏、鄭桐、鄭柎、鄭棠、鄭機、鄭柏、鄭栻、鄭木、鄭杲、鄭炳、鄭燧、鄭爚、鄭耀、鄭勳、鄭熹、鄭崟、鄭樵、鄭點、鄭熜、鄭逖、鄭圻、鄭埤、鄭璽、鄭鏓、鄭宗瀾、鄭宗岱、鄭元疇、鄭崇憲、鄭崇岳、鄭崇昭、鄭崇宏、鄭尚憲、鄭尚遂、鄭尚藩、鄭尚藎、鄭守儒、鄭應橋、鄭應兆、鄭應友、鄭應禹等；清代義門詩人有鄭應産、鄭思恒、鄭思俊、鄭璧、鄭爾玟、鄭爾垣、鄭思相、鄭爾梧、鄭若麟、鄭若楹、鄭若奇、鄭祖沛、鄭祖治、鄭祖江、鄭祖鑒、鄭遵坊、鄭遵型、鄭遵兆、鄭沖、鄭祖灝、鄭訓宗、鄭允升、鄭祖本、鄭玉衡、鄭爾敬、鄭沆、鄭吾、鄭鼎、鄭祖煜、鄭祖芳、鄭訓宇、鄭訓憲、鄭栻、鄭棫、鄭祖堯、鄭訓家、鄭瑛、鄭咸、鄭遵泗、鄭文明、鄭興漢、鄭訓烈等。共計鄭氏詩人有100餘人，詩歌有370餘首，占了本書所收浦江籍詩人和詩作的三分之一左右，這足以説明義門鄭氏綿延不絶的家族詩人群體及其詩歌創作在整個浦江文學發展史上占有重要的地位。

關於義門鄭氏的文學創作，在鄭楙編《浦陽歷朝詩録》之前，有明代鄭太和編的《麟溪集》二十二卷，《别篇》二卷，明鄭昺編的《義門鄭氏奕葉吟集》三卷，清鄭爾垣編的《義門鄭氏奕葉吟集》四卷和《義門鄭氏奕葉文集》十卷及鄭楙自己編的《義門鄭氏奕葉吟集》八卷，就詩歌來説，鄭楙自己編的

《義門鄭氏奕葉吟集》最晚也最全，鄭楙編《浦陽歷朝詩録》顯然利用了他編的《義門鄭氏奕葉吟集》，但《義門鄭氏奕葉吟集》現僅存四卷，故《浦陽歷朝詩録》自有其他諸本義門鄭氏總集無可取代的價值。

（六）成爲今後編纂《全明詩》、《全清詩》必須參考取資的書籍

《全明詩》已出版了三册，由於種種原因，現在處於停滯狀態，《全清詩》尚未提到議事日程。但是，隨着國力的增强，學術的進步，《全明詩》的編纂定會重新啟動，《全清詩》的編纂定會提到議事日程上來。而這些斷代總集的編纂，自然要竭澤而漁，求全責備。《浦陽歷朝詩録》由於《中國古籍總目》、《中國叢書綜録》這些大型的古籍總目没有著録，故更應引起治明清文史學者的注意，否則，遺漏此書，定也會像《全宋詩》、《全元詩》一般，難逃失收之譏。

當代浦江籍詩人徐千意有云：『我得此部《浦陽歷朝詩録》珍藏，曾就其文化價值請教過老作家張文德先生，他甚感驚奇。據先生所知，此部詩集從未見諸縣志及其他典籍，自清道光年間梓行，迭經戰亂，尚能完整地保存至今，殊屬難得。更何況集中收入了衆多本邑詩人作品及其簡歷、著述等信息，彌足珍貴』。誠哉斯言！

〔一〕 張文德：《江南第一家》，浙江古籍出版社，1996年版。

目録

卷二

元

金蘭

吴萊

卷三

元

鄭濤

卷四

元

卷五

明

卷六

卷七

明

卷八

明

卷九

明

卷十

明

卷十一

國朝

卷十二

國朝

卷十三

國朝

卷十四

國朝

卷十五

國朝

卷十六

國朝

卷十七

國朝

卷十八

國朝

王齡

戴記

卷十九

國朝

卷二十

國朝

卷二十一

國朝

卷二十二

國朝

卷二十三

國朝

董學豐序

原夫傾澗懷煙，水出山而不濁； 玄麓釣雪，石湧浪而能飛。 張孟兼講學之區，瑩瑩白石； 宋學士著書之地，裊裊青蘿。 林泉激其清音，巒壑孕其閒氣。 遐哉鑄人之冶，允矣擣詩之窩。 唐以前未有縣，宋以降可得言。 觀夫容州官去，紹宗派於唐賢； 深裹神來，嗣洪音於外祖。 作文章之正印，寵墨一丸； 賦農圃之古辭，擊几九拍。 飄零萬里，憤海上之孤忠； 喪亂十年，泣江邊之孺慕。 加以悲歌擊石，航紫澥以投帆； 痛哭籲天，度赤城而負笈。 吴子善曰友，隱語曾寄萍踪； 黄晉卿璽口，馳名亦停桃泛。 丹雞盟誓，黄鵠酬歌。 交契雲霞，集名風雨。 又且門旌，麟水賡同。 義者鴻來，壇築月泉，詠襆興者，麕集偘偘焉，鏗鏗然極一時之盛矣。 無如作者雖夥，逸者實繁。 檢韻於《七星集》中，一聲啼鳥； 訪跡於五雲亭外，四座霏烟。 倆賓寄客之名，徒留榜上； 柳圃槐窗之録，孰秘枕中。 則牛角山河，不少傷心之賦； 而鳶肩事業，倏爲過眼之踪。 存雅堂空，巢雲册散。 《天地間集》，韶父纂而久湮； 《桑海遺編》，草廬敘而亦替。 古人如此，來者若何？ 惟我聖朝，六寓同文，八風協頌。 傳諸九譯，雞林尚識中音； 諧以四聲，龜茲亦能樂府。 而況延醇風於鄒魯，跨麗質於齊梁。 手握靈蛇，胸吐素鳳。 坐景陽於兩廡，黝艧增輝； 奉賈島之一龕，瓣香不墮，如浦邑者乎？ 然而猰户之劍，掘之則芒舒； 驪窟之珠，探之則光耀。 詞工雙枕，必托惠連以傳； 賦麗子虚，尚藉狗監而顯。 蔡中郎不顧，則爨竈之桐摧爲薪，而拉沓以燒之； 薛道祖未來，則公廚之石鎮其肉，而汚蠛以毀之，豈不悲哉？ 爲可惜也！ 浦陽義門鄭君竹巖，胸藏水鏡，目刮金鎞。 紙醉金迷，閒嘗品畫； 仙花神劍，忙爲臨書。幾同顧愷之癡，復染簡文之癖。守口防意，勿下雌黄；察理聆音，非徒嘿黑。懼琲璣之莫竇，同瓦礫以俱灰。以爲積有兩娑，能裝瓠本；空惟四壁，曷問麻沙。擲渡江瓢，漂流胡底；焚具茨篋，搜討匆勤。必使劉帨半世之詞，長埋廢塚；殷浩前身之作，永秘荒丘。誰謂選政之端，非此之急。而況輯渤水之歌謡，裒吴寧之篇什，維江與董，皆有成書；自元歷明，我獨闕典。則詩之詡揚浦爲盛，而詩之散落浦爲尤，又何以言乎？爰是掣鯨鬐於碧海，拾鳳毳於丹陵，或翦艾以留芝，或抽英而銜蕊。淘之汰之，陸氏良金；卷之舒之，崔家麗錦。三年鐵網，目滿紅珊；一尺金壺，腹貯元液。人其總總，旨則多多。體不同同，才亦各各。薄豪情於斜漢，直欲驚天；軫幽怨於空蹊，嘗教泣鬼。悵烟波於窮島，自足移人；寫夢影於閒池，偏能活景。以至釣徒樵逸，聚蓑笠以閒吟。酒漫漁聱，染烟霞而互唱者，莫不搴芳擷秀，截貝編珠，以就縚繩，以充緗帙，亦云備矣，何其勤也。昔其尊人姬山先生，結友生爲性命，耽吟詠作生涯，欵欵輸誠，欒欒寫孝。曾著《樂清軒詩集》二十卷，以表一生之素履；後竹巖續裒《奕葉吟集》八卷，以傳一族之和聲。今擴而廣之，創爲是編，曰《浦陽歷朝詩録》二十二卷，凡四朝八百餘載，而挹其華，裁同《國秀》；總七鄉三十都圖，而揚其藻，美比《篋中》。體不類分，有異晏元獻之續蕭選；人以時次，實同韋端己之倣姚編。不必取數他邦，借才異地，而上以鳴朝廷之雅化，下以扶鄉國之土音。繼以覘川岫之舒荼，終以測人文之彬蔚。吾知後有作者，踵而續之，考而訂之，删而去之，增而補之，必以是編爲開山卓錫，溯河浮槎也已。時大清道光十有六年，歲次丙申孟冬月，候選直隸州州判、愚弟金華董學豐秋都氏拜撰於東明書院之敬軒。

王芳序

鄭君竹巖愛古鄉先達詩集，讀《金華詩録》有『金華之詩，盛於浦陽』之語，竊怪國朝與選者，僅得數人，何采人無多而稱其盛也？ 既然曰：『是非能詩之無人，有詩而無人采輯之故也。』乃旁搜博采，彙爲一編，囑予序之。予惟婺爲理學名區，高風亮節，原不必以能詩傳，而根本倫紀，抒寫性靈，長篇短什，可供輶軒之采者，亦足覘士習之淳澆，騐文風之隆替。故嘗取《金華詩録》考之，金華有《長山詩集》，失傳已久，蘭溪有《蘭皋風雅》，東陽有《東陽歷朝詩》，其采入録中，惟蘭、東二邑居多。而他邑之所録者，僅見焉。然則采輯之功，顧可少耶？ 予曩主東明教席，鄭氏諸書既得受而讀之，以各先輩著集見示，則知浦陽固多詩人。予去年幸入館選，乞假南旋。謁義門，與竹巖先生晤，時方續鐫其先尊《樂清軒詩鈔》及《鄭氏奕葉吟集》，而又彙編各家之詩，顔曰《浦陽歷朝詩録》，何先生之克承先志而留心騷雅也。是録也，其義與志同，而其間殘編斷簡幾於埋没無傳者，得所表彰以垂不朽，厥功甚偉。且使異日續訂《金華詩録》，奉是編而登選之，藏之名山，傳之其人，亦覺事半功倍，一邑之光，不且爲一郡之幸哉！ 道光十有四年，歲在甲午，孟冬之月，賜進士出身、翰林院庶吉士、庚愚弟王芳蘅皋氏拜譔。

王可儀序

浦陽無詩人，前哲有言矣。顧非無詩人也，自朱吕講學月泉書院，士敦實行，從事身心性命之學，而於雕音飾聲、吟風弄月之事，若在所後，故前哲不以詩爲重，而後人亦不以詩爲習也。雖然，吾聞古之説詩者曰：『詩之也，志之所之也。言其志，謂之詩。』又曰：『詩者，人心之操也。』又曰：『詩，持也，自持其心也。』又曰：『詩，性之符也，情動於中，不容已於言，而發爲詩，即愚夫愚婦各有不可磨滅之句，而爲文人學士所不能及。』然則浦陽之人物，篤生歷世，不乏其或抒忠孝之忱，或寫友恭之誼，各操持其心性之所得，以流露於一吟一詠之間，豈無可以上追風雅者乎？嘗讀《金華詩録》，自唐宋以迄本朝，所採入者，浦陽不過數人，而朱笠亭先生序云：『金華之詩，盛於浦陽。』蓋非盛其能詩者之多，而盛其詩之不在於雕音飾聲、吟風弄月爲也。昔姑父姬山先生，著有《欒清軒詩稿》，尤見賞於當世之名公巨卿，因悟詩不必求工，而發乎情止乎禮義，惟各有合乎古人之詩教可矣。憶自乾隆癸巳刊《金華詩録》，迄今六十餘年，浦之作詩者較多，苟無人梓以傳之，其棄擲埋没者正是不少。今竹巖中表廣爲蒐羅，編曰《浦陽歷朝詩録》二十二卷，將以鐫板，俾得藉以流傳，不至湮没，則有功於浦之人文，不獨區區在詩也。爰是覽是編者，知吾浦之士，實行是敦，即以見風俗之醇，尚秉朱吕講學之舊也。而以爲無詩人也可，以爲有詩人也可。道光二十三年癸卯仲春月，愚表兄深溪王可儀味經氏拜撰。

彙輯浦陽詩引

竊讀《金華詩録》，有『金華之詩，盛於浦陽』之説，然浦陽之詩，自宋元明以迄國朝，而國朝之詩，唯乾隆癸巳以前所采入者，四人而已。其所稱盛者，豈在先朝，而今人不繼耶？憶昔年先大夫耽吟詠，邑中能詩者，往來題贈，莫不出風入雅，含英咀華，彙而鎸之曰《樂清軒外編》，則所謂盛於浦陽者，至今尤信，而《詩録》中無多采入，或子姓失傳歟？或流落他手，未肯公諸同好歟？楙足不出里巷，才不任搜訪，乃取《金華詩録》再三翻閲，見夫金華有《長山詩集》，蘭溪有《蘭臯風雅》，東陽有《東陽歷朝詩》，而《長山詩集》久已失傳，故《詩録》中惟蘭、東二邑居多，是可知其先有編輯也。去年續刊先大夫《樂清軒詩鈔》、《鄭氏奕葉吟集》業已告竣，因念邑中詩人非昔盛今衰，况自乾隆癸巳迄今六十年來，詩人輩出，又不知凡幾也。伏望諸君子將有本邑先哲之詩，於名下各註明字某號某及生平履歷，悉寄敝齋，繕謄成帙，奉請名公鑒定，題曰《浦陽歷朝詩録》，庶幾所謂『金華之詩，盛於浦陽』者，不致有今昔之慨也，是爲引。時大清道光十三年，歲次癸巳秋九月望後，義門鄭楙竹巖氏拜言，書於存義堂之醉墨軒。

編輯浦陽歷朝詩録凡例

一、是編專採浦陽人詩，有自浦陽遷居他邑者，不彙入録。

一、自宋迄今歷年八百有餘，鴻章鉅製散軼者不少，所登甚隘，識者諒之。

一、所採詩不拘一格，體不類分，人以時次，然專爲人亡而詩不可亡，竊寓向往之心。

一、姓氏下有註明諱某、某弟、某子姪孫者，因其先人名流，以見其家學相傳云。

一、詩有少存一二首者，未見其原集，未甚奇異，不敢棄遺，亦詩以人存耳。

一、凡詩稿收到謄抄後即還其原稿凡原稿内各有選入浦陽詩録印章，内有不註明字號及履歷小傳者，編次先後所由參差，閲者原之。

一、予家先人詩篇已載《金華詩録》及《鄭氏奕葉吟集》中，復爲收入，充美緗帙，不避重出之嫌，合編曰《浦陽歷朝詩録》二十二卷，又續編《補遺》若干卷。

一、吾浦地雖不甚廣，惟恐采輯未周，凡同人惠而好我，代爲蒐羅寄舍，隨刊合録，翹首望焉。

同輯姓氏

王可儀味經
吴秀峰雲巖
樓鴻應陔農
鄭　咸曉山
張致峩我山
戴萬新意園
宣錦標
黄志鎮稽山

校録

鄭文明秀江

校訂

鄭隆煊旭庭

同校

鄭　嘉宜堂

鄭隆順豫軒

鄭　哲智堂

鄭隆頣松齡

總數

宋	卷一	一十九人	四十五首
元	卷二	五人	四十八首
	卷三	七人	三十七首
	卷四	八人	五十九首
明	卷五	一十五人	四十二首
	卷六	一十一人	三十七首
	卷七	十三人	五十一首

卷八	二十人	三十五首
卷九	一十五人	三十七首
卷十	一十八人	二十九首

國朝

卷十一	一十七人	五十一首
卷十二	一十八人	三十六首
卷十三	一十九人	四十九首
卷十四	二十人	四十七首
卷十五	二十人	四十六首
卷十六	一十八人	五十八首
卷十七	六人	四十三首
卷十八	九人	五十六首
卷十九	十七人	六十二首
卷二十	一十一人	六十四首
卷二十一	一十六人	五十三首
卷二十二	一十五人	五十四首
卷二十三續編	二十二人	五十三首

卷一

宋

古今體

于房

其先自河内來遷，父暠，有學行，尤長於文辭。房爲文有父風。嘉祐己亥進士，歷官尚書、屯田員外郎、通判、應天府南京留守司，遭五季之亂，不仕。兄立璧，子二，世封、正封，皆舉進士。有方蒙者，受學於世封，輯其家三世能文者七人，曰《七星集》。見宋文憲《于房論》文。

遊左溪齊雲閣

左溪在縣東北二十五里

藍輿遊古寺，危閣倚天外。山川混一色，雲霞忽萬態。啼鳥聲交呼，牧豎歌相對。凭闌增氣味，披襟絶埃壒。飛泉出陰窨，清風來向背。文酒歡賓朋，樂哉時褫帶。

梅執禮

字和勝，崇寧丙戌進士，歷官户部尚書，著有《梅節愍文集》十五卷，追贈通奉大夫、端明殿學士加資政殿學士，見陳巖《肖庚溪詩話》、宋文憲《浦陽人物記》。

五雲亭

灊高夙所仰，妙想嗟未圓。邂逅一麾出，安輿奉華顛。駸駸陟勝境，獲締香火緣。徘徊慶基殿，稽首頌堯年。徐步頫松杪，幽尋薄雲邊。軒窗散急雨，四座屯霏烟。向來玉京夢，了了墮目前。恍疑雞犬姿，今在第幾天？平生何所修，自眡豈得仙？孺子倘可教，凡軀佇加鞭。

錢億年

字伯壽，祖遹，熙寧丙辰進士。大觀初，以顯謨閣學士致仕，起爲顯謨閣直學士，改述古殿，皆領宫祠。家居十餘年，築三大湖，鄉民利之。宣和辛丑，方臘陷婺，走蘭谿靈泉寺，爲盜所刺，盜平以聞，贈五官至大中大夫，與遺表致仕，恩澤子楚材、楚翁，皆承事郎。宣和乙巳，億年以祖蔭入官。乾道丙戌，以右朝請大夫致仕。己丑起利路提點刑獄，不果上。淳熙甲辰，轉朝議大夫，著有《雲巢集》。

避暑椒山

涼風生層巒，炎日遮重嶂。我來茲地遊，心焉樂清曠。爲吏既華顛，愧臨士民上。知止聊遠辱，奚敢謂高尚。齪齪方自持，此心未容放。促柱有繁音，麗聒無清唱。俯仰心不慙，無言亦疎暢。

重陽

商飇驚秀木，松桂不受秋。萸菊有輝光，餘芬滿金甌。古來賢達人，逢時聊解憂。龍山孟參軍，落帽誇清流。東籬陶徵士，得酒更何求。節物自爾殊，生死同一漚。浮世夢幻身，適意爲良謀。山翁不知樂，而亦何所愁？吾獨可奈何，任渠自悠悠。

張　森

字餘之，祚子，淳祐間由明經歷官湖廣、潭州儒學教授，著有《静軒集》。

重午有感

空山值重午，採蒲南澗濱。蒲生裏白石，澗水清粼粼。蟠根寸九節，服食能通真。採之不盈掬，土潔含芳辛。行行登絶境，有花如車輪。奇哉世莫識，持叩山中人。山人耳垂肩，羽佩青衣巾。乘飈控玄鶴，汎景下滄溟。我行意其仙，再拜詢所因。仙人攬花笑，見爾還千春。語我勿復道，倏爾無留塵。歸來有餘嘆，三嘸華池津。

朱　仙

字仲山，從方鳳遊，著有《迎華樓賦》。

野望集陶

崎嶇歷榛曲，婉孌憩通衢。迴澤散游目，浪莽林野娱。勁氣侵襟袖，好風與之俱。步步尋往跡，綿綿歸思紆。既耕亦已種，過此奚所須。于何勞智慧，慨然想黄虞。

仙華山晚眺

空山逸塵界，回望見天涯。落日霞邊影，垂藤石上花。藥苗根露井，丹氣挹樵家。歸及巖牕啟，銜峰送月華。

陳昌翁

仙華山晚眺

暮景重回首，西風生遠心。日光山共盡，巖影露初深。鳥度雲歸屋，樵歌響隔林。他宵寒月上，還此寄微吟。

趙必普

字德章，咸淳間官至宗學上舍。

秋晚寄友

故人秋夢斷，别意繞滄溟。獨坐影垂髮，相思葉滿庭。天寒吴渚白，雨盡越峰青。聞説幽居處，城隅似遠坰。

朱　臨　少穎悟，從安定胡瑗游，以丞相呂公著薦，歷官宣德郎、守光禄寺丞，加著作佐郎致仕。由子貴，贈正議大夫。所著有《春秋説詩文集》。

三高詩

范　蠡

矯矯朱公，當世英雄。卓然先識，避去成功。種也不悟，語已旋凶。越壤千里，齊禄萬鐘。取如拾芥，棄若飄蓬。五湖長往，千載清風。

張　翰

翹翹季鷹，江東步兵。抗心世務，俯首塵纓。顧時多艱，何日昇平。秋風動地，鱸膾馳情。越維羊酪，不似蓴羹。終焉故國，江水長清。

陸龜蒙

兀兀魯望，志履疎曠。時謂散人，自比元亮。清不耻耕，貧不輟釀。蓑笠扁舟，烟雲白浪。皓首叢書，焦心絶唱。遺編如新，可見高尚。

方　鳳　字韶卿，又曰韶父，一字景山。唐玄英處士干後。所著詩有三千餘篇，曰《存雅堂藁》，見柳道傳《方先生墓碣》。

遊仙華山　在縣北十里，高一百五十丈，一名仙姑山，一名少女峰。

仙華矗萬仞，我乃廬其東。日夕與山對，今茲踏玲瓏。起左信奔鹿，當前任啼狨。大嘯崖石裂，一覽天宇空。蒼松飽風雨，絶壁掛老龍。樵父不得睨，撫根憩吾躬。邈哉軒轅氏，問道由崆峒。龍髯一以遠，千載悲遺弓。猶傳少女靈，鍊玉于焉宫。山林重帝胄，香火明民衷。我來重懷古，攬涕臨西風。何當刺飛流，一洗磊磈胸。

遊寶掌山寺

茲辰欲有適，軒車偶來駸。剷苔北村南，荒竹晴窗陰。接語未及久，相邀指叢林。澗行任詰曲，巖眺經嶔崟。于時春早暄，生意見草心。紅紫寂未動，萬山蒼翠深。伊予夙好遊，忽忽老見侵。孤興尚衡霍，遐思或巫黔。況此近居里，而能盍朋簪。裂石發悲嘯，沿流引清斟。捫蘿復忘疲，古洞窮幽尋。豈無聲利痼，見笑山水淫。人生本來浮，世故未易任。蘚崖拂前題，俛仰已昔今。我法姑用我，睠言屬同襟。

寄柳道傳黄晉卿兩生

大火且西逝，赫曦詎能爲？　叢竹覆孤館，緑陰相蔽虧。人散衆喧寂，獨鳥嚶鳴隨。想見探討餘，層層發新知。儻不鄙朽拙，勉哉勤相遺。

太樸散已久，鴻甄疑未均。惟有砥礪志，搜剔得其純。勿以圭璋質，頑石寘勿陳。君攬國香蕊，每與荆棘隣。荆棘豈不刺，反以揚素塵。

盈盈黄菊叢，栽培費時日。依依五絲瓜，引蔓牆籬出。于今想新花，于今長秋實。花實豈不時，灌溉尚期密。毋令根荄傷，委棄等藜蒺。

新秋凉氣發，松籟調于喁。山房良静閒，文史淡足娱。吾心太虚廓，儻然萬象俱。大觀物物齊，何事分賢愚。遐哉金蘭契，聊用佈區區。

題鄭氏義門

人愛渭水清，畢竟河流渾。不知黄虞世，何處覓旌門。旌門縱百世，豈能外彛倫。祇因風氣漓，遂表爲義民。麟溪有寒泉，西流類拖紳。泉聲徧塞耳，亂郤牝雞晨。夜帳潑烟黑，秋缸吐火紅。六世孝友家，元屬書聲中。爛銀鋪作榜，綽楔何崔崔。户神似相語，莫遣阿奴來。人心一遭蠱，五官皆作魔。不賡『斯干』詩，郤聽燃箕歌。兄弟本一氣，爲利分汝爾。借問嗜利人，千載得不死？鵷鶵巢滿林，何地不感惻？若非慈烏啼，血淚收不得。我身親乃有，況此身外物。世人果何思？肝膽每相賊。當年車兩轓，回首血在頤。争如義門鬼，千載不餒而。何人非楊椿，如椿能幾人？祇緣本心死，所以有淄磷。大樹大十圍，枝葉日敷蕃。願培百尺土，庇此千載根。

鹿田聽雨

禪棲投倦客，山雨起更闌。窗葉散幽響，石林生峭寒。洞深猶暗瀑，江遠忽飛湍。想像雲蘿外，應宜曉色看。

贈樂閒居士

市遠塵囂隔，神閒幽事并。掃花憐竹影，煑茗訝松聲。月與詩如約，琴將鶴互賡。冷香生碧落，秋夢不勝清。

與謝臯羽子善遊寶掌山

寶掌一山何勝絶，老龍千載事已別。巉巖怪石峭森列，矯首三洞賽奇崛。不知何年風雷烈，鑿開混沌此瞥裂。高洞攀緣與天接，棲鶻所巢勢嵽嵲。隙泉漏滴清且澈，薜蘿爲衣儼陳設。中之洞兮巧融結，四達坦明如我闥。低山一洞尤寥泬，鏗然谷應合音節。其愛孤蟬遠林咽，又疑帝子笙歌徹。乘風便覺神飛越，落景徘徊就僧榻。好向天風更搜抉，相期夜半踏明月。

題光風霽月樓 有引

『光風霽月』四字，晦翁書，刻石建州。陳正臣提舉浙江，爲翰林收書，至建，得此本歸。初以『霽月』自號，今遂以四字名其所居之書樓。

人間底處無風月，知用何時最佳絶？芳拂崇樓淑氣浮，影涵古桂清輝發。向來雅重無極翁，灑落襟懷與此同。去之百世猶彷彿，宛見道須匡廬中。誰題品語黄太史，大書四字紫陽子。今從建水得此本，如拾蠙珠捲文綺。攜歸八詠雙溪州，晏然直與造化遊。無邊玅處乃萃此，韙矣君家百尺樓。

上元陳丞相宅觀燈

渴龍入夜吼百川，無數鮫珠迸地圓。星斗撼天半欲落，五花琪樹皆生煙。煙燈豈不勝花朵，踏歌何人增坎坷。風塵淮北馳羽書，金鼓江城賽燈火。君不見狄青宣撫荆湖間，上元張樂宴清班。忽然稱疾燈未滅，五更已奪崑崙關。

贈張叔元鎮師

越東佳氣鬱蘢嵸，捉鼻馨名久識公。結髮蚤看翔藝苑，濡毫頻見屬詩筒。棄書忽學萬人敵，秉鉞尤誇一世雄。拔距三千堪敵愾，歌鐘二八陋和戎。長驅誓擣燕幽北，大纛旋移浦汭東。重鞏河山襄帝力，時垂竹帛勵臣忠。東南半壁騰王氣，杞梓全材恃將功。鵝鴨幾驚消玉壘，熊羆屢奮壯金墉。璽書褒錫恩原厚，節鉞招綏德愈隆。羣策更能延俊彦，衆謳先已徧旄童。深仁共頌緜瓜瓞，偉績還期勒華嵩。

柳　叙

字元德，貫從父。咸淳間，官蘭谿尉，遂家焉。宋亡，絶粒卒。乾隆戊辰，督學于敏中按臨金郡，題其墓曰：『純孝孤忠』。見吴師道《墓誌銘》。

横山聳翠

蘭陰山跨瀔溪南，春破峰顔三月三。松柏森森翻野籟，竹梧隱隱撲晴嵐。高摩雲漢千尋路，倒浸峰巒百尺潭。此外未知誰洞府，試春遊騎必停驂。

黄景昌

字清遠，一字明遠，號曰槐窗居士，晚號田居子，述《田間古調辭》九章。見宋文憲《浦陽人物志》。

春日田園雜興　月泉吟社詩題

野色摇春麥正肥，煙邨閒寂往還稀。未多桑葉蠶初浴，更少茅茨燕亦飛。行市緑蛆花潑眼，卧坡黄犢草侵衣。數聲桐角歸來晚，楊柳移陰月半扉。

白鱗溪『我行其野』四首

我行其野，瓜瓞何纍纍！我行其野，瓜瓞何纍纍！君子有廬，君子居之。誰無衣裳，我則共椸。誰無飱糜，我則同炊。歌以言之，瓜瓞何纍纍。

雝雝將將，八世莫與京。雝雝將將，八世莫與京。厥聲大以長，覃及四方。帝曰嘉只，我國之祥。旃命自天，爲龍爲光。歌以言之，八世莫與京。

世教淪胥，百事非良圖。我體我膚，即親之軀。我服我羞，敢遂吾私。如何德色，生彼耰鉏。借曰不知，不見慈烏，歌以言之，百事非良圖。

河水可竭，崖石可傾。河水可竭，崖石可傾。惟明德之崇，可纘可承。長合爾疏，媿彼弟昆。弟昆媿矣，聿莫不興。歌以言之，孫子當薨薨。

陳公凱

字君用，吟社署名柳圃，號鶴臞，以工詩、古文名噪士林。義烏尹吴渭舉月泉吟社於吴溪，後爲月泉書院山長。

春日田園雜興

春風冗我田園務，野思芳情約不齊。檢點瓜丘仍芋隴，按行桑墅更秧畦。偶陪靈運山前屐，或學東坡雨外犁。薄暮倦歸專一事，旋誅生菜甕黄虀。

陳鶴皋

春日田園雜興

世事不挂眼，寄情農圃中。鉏犁衝曉雨，杖屨立東風。芽穀驗仁脈，澆花攢化工。獨餘真意味，濁酒自燒菘。

戴東老

春日田園雜興

飲了椒盤收了燈，翁攜稚子步新晴。茅柴初熟勝臘醞，萊菔久虀宜晚羹。伏卵雞留上春種，出欄牛試吉辰耕。去年官賦今年罷，寂甚門前吠犬聲。

柳　州

春日田園雜興

東風生意鬧，農圃正宜勤。稻種開包曬，菊苗依譜分。疇西晚耕雨，舍北暮鉏雲。莫待荒三徑，歸與陶令君。

吴直方

字行可，官至集賢學士。萊，其子也。

海右僉憲元戴公，行縣浦江，以鄭氏聚居，因作詩褒之。詩成，俾縣主簿持以示予，予回繼作詩曰：

九世同居古亦稀，旌書褒寵實相宜。九江陳氏名雖在，豈若麟溪今見之。

黄　裳

字元佐，號鈍翁，穎悟嗜學，名稱士林，而尤敦誼行。嘗讀范仲淹《義田記》，遂捐常稔田二百畝以濟貧急。令置一籍，標曰：『擬范』。晚第進士，調三衢司户，暇日與士友觴詠爲娱，有詩文數百篇。如『勾引暑風吹雨夜，恍疑寒籟響秋江』之句，人多膾炙。郡守朱士麟稱其『儒林模楷，前輩典刑』。章奏於朝，未報而卒。子從龍、友龍，俱登進士第。孫璘，中文武兩科；琦，爲武義縣學教諭。

元宵

三五良宵節，人争擁夜遊。鰲山燃月璧，鳳燭耀星毬。九陌笙歌沸，千門笑語稠。諠譁猶勝舊，歸路數更籌。

探梅

天寒長笛韻悠揚，勾起尋春興欲狂。踏碎馬蹄橋畔月，穿殘鶴膝嶺頭霜。樹槎枒處蕊猶嫩，水淺清邊花未香。倚杖歸來偏悵望，南枝纔放北枝芳。

十月桃

十月風高氣漸回，小春天氣小桃開。霜葩不慣兒童識，錯認東風放早梅。

黄友龍

字子翔，裳子，登進士第，擢史館編修。

杜鵑吟

子規聲咽畫橋東，歲歲邀迎柳絮風。楚淚斷腸傷國恨，蜀魂濺血映山紅。終朝忍聽啼烟外，徹夜愁聞叫月中。來往至今衹道去，聲聲只與舊時同。

黄震龍

字寄父，裳姪，咸淳丁卯進士，著有《松軒稿》。

松軒自詠

森然老樹緑成團，梅竹林中共歲寒。聳壑昂霄猶偃蹇，凌霜傲雪幾盤桓。月節虬影鋪華屋，風送琴聲入畫欄。千尺高陰尋積翠，令人翹首縱奇觀。

宋伯純七年之别忽寄一詩來遂賡其韻

相違宋玉幾成悲，轉眼年華又七移。春樹暮雲徒悵望，塞鴻梁燕各參差。因風爲寄吟邊句，何日過談夢裏思。莫道寸心千里隔，興來還可效徽之。

鶴塘

星星鬢影雪霜堆，還入騷壇鏡裏來。魚畜池中何日化，鶴飛天際幾時回？何妨落筆詩千首，赢得開懷酒一盃。心地清閒隨處樂，歡娱奚必候登臺！

東巖菴

彊結東巖屋數間，拓基礙石欠疏寬。山重幽隱市聲静，樹密陰深鳥語歡。夾徑栽松供日涉，沿堤植果佐朝餐。客來莫説窮通事，年老寒暄祇問安。

春暮

尋芳年老倦追隨，懊惱飛花入硯池。清曉杜鵑聲報道，荼蘼催我送春詩。

卷二

元　古今體

柳　貫

字道傳，大德間由察舉爲江山教諭，遷昌國州學正，歷國子助教、太常博士，出爲江西儒學提舉，至正初翰林待制兼國史院編修官，僅七月而卒。門人私謚曰文肅。少受經於金履祥，自號烏蜀山人，有《柳待制文集》二十卷，見黄晉卿《柳公墓表》。

奉皇姑魯國長公主教題巨然江山行舟圖

善畫如攻詩，意到即奇警。蓋其疏雋姿，筆墨無容騁。斂之縑楮間，咫尺萬里景。巨然作江山，所得盡幽夐。冥深風雨重，曠朗雲霞屏。秋光滿帆腹，上下天一影。白鳥不盡飛，楓林有維艇。稍前牛渚磯，郤後瞿塘頂。豈無乘航戒，尚想然犀炳。巨靈制坤軸，割截爾何猛。至今氣淋漓，幅背出光耿。人言此非畫，與幻本同境。然師豈幻者，貞勝以其静。我來覽遺跡，皦若天機秉。巫閭東北長，岷蜀西南永。朱邸雪消初，春暉浮藻井。開圖望神州，時節躬朝請。慨思禹功成，重喜殷邦靖。將鑄嶽牧金，明堂安九鼎。

六月十五日大雨雹行 是日月食

日月相鬬鶉火中，晡時欲息雲埋空。雨腳初來雜鳴雹，雷驅電挾聲溊溊。排檐倒檻揮霍入，犀兵快馬難爲雄。中休頗意絶奔迸，轉横更覺加銛鋒。亂抛荆玉抵飛鵲，恣擲桃核隨飄風。坐移向壁防碎首，急卷巾席何悤悤。上天號令豈輕出，摧殘長養皆元功。陰凝陽爍鬼神著，氣有至反誠則同。想兹試手鼓萬物，特欲振槁昭羣蒙。齋心變貌謹天戒，嗚呼生意無終窮！

松雪老人臨王晉卿烟江疊嶂圖歌

君不見，帝壻王家寶繪堂，山川潑墨開洪荒。重山疊嶂詩作畫，東坡留題雲錦光。又不見，後身松雪齋中叟，伸紙臨橅筆鋒走。樓臺縹緲出林均，蘆葦蕭騷藏澤藪。白雲飛不盡青冥，百丈牽江入樊口。墨花照几射我眸，我爲搴芳歌遠游。胸中是物有元氣，世上何所無濱洲。我疑此叟猶未化，瞬息御氣行九州。五山四溟一觴豆，瑣細匆遺囊楮收。故能援毫發天藻，不與俗工争醜好。楚山雲歸楚水流，萬里秋光如電埽。拈來關董散花禪，别出曹劉斲輪巧。披圖我作如是觀，毛穎陶泓共聞道。嗚呼相馬不相人，駑駘豈得同翔麟。舍夫毛骨論形似，如此鑒賞焉能真？後來有問延祐腳，意索舉似吾方歎！

初夏齋中雜題

池岸方如截，池波深可泅。出門歌小海，見客思滄洲。魚沫吹還息，絲蛛斷忽抽。萬生同一馬，敢望絶轅靷。

二月七日與陳新甫甘允從飲范使君亭

心賞他年屢，湖光此處全。春生鷗鳥外，人醉杏花前。細竹侵除道，殘陽滿繫船。毋將比西子，吾實愧華顛。

次韻答鄉友吴立夫見寄之作感别懷歸情在其中

宇宙方來事，江湖獨往人。扶摇遺短翮，濡沫到窮鱗。誤作軒裳夢，終慚稻錦身。跡雖侔燥濕，學豈混疵醇。踽步逢多躓，虚懷待一振。屈伸乘卦氣，消息候天均。喜際三雍啟，還依六籍親。馬韉從幸日，螢案潔餐辰。滕口虞官謗，稽謀信卜陳。踐更非顯陟，遷秩遂爲真。清廟方惇禮，容臺忝末塵。卑卑論燕雀，憲憲望麒麟。緬想《閒居賦》，猶存弟子紳。國卿誰尚友，輿皂或稱臣。飛翰因來客，分光肯照鄰。之人芻有束，何物稼盈囷。矍圃初登射，驪山適罷巡。玉全遭刖足，淵静得藏珍。接席連芳晝，看花惜好春。言詮開窈窈，理窟至馴馴。蓄思文俱鋭，修名實與賓。逝將熙孔業，由此樂顔仁。淹泊思同社，羈孤若異倫。宜休寧俟斥，漸老最憂貧。夙願惟耕釣，浮榮謝鼎茵。滅行無聽漏，觀涉即知津。狐首求吾正，螽斯詠爾詵。枌榆應不改，蘿蔦重相因。惜遠挼青菊，期歸睇緑蘋。題詩緘恨去，離緒極紛綸。

過賈相故第

原注：賈再貶循州團練副使，死漳南。

恨滿龍驤江上舟，可容副使老循州。高冠誰上麒麟閣，斷礎猶名燕子樓。洛下啼鵑慚相業，遼東歸鶴詫仙遊。異時不藉公田策，安得吴秔駕海流。

題宋徽宗梅雀圖

雙雀飛來曉色匀，宫梅如雪鬬清新。紇干山下他年見，青鳥司花不是春。

題折枝海棠圖

東風庭院紫綿香，翠碧飛來午影長。啼濕紅妝看不厭，祇疑春色在昭陽。

金　蘭

題義門

浦陽横大江，江水如帶環。中有義男子，義門第五世有二兄弟曰德珪、德璋，德璋被誣，罪當死，德珪以身代行。德璋追及之，争死，德珪伺隙去赴獄，卒不還。義男子指德珪也。頭戴芙蓉冠。一解　有弟方少年，紫髯頳玉面。共坐氍毹間，朝夕不相遠。二解　黄昏風沙暗，有吏夜打門。縣官文檄至，便逼揚州行。三解　男子一聞之，哀痛心欲折。井泉有時乾，淚眼何能竭。四解　仰告蒼蒼天，我心一何悲。一弟不能蔽，縱生徒爾爲！五解　振衣隨吏去，腳踏東門路。淚灑青蘭花，蘭花亦憔悴。六解　弟往告司臬，司臬舌如捫。便挽天河水，莫洗九泉冤。七解　收骨匍匐歸，負土自營葬。哭聲不忍聞，泉石爲悲愴。八解　皇天感孝義，錫予子孫多。于今已八世，高門復峩峩。九解　高門復峩峩，是乃德之報。傷彼尺布謡，聽之令人老。十解　不觀棠棣華，韡韡鄂承柎。植物本何知，愧此七尺軀。十一解　欲知一體分，如足復如手。但得剛腸存，長舌莫聽受。十二解　茫茫天地間，誰無弟與昆。我作義士歌，有耳胡不聞？十三解

吴　萊

字立夫，父直方，官大學士。母盛氏，懷妊方七月，學士夢西域神人飛空而來，止其寢，心異之。越翼日生，因名來。七歲善屬文，方鳳見而奇之，曰：『此邦家材也！』取《南山有臺》詩中語，更名曰萊，以孫女妻焉。延祐貢舉法行，有司以萊名上，於是東經齊、魯、梁、楚，北抵燕，中原奇絶處，輒瞪然長視。平岡灌莽，昔人歌舞戰争之地，壹皆前迎後郤，在塵沙霜露中買酒高歌。天寒風急，毛髮上豎，自謂有司馬子長遺風。尋以議論不合退歸，遊海東州，歷蛟門峽，過小白華山、登盤陀石，著《觀日賦》以見志。還，寓同縣陳士貞家。御史行部以茂才薦，署饒州路長薌書院山長，未行，卒。年四十四。門人宋濂等私謚淵穎先生，有《淵穎先生集》，見胡古愚《淵穎序》、宋景濂《浦陽人物記》。

泰山高寄陳彦正

泰山一何高，高哉極青天。世人欲上不可上，層巖峭壁徒攀緣，望中絶頂路已斷。石穴上出，鐵鎖下組，歷趢相鉤連。誰與愛奇者，步步喜若癲。一心不顧死，隻手捩長烟。毛羣驚迴少虎豹，羽族跕墮多烏鳶。浩氣剛風，摶結虛空作世界；蜚龍捷鬼，鑿開混沌巢神仙。道逢四五叟，含笑使來前。

黄冠皓髮傲几榻，野菜素粥鋪盤筵。自非爾願力，何計此留連？當知仰叩曖昧雲霄有頂處，得不俯懾嶄巖篝棧無窮淵？嗟茲大凡夫，行尸走肉真腥羶！叚誓思家最可惜，李紳戀俗終難鐫。舉頭告神人，苦乏風馬與雹鞭。藤蘿束縛即縋下，但見松柏欌槮數萬仞，石稜突屼横戈鋋。古來秦漢東封不到此，惟問梁父併肅然。日觀嵯峨恍在下，蓬萊浩渺空樓船。彼云鯨可射，此謂狗能牽，安期羡門一往不復返，文成五利受寵驟貴祈長年。仙人自有真至道，何由傳遯焉？龍漢延康紀，去授金璫玉珮篇。

宋度宗御書福王慶壽宫扇

漢家諸侯奉大統，會稽故邸王封重。歲周甲子壽筵開，賓客滿堂宫扇來。掖庭嬪御侍圖史，聖筆逡巡鸞鳳似。清風外撲龍阜花，明月中涵鏡湖水。南國爲家日已微，禮官考禮是邪非。前殿君臣朝玉笏，後宫父子曳珠衣。火德盛時尚有扇，金商振處無兵戰。兵頭老鐵化降雲，扇底生綃沾淚霰。自從一葬息婦原，恨身不見孝崇園。越州司户眉勝雪，舊篋淒涼那忍説。

浦陽十景

仙華巖雪

手倚晨扃一渺漫，山神擁出玉巑岏。光侵道者祠星室，蹟破樵家斵藥壇。石筍撐空穿宿瞑，天機織素掛餘寒。俄然唤醒西南夢，怕作松州徼外看。

白石湫雲

獨上南山最上頭，朝隮一點便成湫。巖腰動石風初起，海眼輸泉雨欲流。蜥蜴含珠光照夜，靈鼉捲鐵黑沉秋。明當去挾騎龍叟，直到扶桑第幾洲。

龍峰孤塔

老眼前頭尺五天，真龍角上正攀緣。規模白馬馱經過，想像玄鰻護塔眠。梵唄將回知磬絶，神珠欲隕見燈懸。何妨晏坐初禪界，蠛蠓紛飛即大千。

寶掌冷泉

乍撥山亭木葉堆，老僧千歲喝巖開。天從白石雲根出，地帶青泥雪髓來。竹影自深斜映月，魚腥不到半凝苔。世間萝渴知多少，可待金莖露一杯。

月泉春誦

古木叢中息世喧，老生力學掩溪門。危絃未絶人須聽，蠹簡多忘我欲温。白兔流光分石色，蒼龍擁沫驗沙痕。從今更浚源頭水，莫待投膠與救渾。

潮溪夜漁

昨夜寒潮與此通，荒溪常趂百川東。行依柏樹枝頭月，釣拂蘆花嶼畔風。插竹侵沙魚扈短，篝燈映草蟹碕空。太公遠矣吾將隱，赤鯉何書在腹中。

南江夕照

偶出官橋倚落曛，詩家觸景謾紛紛。彈琴在峽驚聞瀑，罨畫爲溪喜得雲。竹篠晚深樵弛擔，莎根秋短牧歸羣。道旁更有枌榆社，欲脱蓑衣藉酒醺。

東嶺秋陰

幾點晴雲著樹梢，寒山蒼莽類城壕。雞豚日落聲相接，鸛鶴風涼勢自高。小徑殘榛分嶺脊，平疇浄緑帶溪毛。朝來雨足多秋意，井上無人事桔槔。

深裛江源

半繞山根但一窪，真源鑿破杳無涯。清澄灌或於陵圃，窈窕尋猶博望槎。積雨衝堤蝸自國，微煙冪渚鷺摶沙。欲行復坐皆雲水，衹屬騷人與釣家。

昭靈仙蹟

一掌嵯峨是玉京，連峰欲向鼎湖傾。高張黼座龍隨下，静擁珠軿虎獨行。白雪松扉雙立影，清風藥井倒吹聲。長歌爲問西王母，卻把荷花與送迎。

沖素處士像贊

鐵面生稜，屹立不動。孝通神明，雪消泉湧。

劉龍子歌

劉龍子，龍子出山龍母死。一雙赤鯉幐來多，玄鼉獨戰翻天河。山頭種楓高不得，楓葉落波秋正黑。潛游蟹籪島無人，飽啖鰕鬚汊作國。巢湖龜眼看欲紅，邛都魚頭闢爲宫。絶磴懸梁但一勺，雲綃霧縠餘長風。劉龍子，龍子爲龍猶念母，栢江沼海歸何所？硯中墨水吾乞汝，昨夜虵醫送飛雨。

杜鵑行

南山北山啼杜鵑，杜鵑花發山欲然。千枝萬朶惜未得，中有一抹巴陵煙。休説銅梁并玉壘，摇蕩春光餘淚水。五丁鑿路少人行，石鏡生塵妖骨死。東風青鳥來何處？中宫移植銷魂樹。不如歸去便歸家，誰其友者揚州花。

題韓蘄王湖上騎驢圖

秋風泗水沉周鼎，淚濕吴天荆棘冷。黄河北岸旌節回，信誓如城打不開。沿邊撤備無人守，蟣蝨塵埃生甲胄。散盡千兵只童騎，餐來斗飯空壺酒。西湖楊柳煙波寒，照見從前刀劍瘢。宫中孰與論頗牧，塞上寧知無范韓。事去英雄甘老死，此手猶能爲公起。勸人莫問故將軍，身是清涼一居士。

昭華琯歌

咸陽宫，昭華琯，白玉琢成三尺短。美人南國遥輦來，齊謳趙瑟巧盤迴。洞房更衣待月上，音伎逐色穿雲開。天光摇地勢動山，林冥海水湧犇騰。萬騎壓城破錯愕，雙矛鏖敵悚臨洮。舉杵送役夫，碣石挾弩射鯨魚。泗亭夜行老嫗泣，蘄澤秋戍妖狐呼。一吹吹向樂中變，再吹吹作寰内戰。天教漢祖見還驚，可惜秦皇驚不見。豈伊伶倫嶰谷法鳳鳴，節節足足久無聲。豈伊後庭伴侣戒亡國，璧月瓊枝樂不得。自時厥後日淫荒，立部坐部陳絲簧。花奴羯鼓打漁陽，禄山舞馬登舞床。昭華吹秦不吹唐，嗚呼昭華落何鄉？宋沆尚及萬寶常，何如聽風聽水奏伊涼，悔不去問龜兹王！

女殺虎行

山深日落猛虎行，長風振木威髼鬙。父樵未歸女在室，心已與虎同死生。揚睛掉尾腥滿地，狹路殘榛苦遭噬。豈非一氣通呼吸，徒以柔軀扼强鷙。君不見，馮婦未下車，衆中無人尚負嵎。又不見，裴將軍，出鳴鏑，一時鞍馬俱辟易。丈夫英雄郤不武，臨事趦趄汗流雨。關東賢女不足數，孝女千年傳殺虎。

烈婦行

落日沉海雲壓城，官軍多載婦女行。大弓勁箭自山下，顔色如灰愁上馬。我生不慣坐馬駒，存者吾子亡吾夫。毋寧完身吐玉雪，忍使餒肉當熊貙。青楓嶺頭望回浦，血指畫巖心獨苦。老螭扣地救未及，草草迷天淚零雨。卓哉一死可百年，此事已過永泰前。黄沙野塞多降骨，忠義傳中收不得。

滮州

四月一日尚緜衣，知是故鄉花片飛。白頭慈母倚門久，目斷天南無雁歸。數株楊柳弄輕煙，舟泊滮州河水邊。牛羊散野春草短，勅勒老公方醉眠。

題趙大年林塘秋晚圖

老景青黄筆底收，晴晁冷雁共汀洲。王孫畫學空花竹，不到銅駝陌上秋。

黄　琦　字桂芳，武義學教諭。

六言二首

蝶拍撩人歌詠，鶯簧催客尋芳。埋没三春殢雨，騷人空費詩章。弄暖桃花開遍，因風柳絮飛來。悶倚雕欄無力，酒深醺人紅腮。

黄養正　字元亨，號存畊，錢唐教諭。

惜春

著意留春春未知，東風今復向誰吹？啼鵑夜夜頻催促，粉蝶翩翩夢亦疑。
春事驅車迅莫賒，蕭條春色遍天涯。飛來蛺蝶過牆去，莫是隣家尚有花。

卷三

元　古今體

方樗

字壽父，一字子踐，號肖翁。韶卿長子，官本邑教諭。宋文憲爲韶卿立傳，稱『壽父亦精於詩，無愧韶卿』云。

重陽對菊得雨字

昨我醉騎馬，失腳行踽踽。主人笑掀髯，把臂猶起舞。茲辰復何辰，俛仰已今古。遠來置芻客，共繞臨池圃。折英可插髮，醉我不待酤。深悲聊强酒，即散輒復聚。悠悠去年人，不及今夕雨。願持菊花卮，一澆墳上土。

題吴景禧棲碧樓

白叟無人識，青山是故知。一從觴菊後，兩見浴蘭時。入暑重逢此，乘涼約更誰。清風覺相變，未忍數歸期。

方梓

字實甫，一字子約，號育翁，韶卿次子，官義烏訓導。著有詩文集。

寄吴立夫

立夫爲育翁女夫

尋師負笈頻千里，授業登堂此一時。我比棲苴寧得已，爾如附贅亦何爲？家山在望悠悠夢，舍館相逢疊疊詩。歸去尚須憐獨客，爲傳消息報南枝。

鄭銘

字彦彝，號樂全子。義門沖素處士五世孫，載縣誌文學，著有《樂全集》。

秋扇

紈素裁新扇，明月在人手。爽氣逐心生，清風隨意有。相攜不暫違，孰視期悠久。涼飈適何來，商聲起庭柳。鳴蟬抱蒼葉，零露洒虚牖。欹斜倚牀頭，不復撼手肘。四時恒代謝，一旦若衰朽。買紙亟爲囊，裹藏勿蒙垢。來歲當炎天，舊盟誰肯負。寄語班婕妤，貞心期共守。

龍谷十二詠 録六

天光雲影池

客來一憑欄，碧池秋澈底。高下一色同，此心爲之洗。天風送雲來，飄摇無定體。雲雖可娱人，應非池所喜。

翠濤軒

空翠寂無聲，隨風聲若駛。笑問蓬萊人，毋寧溺于此。虬松落酒杯，蟾宫濕衣袂。遥知君子心，高軒足幽致。

芝蘭室

采芝可樂飢，紉蘭以爲佩。須得芝蘭心，臭味宛然在。香遠能致賢，學優仰前輩。寄語入室人，勿從半途退。

瓜疇

淵明愛黄花，采采不盈袖。山梅契和靖，香冷吟肩瘦。何似青門瓜，種之滿林囿。碧玉削冰盤，金罍酌芳酒。

梅崖

危崖百餘尺，偃蹇蟠老梅。蜂蝶不知花，一任封蒼苔。居然成小築，旦暮相徘徊。黄塵蔽白日，柴關勿輕開。

橘圃

手植千樹橘，移來洞庭秋。黄金綴霜重，緑玉攢烟稠。中有皓髮士，碁局應未收。不知在何許，延佇空悠悠。

贈許可宗

君不見，蘇公使人摸頰影，儼若至人出俄頃。又不見，叔則頰上加三毛，筆端妙處争纖毫。可宗妙擅丹青手，離形取神古未有。此中意趣窮無垠，争持幅絹傳其真。寫真當識寫真故，孝子慈孫斯永慕。笑言謦欬聽若聞，態度雍容率宜具。愷之昔日構層樓，高爽居身術愈優。雨風寒暑勿揮灑，天明地朗毫生秋。能此聲名應四出，定有當塗荐奇筆。麒麟高閣幾時開，卻是何人功第一。

鄭　濂

字仲德，號采苓子。義門同居時，以布衣入覲太祖高皇帝，屢因家被誣構，蒙恩昭白者不一。歲率子弟進香祝壽，數被燕勞賜予，天下榮之。

中秋書懷

一年兩度到南京，遠涉江波千里程。明月清風此何處，蒼顔白髮不勝情。田園有賦歸彭澤，鴻雁無書寄子卿。夜半思家眠不熟，幾回欹枕聽雞聲。

鄭　源

字仲本，號非非子，自幼慕神仙之學，嘗廬於仙華、玄鹿二山，斲丹房澄坐者，七歲著《懸解篇》，宋文憲序其首。

非非子歌

非非子遊神山阿，凌雲倚翠高嵯峨。手持七尺珊瑚樹，穿雲陟險牽絲蘿。恍若奇峰七十二，排空結陣無偏頗。中有層樓連傑閣，朱甍畫棟堆蛟鼉。琉璃碧落鴛鴦瓦，浮光摇影翻金波。雲遮霧暗香可掬，鳳翔鸞舞無參差。白眉道士走相見，雲裳霞佩鳴瓊珂。翩然長揖示寶訣，授以有無無有他。乾坤鼎器貯藥物，文武煅煉光相摩。玉龜噴液豈噍嗽，金鴉出入非嘘呵。恍惚之中有靈物，要使萬象無遮羅。予欲見之信容易，但將定力摧塵痾。水宫火鼎弗騰沸，龍争虎戰非干戈。無形無跡即妙有，有彼有我皆成魔。無則光明皎如鏡，有則昏濁當磋磨。隨形生影了無着，若谷荅響皆非訛。反觀斯理妙中妙，萬物盡備如吾何？勿謂我歌恣狂誕，請視日月雙飛梭。可憐羣生空總總，不知老去成蹉跎。非非子言勢不已，便欲濯足天之河。拂衣大笑視山麓，白石化作羣羊多。

有感

倚樓又見長槐枝，葉葉成陰積翠圍。何事遊人歸不得，白雲空戀樹頭飛。

懷宋潛溪

去年雙溪東，别君上蘭檝。目送渺無蹤，雙淚流不歇。今年麟溪湄，憶君共巖穴。談心或百言，鳴琴更三疊。自君棄我去，緜緜恨難絶。述懷雖有書，争如面君説。君今獨横飛，媿我赬發頩。事固有前定，宏才安可滅？相思久不歸，魂夢空飛越。正如鵑夜啼，徒用口流血。何時一相見，慰我久飢渴。

鄭　深

字浚常，元太師脱脱延教其子，舉爲太傅府長史，遷宣文閣授經郎，轉鑒書博士，改中書吏部員外郎。以親老乞便養，改僉江南浙西道肅政廉訪司事，轉僉江東建康道，階奉訓大夫，著有《經筵録》三卷。

宦途寓意

經筵進講荷君恩，又許南巡拜玉音。十載身親紅日近，五更夢斷白雲深。菊松未適歸田趣，葵藿常傾報國心。聽徹悲笳燕月落，思家戀闕兩難禁。

寄仲潛弟

池草青青曉夢殘，十年萍迹在征鞍。不知吟得春多少，好托南鴻寄我看。一從筮仕出麟溪，駟馬何曾返浙西。分付門前橋上柱，蒼苔莫掩舊時題。

鄭　濤

字仲舒，號慎履齋，從吴淵穎遊，承旨月魯帖木兒舉爲經筵檢討，每進講，天子爲之首肯。權參贊官，除翰林國史編修，改國子助教，陞太常博士，階奉議大夫。論張士誠不當賜謚，時宰執怒，被黜。退居鄉里，以經傳教子姪。招延賓客，詩酒談笑無虚日。編集義門詩文二十二卷，曰《麟溪集》。著有《經筵録》二卷,《容臺成均》、《藥房》等稿,載省誌。

秋雨偶成

一雨薦新秋,微涼生枕席。推窗曉鈎簾,竹色侵人碧。朱炎喜退聽,扇葛已堪擲。悠悠年運徂,節序駒過隙。故園渺余懷,萬里憐影隻。家問杳鱗鴻,虚名果何益。秋風響庭柯,秋燕已如客。蹉跎成久遊,鬢雪鏡中白。帝鄉豈不佳,故里兵塵隔。戀闕祇自慙,了無濟時策。

己酉初度之明日寄揭伯防秘監

我來金陵居,倏忽已兩月。流光急逝波,節序驚電掣。斗室雖僅容,冬煖宜愞拙。憂愁汨塵煩,吐納昧奇訣。幸茲藥物功,病已如濯熱。平生忝儒冠,載籍粗繙閲。年逾五旬强,晨櫛嗟鏡雪。家庭夙敦義,軫念恒切切。矧曰宗武賢,迎養慰久別。相逢苟參差,我食寧弗缺。興懷白麟溪,松竹尚成列。何當倚南窗,玩撫日怡悦。

七月四日始遂回鄉,而仲德兄偕仲宗弟以門户事亦來京師,同載而歸,喜中有作,録寄經歷弟

去年六月初,官舟渡肥水。倉皇出西門,險若危卵累。今年七月初,始引歸故里。趣裝趁早涼,蓐食聞雞起。吁嗟萍梗蹤,信哉無定止。誰知兩年間,俱以七月裏。皇天憫羈窮,茲行端可喜。聯翩曰同載,叙此兄與弟。情怡語偏多,入夜猶未已。身疑杖花軒,不計坐篷底。月泉已在望,數日頻僂

指。食新茲其時，行當飯鄉米。因思此餘生，我數豈終否。履泰須有時，靜守宜順理。眷茲麟溪傍，有樓名聽雨。詩成寄潛齋，同登今可擬。

歲暮 有序

昔文忠公官于岐下，歲暮思蜀，爲詩三章，曰《餽歲》、《守歲》、《別歲》，以寄子由，蓋鄉社之念切故也。予頻年居外，今歲之除，始與家飲，于文忠之不可得者，既獲遂願。言雖不文，可無紀詠，因用其韻，綴録寄諸弟姪云：

昔予京城遊，詞林忝參佐。每欲酬歲除，無物可充貨。一官冷于冰，蹇拙慙措大。食貧難持觴，況欲餅屢卧。豈無雙鯉盤，炷燈唯獨坐。東鄰若釜魚，西舍成塵磨。回思城中饑，遇節不易過。惟期今夕歡，吹塤衆篪和。

方當沖幼日，望節來何遲。及茲迫衰老，節往嘆莫追。羲和靡停御，興懷渺無涯。有酒須引滿，爲樂宜及時。如何秦視越，不問瘠與肥。燈燭今夕共，羈孤昔年悲。迅景曰歲改，緣情可無辭。新節豈不近，吾顔鏡中衰。

時序忽云邁，欻若掣電蛇。金光一瞬息，奄睒難邀遮。今夕復何夕，唯當飲亡何。詼諧雜童稚，笑語懽無譁。往歲客中度，鼓聽譙樓撾。清夜不能寐，對此燭影斜。於焉兄弟合，良集非蹉跎。作詩紀和樂，以言豈云誇。

秋夜偶成

燕山城頭夜吹角，燕山城北殘月落。離人不寐看月光，北斗卻在天中央。故園天末渺何處，去家來此遊俠場。大車高馬相聯絡，九衢飛沙白日黃。迂踈佻巧日以伍，雞壇朱火悲荒涼。璵璠瓴甋固雜糅，杜蘅芳芷能齊香。起來仰首發清嘯，燕南趙北天茫茫！

卧病金陵擬寄仲本兄

蘭坡居士一老仙，自我不見踰十年。昨宵承顔忽入夢，雙瞳炯炯眉蒼然。手持瘦策烏籐鮮，口誦抱朴元真篇。塵寰百念日紛擾，笑我凡骨何當湔。奔泉落石雨飛洞，記得流觴連伯仲。斕斑蒼蘚蘂珠巖，巖上雲飛目同送。誰知城市異茆茨，只今痞痳空懷思。終當歸尋舊遊樂，共采玄麓山前芝。

有感

世事今如此，行藏果若何？又聞軍事急，彌覺客愁多。學圃思鄉社，歸舟夢浙河。始知嘉遯者，隱几樂巖阿。

寄江南諸友

吴越家何在？琴書此滯留。青燈人静夜，黄葉雁飛秋。上谷千家樹，長淮萬里流。孤吟不可曙，月色滿蘆溝。

除夕述懷

荏苒京城度歲華，每逢除夕倍思家。弟兄在念干戈阻，丘隴興懷道里遐。客裏不禁時序换，鏡中唯覺雪霜加。杖藜縱步多真樂，何日山巔與水涯。

去家十有八載，今年重陽始獲敘此團圝之樂，喜而成詠

九日頻年客裏過，今秋喜得返巖阿。黄花正喜家園盛，白髮從教岸幘多。别苑賜萸今已矣，高臺戲馬事如何？時光迅速真成夢，空自臨流歎逝波。

元旦仲潛弟有詩，言向時湛露坊兄弟同居之樂甚，至併喜予歸，次韻以答並志所感

相國旌旄擁後先，弟兄於此見偏憐。誰知適值風塵日，我迺遲歸十八年。入講每從廷閣裏，朝回猶憶御爐前。豈期今歲新更節，軒下欣看棣萼聯。

江梅着蕊得春先，手撚苔枝衹自憐。節向椒盤欣改歲，人驚蒲質又衰年。居安禮集欣家睦，句好詩成出我前。綵服曾孫堂下盛，已勝丹桂竇家聯。

晚晴獨步

短策乘閒彳亍行，林居地僻愜幽情。溪橋竹色侵寒溜，石逕松陰逗晚晴。佳趣我方便野服，浮榮誰喜縛塵纓。青雲無復當時夢，五畝烟霞尚可耕。

聽雨樓觀雪，約朱伯清長史同賦

朝來見雪幾登樓，憑檻川巖一縱眸。花柳千村迷島溆，瓊瑶萬片積林丘。看山頓失青螺擁，執竿應忻緑蟻浮。爲問昔年思種秫，相逢不飲復何求！

秋夜奉陪長山、潛溪、春谷、眉山諸公會飲喜友堂，予素不解飲，諸公强之，不覺大醉，即席賦此

煜煜文星夜聚奎，喜逢諸老赴佳期。白頭共結山中社，絳帳曾叨輦下師。老去簪纓咸得謝，年來泉石幸相依。舊遊似夢成陳迹，往事如新語故知。湖學淵源真不媿，孜亭模範合無疑。雄文世許今蘇頲，綵筆人推昔宋祁。侍席俊髦皆杞梓，趨庭羣從總蘭芝。耆英難擬西都會，真率庸追洛下時。座上共誇人似玉，風前何惜醉如泥。東籬節近花方蕊，南浦霜初蟹正肥。自是深情如味永，何妨坐久任更遲。壺觴屢酌緣知己，賓主相忘肯記誰。顧我平生那解飲，共君此夕復何辭。他時别後如相憶，應記麟溪醉寫詩。

美人臨鏡圖

開奩一鏡月華明，照得新粧露鬢成。不是惜花貪早起，緑紗窗外有啼鶯。

錢舜舉畫菜

雨甲烟苗緑滿畦，春深老圃鬭新奇。靈根味美人誰識，唯有清溪處士知。

卷四

元　古今體

戴　良

字叔能，父暄，與柳貫交，命良受業於貫，兼往來黄溍、吴萊之門，盡得諸先輩之閫奥。至正辛丑，以薦授淮南、江北等處行中書省儒學提舉，辭不受，避地吴中。久之，挈家浮海至膠州，欲有所爲，投擴廓軍，道梗乃寓樂昌。至明洪武癸丑，始南還，變姓名，隱四明山，十五年，太祖物色之，召至京，命居會同館，欲官之，以老病固辭，忤旨得罪，次年卒。元亡後，故國故君之思，往往形於篇什，終其身爲元之遺民也。世居九靈山下，自號九靈山人，有《九靈山房集》。見《九靈山人畫像贊》、揭少監《九靈山房集序》、《九靈山人年譜》。

三婦豔辭

大婦蕩湖船，中婦歌采蓮。小婦獨嬌態，含羞辭未宣。牽篷掩花面，何處不堪憐。此先生遁迹四明時作，以之自況也。

詠懷三首

結廬在西市，藝藿仍種葵。謂將究安宅，何意逢亂離。三年去復還，鄰室無一遺。所見但空巷，垣牆亦盡隳。久行得荒徑，披拂認門基。我屋雖僅存，藿悴葵亦衰。本自往山澤，此悔將何追！

庭前兩奇樹，常有好容色。年年遇雪霜，誰謂寒可易。大道久已喪，末路多涼德。狐裘已適體，誰念寒途客。古有延陵子，使還過徐國。徐君骨已朽，信義逾感激。解劍掛高樹，至寶非所惜。此士難再逢，四顧吾何適。

少小秉微尚，游心在六經。冉冉歲年遲，乃與塵事冥。入秋多佳日，何以陶我情。園蔬青可摘，新穀亦既升。命室釀美酒，一壺聊復傾。兒女在我側，親戚還合并。終觴無雜言，但說歲功成。至樂固如是，此外徒營營。

寄宋景濂三首

海潮還舊浦，河流歸故道。嶺雲雖暫出，迴風復吹掃。遊子與家別，來歸何不蚤！路遠隔音形，感物坐空老。

孤鴻失儔侶，連翩洲渚湄。自知羽翮短，不與同奮飛。寄聲奮飛者，當慎子所之。烟波渺無從，雲路迥難依。雲路多鷹隼，烟波有虞機。

昔與君別日，妾蠶初弄絲。何意時運傾，寒衣今已治。衣成向誰寄，冬雪旦夕飛。雪飛猶自可，時去端足悲。韶年忌彫落，華志驚變衰。安得君子心，不隨年歲移。

題平意公所藏天馬圖

君不見，余吾水中天馬出，赤鬣縞身朱兩翼。割玉爲鞍鞲不得，錦衣使者捷若飛。紫韁金勒看君騎，郤意拂林初獻時。鳳城五門平旦啟，馳道行驕轡耳耳。路旁見者誰不喜，衆中牽出朝未央。揮霧流沫滿道香，毛帶恩波眩日光。龍眠老子識馬意，行過天閒重回視。白筆描成落人世，我公購之灤水濱。百金市畫冀得真，奔霄追電何足云。從今吹角大軍起，料知一日行千里。

客居二首

豫作全身計，遠投東海行。地偏惟養拙，歲久未知名。苔徑當湖闢，柴門逐水成。牧童時聚笑，窮老一先生。

寥落空山裏，松門晝亦關。江鄉千里隔，天地一身閒。聽雨多臨水，看雲長傍山。自今幽思熟，無復歎時艱。

歲暮偶題二十二韻

削迹邊山邑，投身傍海城。驅馳悲世事，出處媿家聲。學術元求志，文章豈爲名。前途迷軌轍，末路玷簪纓。藩國羈疏冗，衣冠備老成。乾綱遭久紊，坤軸值旋傾。朋舊千家淚，妻孥兩地情。風塵齊國往，雨雪海邦行。紀晉慚陶令，依劉誤禰衡。世偏欺逆旅，天亦薄遺氓。陋巷棲顔闔，窮途哭步兵。桐君方避姓，越客豈通盟。壯節雙寒鬢，生涯一短檠。道寧隨世屈，身自向人輕。弧矢乖前志，干戈送此生。何心歸故里，浪迹寄遥程。婦怨憐蘇子，男婚憶子平。攜家期浩蕩，逐食歲峥嶸。雲海望中白，雪山愁畔清。寒天催日短，窮臘逼年更。感激芳時謝，淒涼老思驚。客窗歌一曲，涕泗下縱横。

題畫

憶向江湖歎暮秋，冷鳬晴雁共汀洲。數株古木寒依水，亦有啼鴉在上頭。

鄭　泳

字仲潛，號半軒，至正間薦授温州路經歷，棄官。明初下詔求賢，朝臣交章薦舉，宋潛溪曰：『其人如玉雪，毋汙其行也。』乃止。著書有《半軒集》、《家儀》、《輟耕夢談》、《過庭問》等書。

上京雜興

烏桓城近李陵臺，廢址荒基没草萊。南北一家今日始，東西萬里極天來。冠裳雜沓雲迎日，鞍馬繽紛電掣雷。歷盡江河文思長，兹遊喜得好懷開。

建國當年據土中，大安前殿閣穹窿。天垂北極星辰滿，地立神州氣勢雄。虎衛旌旗時正位，龍潭霹靂夜移東。開基世祖垂鴻業，聖子神孫萬代崇。

長十八

長十八，女兒折來鬢邊插。蕠蕠細管似秋蓮，嬌紅膩粉争春妍。花開葉落花不落，顔色不變長如昨。願妾顔如花，如花長不老，與郎相見長相好。

寓意懷仲舒兄

籬邊黄菊手親栽，倚杖盤桓日幾回。近得西風報消息，今秋及早爲君開。

鄭　涣　字仲釋，至正間以才薦授浦江縣主簿。

和博士兄杏花詩韻

雨過園林喜乍乾，杏花猶自怯春寒。曉來斜倚東風裏，絶勝楊妃醉後看。

哭叔車姪

汝才真俊彦，汝數一何奇！明月清風夜，嚴霜細雨時。悲歡曾共處，生死竟長離。老我雙雙淚，今朝爲爾垂。

鄭　淵　字仲涵，性至孝。母亡，哀毁骨立，朝士欲薦之，竟以瞶辭。至正末年，薦爲月泉書院山長，復辭不就。著有《遂初齋集》，私謚貞孝。

古意

西方有美人，絶世好容儀。獨坐曲房中，素手彈朱絲。新聲隨指發，音響一何悲。似言加餐飯，似言長相思。何如雙鴛鴦，朝夕同奮飛。

北山有飛鶻，五采眩人目。網者生巧思，媒之以其族。翳青向巖阿，和鳴聲粥粥。機械忽然發，毛血紛相簇。當年賣友徒，視此無乃酷。

兔絲緑如染，冠在青松顛。自視百尺高，可以凌雲烟。不知柔弱質，附高致其然。斧斤一朝至，何地相依緣。甘同黄瓜蔓，棄擲官道邊。

懷潛溪先生

我憂何日消，正若塵土積。心隨道路長，目斷遥山碧。依依江東雲，舒卷度晨夕。皎皎海底蟾，升高吐秋色。雲月會有時，亦可慰寥寂。自媿胡不然，旦暮從公側。年來性命乖，百病身爲瘠。鳴鳳已高飛，孤凰憐影隻。灑淚向公言，爲我重矜恤。

採蓮曲

梧桐轉階月如水，滿地瑶華鋪不起。誰家玉簫吹畫樓，不管洛陽秋色愁。吴姬踏歌楚女舞，羅帶同心結飛組。採蓮不採菂中薏，見人但道蓮心苦。鯉魚吹風紅葉秋，獨持明月上蘭舟。巴陵去去三千里，情與白波天外流。

辛亥中秋宿太湖

湖光萬頃接長天，此夜中秋月正圓。賸有新吟追賀監，媿無美酒酹蘇仙。蓼紅蘋白東西岸，露冷風清上下船。涼氣逼人眠不得，起聞遼鶴唳雲邊。

贈王隱居

會稽山下越王城，隱者茆廬夜不扃。採藥未妨雲作伴，彈琴時有鶴來聽。煮殘槲葉丹留竈，夢入梅花雪滿庭。媿殺仙華無事客，閉門日誦《太玄經》。

雪夜

昨宵清夢入仙家，十二樓臺處處花。石鼎煮茶翻雪乳，銀甖馱酒醉春霞。空中月色開晴晝，夜半寒光透碧紗。頓覺一身毛骨爽，新詩字字奪天葩。

述懷

故人去我遠，一别已十年。空堂寄短夢，恍若相親然。覺來兩相失，素抱深如川。借問子何如，青燈照殘編。欲知我何若？短褐沉林泉。索居萬山底，默默徒守元。酒爐宿朱火，藥竈浮白烟。誰知衡門下，可以全吾天。

郡國羅俊良，馳書走巖穴。當時名師儒，環布如星列。一堂絃誦聲，五色文章筆。吾道日以崇，衿佩日以集。愧我樗散才，鍾情在林樾。抱膝吐新吟，嚼碎梅花雪。

人生穹壤間，豈無軒冕心。苟非爲蒼生，何用腰黄金。嗟哉求名者，奔趨競晨昏。蘭蓀生空谷，芳馨無不聞。蒿萊非不拔，青青滿前軒。便約林居子，翦蒿種蘭蓀。

孤鶩與野鶴，翩翩兩相依。朝啄江之陽，夕宿江之麋。飛鳴縱所適，冥網焉所施。相彼緑鸚鵡，能言世所希。一入雕籠中，摧颯悲羽儀。翻然動遥念，目斷孤雲飛。

日晏無所事，垂綸釣江干。大魚逢芳餌，欲食猶盤桓。小魚計誠拙，觸味輒一餐。蘋藻良不惡，胡爲嗜香丸。人亦有如斯，感物成悲歎。

英英江上梅，鬱鬱園中柳。梅能凌雪開，柳郤隨霜朽。人生宜樹德，何可不取友。取友當結心，結面誠可醜。儀秦勢利交，堪比陳雷否。

我生尚無爲，何曾識兵革。豈期六七年，烽火連郡邑。白骨無人收，所至如霜積。黄葦呼悲風，鬼燐明秋夕。有耳不忍聞，凄然淚頻滴。愁絶難語人，終夜起太息。

江南佳麗地，多爲争戰場。瓦礫一千里，榛棘過人長。向來五侯家，金碧何煌煌。飛樓結綵鳳，高車駕龍驤。瓊爐爇寶篆，暖管調輕簧。楚女連吴姬，歌舞進金觴。歡樂未百年，荒墟泣寒螿。冥思萬物理，興衰亦其常。

仙家十二樓，縹緲雲海間。乘槎欲訪之，弱水阻三山。遥望不可即，令我忘朝餐。何如飲美酒，醉脱芙蓉冠。

書齋夜坐懷潛溪先生

程門二十年，隔面今三載。空腸日九迴，情深渺烟海。音書月無虚，終不如覿面。浩浩千萬言，何能伸繾綣。素璞誰其琱，蕪詞孰堪摘。對影徒嘆嗟，掩書廢窮索。硯田久不耕，學業日以蕪。苟興千里念，爲我作良圖。東明有石磬，興酣暢胸臆。月明夜不眠，對酒何人擊。寒梅發瓊芳，欲寄無人將。香風吹客夢，夜夜來秋堂。涼飈拂澗松，晴雲在軒户。美人招不來，猿鶴誰與伍。先生本逍遥，豈爲升斗羈。白犢秋草肥，行當復騎歸。

和博士兄同性原遊飛雨洞流觴

飛泉百尺瀉崔嵬，散作驪珠點石苔。直恐神蛟從洞出，卻疑寒瀑自天來。開尊試注清明酒，引水輕流上巳杯。此日莫能同勝賞，漫將新詠强追陪。

中秋感懷

去歲中秋湖上宿，蕭蕭涼夜一扁舟。風生水面鋪冰縠，月落橋邊接蜃樓。卧聽鳴鴻因有感，起來擊筑强消愁。今宵喜遇良辰近，先貸青錢掛杖頭。

飛來峰

天竺峰頭石一拳，何年飛渡浙江邊？烟蓑没膝迷行路，崖洞藏龍冷出泉。山擁蛟門凝白浪，苔生石佛暈青錢。鄱陽字畫新題刻，千載惟稱篆籀賢。

紅梅

勁節貞姿守歲寒，不應玉頰也施丹。爲憐春色濃如酒，忘卻空山雪共餐。

雨竹畫

瀟灑一林秋，淇川雨未收。那知三伏日，涼意滿書樓。

趙必崧

題義門

烏傷割北鄙，地聯浦陽江。豈非顔烏化，成此孝義邦。武鼎德至再，陳武鼎父子以孝聞 千齡世逾雙。何千齡三世聚居 高風振夸毗，澆俗變淳龐。宜哉興起徒，有志不可降。有志不可降，唯我鄭公家。嗜義若嗜飴，藝善如藝麻。一翁實唱首，諸子不待撾。短篇詠陳褒，雄文媿劉叉。便荷五尺鑱，學種荊樹花。學種荊樹花，是乃人道常。沙石方浩浩，圭璧遂光光。有男奉耆耈，有婦禮尊嫜。似此仁與讓，即是樊共張。自棄果何人，涕淚空迸漿。

黄生 字伯澄，廣東按察副使。

漁樵耕牧四首

誰家渡口棹漁航，撒網相依柳岸傍。向晚歸來生計足，隔籬買酒喚人嘗。漁

佩斧拖雲入翠嵴，忽聞山鳥弄清幽。奔波踏破芒鞋路，暮見孤蟾掛嶺頭。樵

曉起南郊問雨晴，鳴春布穀已催耕。秧添半水針浮緑，傍犢肩犁好治生。耕

曉晴騎犢雨披蓑，弄笛桃林竟若何。芳草連天隨意卧，歸鞭落日已無多。牧

徐木潤

詠月泉

兹泉以月名，與月共虧盈。萬古自輝映，一泓常湛清。地通滄海脈，氣合太陰精。未盡形容竗，余詩想像成。

唐高鎔

詠月泉

金波滙其餘，隨後迭盈虚。潮不異廬澗，洩非長尾閭。照形逃罔象，流彩戀蟾蜍。豈比無源潦，纔能滿即除。

卷五

明 古今體

宋濂

字景濂，世居金華之潛溪，始遷浦江之青蘿山。贈太常少卿德政孫，贈禮部尚書文昭子。母陳氏，贈淑人。公娠七月而生，少讀書，日記二千餘言。嘗從聞人夢吉受《春秋》，繼從柳貫、黄溍、吴萊學古文辭，年二十五著書於義門鄭氏之東明山。元至正間，有薦爲翰林編修，辭不赴。明初定鼎金陵，遣使奉書幣，聘爲江南等處儒學提舉，召授皇太子經筵起居注，總修《元史》，議封功臣勳爵，遷國子司業，三轉爲翰林侍講學士，總修《大明日歷》，拜翰林學士承旨、嘉議大夫、知制誥，兼修國史，兼太子贊善大夫。既而念其開國文臣之首，侍從十有九年，制度典章燦然大備，功爲不少，詔以年老致政還家。官其次子璲爲中書舍人，長孫慎爲儀禮司序班，推榮二代。家居三年，以慎坐法，舉家謫茂州。至夔門，得疾不食者三旬，書《觀化帖》，端坐而逝。所著有《潛溪》、《翰苑》、《芝園》、《蘿山》諸集及《龍門子》、《浦陽人物記》，編《宋文憲集》三十餘卷，見《王子充傳》。

題李廣利伐宛圖

貳師城頭沙浩浩，貳師城下多白草。六千鐵騎隨將軍，風勁馬鳴高入雲。師行千里不畏苦，戰士難教食黄土。上書天子引兵還，使者持刀遮玉關。烏孫輪臺善窺伺，宛若不降輕漢使。璽書昨夜下敦煌，太白高高正吐芒。戎甲重徵十八萬，居延少年最趫健。殺氣漫漫日月昏，邊塵冉冉旌旗亂。水工決水未絶流，旄竿已揭宛王頭。執驅校尉青狐裘，牝牡三千聚若丘。惜哉五原白日晚，郅屋水急游魂返。

題倪元鎮耕雲圖

看院留黄鶴，畊雲插紫芝。天下書讀盡，人間事不知。

送許時用還剡

尊酒都門外，孤帆水驛飛。青雲諸老盡，白髮幾人歸。風雨魚羹飯，烟霞鶴氅衣。因君動高興，予亦夢柴扉。

還潛溪故居

自入潛溪住，超然絶世氛。懶尋書作伴，長與鶴爲羣。千慮浄於水，一身閒似雲。梅花領幽賞，疏雪隔窗分。

題青山白雲圖

失腳紅塵歲幾經，抱琴行處夢初醒。白雲似解高人意，放出危巒朵朵青。

玄麓山八景 有序

予不作詩者十年，近尋蘭至玄麓山，左泉右石，争獻奇秀，疑山靈欲鈎致新句，故使人情思煒煒然也。因賦詩八章，用玄漆書諸崖石，别録其副，以俟同志。

桃花澗

桃花滿靈澗，樹老不計春。白雪如可問，爲覓種桃人。

鳳簫臺

簫史去已遠，朱鳥不下來，幸有山頭月，憐余入酒杯。

釣雪磯

釣雪立蒼磯，入夜魚不食。不食非水寒，自是鈎太直。

翠霞屏

古石不改色，絳緑自成圍。誰裁一片霞，爲我製秋衣。

飲鶴川

渴鶴忽飛來，愛此一勺清。五湖非不多，恐染鳧鷖腥。

五折泉

一級復一級，有若步雲梯。終然投東意，萬折不肯西。

飛雨洞

飛泉灑成雨，洗淨塵土胸。欲持青芙渠，去滔赤鯶公。

蕊珠巖

吟上蕊珠巖，詩成不敢寫。疑有緑毛仙，洗髓梅花下。

送編修張仲藻還家畢姻

少年歸娶奏金鑾，喜得天顔一笑看。紅錦裁雲朝奠雁，紫簫吹月夜乘鸞。靈椿堂上承中饋，寶鏡臺前結合歡。從此梅花消息好，青綾不似玉堂寒。

飛泉操

浦陽玄麓山有飛泉，濂與鄭飛霞先生數觀之，造飛泉操，鼓之琴，書諸崖石，其辭曰：

飛泉兮瀏瀏，洗耳固非兮，誰飲我牛？覆謂我汚兮，移彼上流，具人之形兮，奈何忘人之憂！

題長白山居圖

滿地雲林稱隱居，燕泥汚我讀殘書。五更風急鳥聲散，時有隔花來賣魚。

題張子璿畫林泉幽趣圖

翩翩公子實仙才，天師之子筆下雲泉潑翠開。若是人間逢此景，定應呼作小蓬萊。

張孟兼

名丁，以字行。有俊才，侃侃自許，奴視同輩。會下詔徵才能士，郡縣以孟兼名上，擢國子學録，與修《元史》，遷太常丞。時誠意伯劉基氣豪不肯妄下人，侍太祖論天下文人，謂『宋濂第一，臣基次之，又其次孟兼，餘不能知也。』而孟兼愈自高。出爲山西按察司僉事，遷山東按察副使，爲吴印所忤，棄市。孟兼負才傲物，尚氣好高，爲人所陷，卒以才自累，惜哉！有《白石山房稿》十卷。見蘇平仲《張孟兼字辭》、宋景濂《送張君之官山西憲府序》。

金華洞天

洞天萬仞落空翠，神仙何年上青霄。蛟龍已去荒窟宅，雞犬無聞遺井瓢。冰湍灑灑暗猶落，巖雪陰陰春不銷。我欲乘風問生術，林間黄精深雨苗。

楊柳詞

柳色青青柳葉齊，送君江上朔雲低。妾似柳條繫風雨，君如柳絮逐東西。

義門鄭仲舒先生得請歸浦江，余於先生同里且親故，賦是詩，情見乎辭矣

鄭君去年離北平，束書抱病來南京。城隅邂逅喜且驚，開顔握手言再生。自從南北屢搆兵，日夜悵望鄉關情。幾回寄書雁南征，中心摇摇若懸旌。苦遭喪亂百病嬰，客邊囊橐一旦傾。此來四顧徒煢煢，豈料吾子與合并。我時聞之涕泗横，況公素有文章名。居官勝國職最清，經筵之擢轉庠黌。及當玉署宦已成，又爲奉常典粢盛。人生際此自足榮，但恨白髮已數莖。懷哉屈子全忠貞，誼與日月同光晶。願言力餐秋菊英，佩明月璫紉茝蘅。懸河之論春雷轟，使旁觀者顔發赬。索居半載留帝城，坐聽夜雨哦寒檠。眼前倏忽時變更，春風一見衰草萌。公家孝義好弟兄，遣兒千里來遠迎。乃今得請荷聖明，身若插羽乘風輕。過門云别明遂行，開船更趁蒸雨晴。夜久不寐視長庚，長庚欲落鐘鼓鳴。庭樹喔喔聞雞聲，蹁蹮起舞冠絶纓。公歸我愁絲亂縈，亦有夢寐懷先塋。如過吾父欵柴荆，爲言恨不同趨程，終當蚤晚乞歸耕。

北山草堂

草堂四面近嶙峋，白日蒼苔不染塵。澗瀑倒吹千嶂雨，山花遲發半巖春。雲封竹户常無徑，僧到斜陽可結鄰。松下茯苓今已長，那堪車馬誤閒身。

趙友同

字彦如，從叔能、潛溪遊，講學詩文，尤精醫術。洪武間，領薦授太醫院御醫，永樂初纂修大典，兼編修官。後以事左遷華亭縣學訓導，著有《存軒集》。

宋徽宗畫半開梅

上皇朝罷酒微酣，寫出梅花蕊半含。惆悵汴宫春去後，一枝流落到江南。

鄭　湜

字仲持，洪武間以胡惟庸誣指贓鈔，械繫至京，蒙聖恩昭釋。以公才優，欲任以方面，天官奏無缺。上又曰：『便是參政也罷』，又奏皆不缺。就命各布政司添設兩參議，即除福建左參議。

贈友

青箱舊業擅家聲，似爾真堪舌代耕。意外升沉玄幻境，眼前風采早傾情。開編每日思先哲，説法何當覺後生。桃李媿予曾灌溉，尚煩化雨快滋榮。

閩省中秋對月

歲歲家鄉翫月圓，今年此處對嬋娟。姮娥空有長生藥，不與人間駐少年。

鄭　濟

字仲辨，號訥齋，善書，尤精古篆。洪武二十六年，蒙聖旨遣行人孫昇取義門子弟年三十以上者赴闕，特授左春坊左庶子。每退朝，求書者闐門，竟日不倦。後弟沂爲禮部尚書，遂賜楮幣致仕，又召入史館，命修《實録》。

應制答高麗使者

天全幅員付聖皇，大明昭回日月光。帝錫寵命隆百王，卜年繼統邁周商。革風易俗還虞唐，迅掃區宇清八方。乃文乃武撫且攘，烝民立命戢暴强。捄焚拯溺扶弱尫，率土坐令咸阜康。誕敷聲教開明堂，奔走四裔戎與羌。窮髪絶徼争梯航，歲惟丙子交三陽。春王朝正來萬邦，朝鮮小國東海洋，中州一郡足相當，獻歲致貢進表章。厥俗習詐詐乃常，剽襲文字畧端莊。陋方曲學真面牆，粉飾巧令相揄揚。禮官攷核嚴而詳，法曹按律誅無將。臣節不純天所戕，頽波不障起濫觴。厲階不戒視履霜，羣臣上言叩巖廊。樓船使者臨彼疆，溟波跬步絶斷潢。便當繫頸而扼吭，要荒侯服懲跳梁。皇仁浩蕩不可量，海涵地負山嶽藏。同仁一視民恐傷，兵乃兇器冲和妨。彼民何罪池魚殃，郤奏罷請示括囊。檄書徵取修文郎，聞命速遣不怠遑。陪臣先後陪班行，待以不死死莫償。聖情教養有弛張，與彼濁世掃粃糠。取逆守順禮爲防，一誠事大戒苞桑。庶乎治安免流亡，聖世復古羲與黄。華夷同躋仁壽鄉，神功聖德何巍煌。萬年天子垂衣裳，千秋萬歲正紀綱，緜緜地久與天長。

三色梅花

姑射肌膚白如雪，夜出瑶臺看明月。羅浮山人醉臉丹，笑跨彩鳳臨銀闕。相逢同過金母家，金母小玉名陵華。一色羅衫染蜜褐，仍帶絲囊盛紫霞。珊瑚鈎起珍珠箔，玉色吹殘風色惡。羣仙齊怨老榮華，斑斑淚向鮫綃落。

鄭　洧　字仲宗，洪武間，詔檢天下田畝爲魚鱗圖，以防隱匿。時用事者以賄敗，稅户當連坐，主家長者屬當就吏，公挺然曰：『吾爲義門，可使家長受刑乎？』遂以身代。臨刑，朗誦古詩一章，士林哀之，私謚『貞義』。

雙溪小隱歌

曹君昔隱金盆山，藥爐夜煮黃金丹。舉身欲約赤松子，握手長嘯青雲間。曹君今住沙溪曲，傍水依崖結茆屋。黃塵截斷不敢飛，適意時來雙屬玉。屋南屋北多鮮奇，異葩靈卉承華滋。高松百尺不僵亦不死，狀似飲川蟠谷之蛟螭。角鬣分明儼如畫，老榦不受秋風欺。一瓢獨挂忘來歸，竟與人世相睽違。有時攜樽踞白石，苔花濕盡霞間衣。有時掬水邀明月，碧波夜浸青玻瓈。生不願輕裘肥馬誇富兒，亦不願腰懸組綬光陸離。白鹿畊雲不須驅，曉來種滿山前芝。飢餐六氣飽於飯，渴飲零露甘如飴。從兹覽徧中黃辭，真一有象丹成基。骨瘦昂藏聳玄鶴，芳顏瑩白逾華脂。但得陸跨白鹿水，赤鯉摩挲銅狄河之湄。嗚呼摩挲銅狄河之湄，走窮山海尋安期。

中秋湖上

舟行湖上渺無窮，極目天涯見落鴻。興盡欲歸篷底卧，漁歌忽送荻花風。

鄭　瀫　字仲養，號默齋，著有《詩草》八卷。

春夜賞海棠

秉燭看花夜向晨，玉堂學士謫仙人。小園富貴春無限，絳蠟熒煌花有神。恣筆題詩書勝事，嬌姿欲語答吟身。莫教今夜東風惡，看到天明付與春。

海棠仕女圖

東風蕩漾百花潭，翠袖迎風酒半酣。好鳥隔窗催曉色，美人殘夢在江南。

鄭　淏

字仲遠，號著微子。

登宜晚樓

松竹交加翠作堆，小樓瀟灑倚巖開。采苓仙子乘雲去，擬望何年跨鶴來。

望雨

九藍山色青如藍，片雲冉冉生其間。雲飛過山滿天去，萬壑千巖雨如注。少焉雨散雲復收，青山依舊青如油。阡陌枯禾换新秀，涼風拂拂生清畫。五風十雨卜今年，民謡擬聽康衢傳。

戴　統　字彦瞻，九靈山人從孫。

書顯七府君挽詩後

仙遊三十載，一日幾嗟吁。丹竈生蝸篆，書囊聚蠹魚。鶴歸人世異，猿嘯墓門虛。幸賴垂恩澤，雲仍慶有餘。

王　澄　字德輝，宋太常少卿萬元孫。澄以忠厚齊家，歲旱，出粟貸人，不取其息。州里愛戴若父兄。集家衆言曰：『鄭氏合食，居久而彌篤，汝曹能如之，吾瞑目無憾矣。』言訖而逝。

遊聖果寺

一徑入雲峰，縈回曲磴重。山巔敞梵宇，林杪度疏鐘。陰壑餘殘雪，陽崖攢瘦松。江湖供勝覽，染翰繼芳蹤。

秋谷以畫册索題

自笑當年汗漫遊，詩囊猶帶粵山秋。而今展卷重惆悵，一舫浮身天際頭。

黄逢原　字資深，與兄逢吉、弟逢昌友愛雍睦，同居共爨，宋文憲公爲作義門銘。

迎薰樓分韻賦詩得光字

有客過我門，癯然鬚眉蒼。村居倚山塢，何由得瓊漿。殺採北山蕨，酒借東鄰觴。涼飈遞幽響，明月揚清光。客情何真率，爲我樂徜徉。謔浪恣歡謔，形骸兩相忘。

黄　宿

字仲昭，逢原子，從學於蘇伯衡，又遊宋濂之門。洪武庚申，以賢良方正徵，適丁母憂，不起。叔父逢昌被誣，上書釋其寃。伯父逢吉以非罪名隷重籍，逢原争，欲就吏，宿挺身代行，卒死於法。鄉里哀之，私謚『節孝處士』，著有《適意齋稿》。

迎薰樓分韻賦詩得燈字

文字會若期，共此秋夜燈。星月明皎皎，水天湛澄澄。涼颸動疏竹，宛若絲竹興。況乃夜寥閴，危欄時共憑。嘉賓樂觴詠，愧乏酒如澠。轇轕塵俗慮，涣然若釋冰。

趙友直

字彦方。

迎薰樓分韻賦詩得夕字

灝氣凌秋清，晚山映天碧。佳賓欻來莅，若聚金與璧。主謂會合難，登樓歎今夕。涼颸度綺疏，夜光動瑶席。燈燭共煇煌，盃盤肯狼籍。瑚璉方前陳，衹慚混燕石。

陳禮

字敬夫，洪武中，有司以通經貢於朝，辭疾不仕。

九靈、眉山兩先生，洎養浩、彦方諸君偕至長塘，夜宴迎薰樓，以工部『今夕復何夕，共此燈燭光』句分韻賦詩，余次日因訪仲昭，廼悵然以弗克胥會爲憾，而仲昭叅曰：『此詩尚有復字未作，子其爲我補之，猶與斯會也。』余既歎弗獲聆諸公高論，竊喜載名於卷，遂不辭而賦之

補夕字

黄塵没征途，行者昧昏晝。孰知彬塘閒，竹樹鬱而秀。客來共登樓，呼酒引觴豆。既暢胥樂情，亦叙平生舊。西風天際來，好句入我袖。我來會不逢，惆悵何時復？

釃酒臨合溪，酒美溪波色。有客不速來，展此溪上席。杯行既無算，笑談終日夕。醉來復成詩，此樂知何極。人生易遲暮，日月亦役役。不飲欲如何，俛仰成今昔。

黄道斌

字叔厚，由國子生任刑部司門主事，雪寃理獄無滯囚。尋分理鳳陽、太平二府，政績藹然。時屯田夫多死，亡寡孤兒無倚，道斌奏請，悉聽還鄉，人咸德之矣。

新月

銀漢迢迢夜色寒，娟娟新月掛林端。魚驚鉤曲藏深澗，鴈避弓彎起別灘。兔魄聯輝環已斷，蟾光分影扇難團。直教三五開明鏡，萬里清虚許共看。

早起

吟窗星落楚天清，斜月朦朧照啟明。一唱雞聲三拍翅，無端籬落草蟲鳴。

卷六

明 古今體

鄭 沂

字仲與，洪武間，詔徵天下大姓税户，授以職任。本家以公起送，上召詣前，再三歎賞，御筆親除爲禮部尚書，階資善大夫。大行賓天，典喪葬禮畢，即引年致仕。著有《寅清粹議》。

題桐江處士方禮耕皋圖

玄英處士舊名儒，更有雲孫善讀書。數畝石田和露種，一犁春雨帶經鋤。傳家喜見箕裘盛，力穡寧憂倉廩虚。試問客星臺上月，年來垂釣事何如。

至松江

路入雲間去，青雲拂錦袍。水連三泖濶，山擁九峰高。蓴老嗟何及，鱸肥興正豪。淒涼千載事，釃酒向亭皋。

鄭　檦　字孟良。

春日漫成

東風滿眼總春華，多少芳情屬自家。最是夜來窗外雨，滿庭開卻紫荆花。

懷王佳山

周遭藏小室，幽興晚來濃。掬水思分月，披雲欲盪胸。隔籬疑巷吠，到耳自溪舂。良夜已如此，佳人胡未逢。

鄭　梃　字叔高，洪武間屢薦於朝，以親老力辭，著有《致用齋稿》。

擬古

孤齋悄無人，絳燭夜吐芒。羽蟲忽飛來，投火欲自戕。知爲明所惧，曷不務韜光。子房願封留，淮陰喻弓藏。法戒既昭然，昧者何茫茫。高山有白石，行當煮爲糧。

我歌何激烈，傷我義士肝。男兒化婦女，所異惟衣冠。有兵八千人，屈膝向江干。大節不復振，何人障狂瀾。梧桐似有知，翛翛生暮寒。

綠綺吟

石崖翦斷梧桐尾，按律憑音裁綠綺。瑤徽點點疏星寒，冷光六尺凝秋水。青絲七縷張高秋，萬泒寒泉隨指流。一聲金石散丘壑，猿哀鶴怨蛟螭愁。空谷咽雲風瑟瑟，池塘露冷芙蓉泣。翠屏相對夜冥冥，十二珠簾籠月色。最憐昨夜曲終時，庭前獨樹烏亂啼。

雪

曉雪堆鹽忽滿山，江南江北白漫漫。光摇銀海三千界，氣壓珠簾十二闌。塞上將軍懷李愬，山中高士卧袁安。謝庭和氣春風盎，不怕嚴風竟日寒。

寄御史叔恭弟

御史朝天趨禁鐘，馬前銀燭絳紗籠。霜飛繡斧浮花白，露滓宫袍濕茜紅。擬待麒麟圖晚境，若爲鵰鶚在秋空。年來倍覺才情麗，乘醉題詩送阿戎。

竹齋

小築幽齋不在寬，繞簷都種碧琅玕。鳳凰嘗見空中下，翡翠偏宜雨後看。窗户四時無赤日，軒庭六月自清寒。先生一榻便高卧，莫説東山有謝安。

鄭 杕

字叔韡，非非半仙之子，宋學士之婿，謹飭而文，喜習詞章，通岐扁術，尤精於瘍醫，外科、針炙，能極其妙，有父傳焉。著有《學古齋稿》。

促織吟

清露溥溥寒夜悄，碧紗無人山月小。草蟲切切胡太哀，聽到曉鐘猶未了。孤帳美人眠正悽，入耳聲聲心似擣。錦衾宵擁淚欄干，暗洗芳容夢中老。促織促織聽我道，十載遊人歸不早。我願爾蟲如有靈，化作枝頭子規鳥。

湖上夜

萬頃烟波一葉舟，柳陰深處枕寒流。波光接岸鮫人泣，水影摇空龍女游。笛捲黄蘆吹夜月，雁銜白露下寒洲。推篷試問滄浪趣，身在玻瓈一鏡秋。

題王一窗墨梅

王君畫梅如相馬，意足不待形容寫。自然眼底有湖山，忽發天機費陶冶。西子含愁面發玄，黑白變幻須臾間。恍惚雲枝烟霧裏，夢魂疑是孤山仙。孤山仙人渺何許，嗟君用心何太苦。只將毫末點冰紈，一時唤醒江南土。江南萬里含暝雲，冰霜不見春風痕。玉笛無人曲聲老，耿耿風雨愁黄昏。花光道人今何有，妙意傳君三昧手。迺知淡墨深入神，傍人悮指無鹽醜。

贈友人

李白舊隱匡廬山，老去窮經猶未還。至今文章滿人世，光焰萬丈紅斕斑。吾兄近作仙華卜，占斷白雲半間屋。行行寶匣劒生華，落落青囊書一束。由來氣與牛斗横，茫然眼底無功名。袖中彩筆墨虵滑，窗下黄卷銀釭明。丈夫事業期不朽，肯爲妻孥重回首。梅花夾道正相迎，慇懃相瀝沙頭酒。舍弟年方二十强，讀書一月窮一箱。

懷宋太史

亦知離别遠，世事正何如？流水天涯路，征鴻塞外書。緜緜飛雪晚，點點落梅初。日月重回首，那堪歲已除。

王　懃

字思義，子偉之子，能循禮守法。洪武初召對，嘉其才，與鄭濟同擢左右春坊庶子。懃精于河洛之學，著有《圖書》八卷。

次張東明小園同人賞菊韻

名利難羈自在身，小園日涉菊相親。一籬丰致元超俗，百卉繁華不耐新。瘦影莫嫌才士老，衣襟猶帶酒痕匀。縱然欲步騷壇上，張幟先登讓主人。

即事

解囚未解我羈囚，遣悶頻登元暢樓。日照雙溪拖白練，碑看八詠豁青眸。遊山有志晴兼雨，懸榻無人去不留。虧得消憂生妙訣，沿街日聽太平謳。

鄭　枋

字叔車，號車齋。太常博士濤之子，著有《車齋稿》。

春夜侍家大人同潛溪先生衆芳園燃燭賞海棠

衆芳園裏花連天，花間亭子如湖船。百花旖旎喜並發，海棠尤是花中仙。昨夜枝頭新過雨，花開近人嬌欲語。太常我父老謝事，自作衆芳亭下主。掛冠歸來心愛閒，置酒約客來花間。平子已作《歸田賦》，陶令新從栗里還。如龍賜馬騎矍鑠，下馬來赴觀花約。入門見花如故人，重喜紅顔嫩如昨。婉然一笑啟朱唇，低徊嫵媚情相親。阿誰錯比楊太真，天姿更比人精神。主翁有意留花住，只恐夜深花睡去。高燒銀燭照紅粧，令人卻憶東坡句。閬牆煮荳古來有，得似海棠花下否？金谷園中鬬珊瑚，得似海棠花下無？義家清賞人滿座，學士作歌博士和。平生不飲醉兩撈，醉來擬共花陰卧。賓主相看頭總白，座上成詩人近百。賞花會裏問題名，一姓子孫三姓客。更闌宴罷燭影斜，燭光摇曳難籠紗。何如翰林學士如椽筆，文光常照海棠花。

鄭　材

字叔周，號周齋，濂之子。工書法，尤精篆隸。

雨中有懷叔文弟留湖州

雨過新涼發，輕風透緑蘿。野雲天外遠，春水望中多。鳥語穿幽樹，魚潛入舊波。懷人江漢濶，歸興欲如何？

宋　璲

字仲珩，學士濂仲子。洪武丙辰，徵濂冢子瓚，瓚之子慎爲殿廷儀禮司序班，復召璲，除中書舍人。上時休暇，輒命題試璲、慎而戒飭之，語濂曰：『朕爲卿教子孫也。』濂奏事倦，命二人扶掖下殿，一時以爲榮。濂歸未幾，後慎以胡惟庸累，被刑。璲亦以誤對得罪。生平工書法，真、行、草、篆俱入能品，與宋克、廣稱三宋云。著有《水簾洞詩編》、《玉兔泉詩編》，見方正學《宋仲珩壙誌銘》。

采桑曲

桑芽露春微似粟，小姑把蠶試新浴。素翎頻掃細于蟻，嫩葉纖纖初上指。朝采桑，莫采桑，采桑不得盈頃筐。羞將辛苦向姑語，妾命自知桑葉比。家中蠶蚕未成眠，大姑已用新絲錢。岸上何人紫花馬，卻欲抛金桑樹下。

水簾洞

石泉飛雨散淋漓，翠箔銀濤萬縷齊。雲屋潤含珠網密，月鈎涼沁玉繩低。鮫人夜織啼痕濕，湘女晨粧望眼迷。恍似水晶宫殿裏，四檐花雨亂鶯啼。

周　旼

字中和，别號浦陽江漁，以文學知名，尤工真、行。永樂中召入文館，官中書舍人，侍内廷二十年，引年歸。詩見《江村銷夏録》。

馮外史題墨竹詩次韻

丹霞曉雜文光起，尋訪玄都馮仲子。璚室翠館不易到，俗緣脱盡來過此。此中宛似小瀛洲，颯颯松風天際流。呼童洗鼎瀹新茗，促席忘言清味投。品題重見王逸少，文章翰墨兼通曉。醉揮古墨成琅玕，淇澳風清湘月皎。縱横枝榦備法書，未讓老可專名譽。渭川千畝目不盡，嶰谷萬箇春無餘。汀葭沙草含霧氣，懸崖竇石殊適意。長波浩蕩渺天涯，籦龍吐蟄尤驚異。雨飛數點蒼苔溼，鳳凰欲下祥風飄。俞君得此足秘玩，騷人墨客時交集。今歸將門横劒林，高標勁節無塵侵。凌霜傲雪色不改，共期歲晏堅貞心。

陳本固

接石

藍輿陟層巔，綫蹊若迴灘。先登步猶跼，後挽行益難。履危不數仞，避險輒多盤。三石立於獨，累真若爲安。疑自五丁手，鑿石樹巑岏。松邊取一息，影動浮雲端。冷風挾車輿，青雲向空摶。不知日馭側，但覺雲切冠。俯視萬廬落，井榦湧微瀾。青林綴坳垤，新霜變琅玕。客塵將盡斂，真影逐征鞍。究觀蓋壤内，海帝門夷漫。何年晝疆邑，馬跡猶未刓。媻跚襲遺武，攀躋毛髮攢。旅行負新粲，魚貫度崩湍。上步易顛躓，肩赬汗流丹。彼誠謀日給，老我亦懶殘。相爲事茲役，荒游況儒酸。放情思脱兔，引手招翔鸞。復恐骨肉軀，大鵬墮空謾。山靈若攜我，澗聲取枰彈。寥哉不遠復，脱粟有餘餐。

鄭　幹

字叔恭，號恕齋，爲義門孝友漢叔子，受業宋潛溪。永樂元年，近臣交薦，召授湖廣道監察御史。立朝蹇諤，奏罷廣東取珠之役。十六年，皇上掃清沙漠，凱旋。進五言詩，上嘉曰：『可謂滿朝詩伯第一矣。』著有《恕齋集》一十二卷。金華後學董學豐謹填諱。

春夜侍學士宋公賞海棠

學士當年上帝畿，海棠無語思依依。重來銀燭光初焰，笑對紅雲煖欲飛。玉勒暫從花下駐，金蓮還憶夜深歸。鳳凰池上春如海，環珮聲中有綵衣。

寄宋仲珩

凱風昔南來，送君涉長道。短絃爲君調，玉壺爲君倒。不能無暌離，惟願歸來早。嘉會殊未遇，白露下庭草。惜别情尚難，寧不傷懷抱。

别君如昨日，望舒已再圓。借問此何時，蟋蟀鳴床前。冉冉氣候變，耿耿情難宣。神交托夢寐，辛勤逾山川。山川多險阻，涼風吹我還。歎惋終遥夜，不得到君邊。

與君昔同門，相親如肺腑。一朝騁驥足，高舉縱遥步。從知玄豹姿，豈翳南山霧。我無冲霄翮，安得與之去。戒途未闌暑，倏忽變金素。緑錢生廣除，紅葉滿征路。時節有代更，君心得如故。鷺斯桑下飛，青鳥海上遊。如何不同調，羽翼有短修。故人昔相見，時時話綢繆。出入念同車，無衣念同裘。初盟倘不渝，在遠情愈周。但願似疇昔，烏用苦相求。一朝參商如，豈不懷百憂。歡愛昔相因，結交冀終身。中道舍之去，不能攜手親。遥思久滯淫，無乃兒女仁。念此斯須别，别久遂殊倫。莫厭藜藿賤，莫謂猩唇珍。猩唇若云美，藜藿不可陳。寸心苟能合，萬里猶比隣。種梧待鸞鳳，鸞鳳不來宿。梧生日夜長，歲華如飛鏃。凉風一夕厲，露葉消初緑。豈乏爨下音，摧殘比衆木。我願裁爲琴，寄君清商曲。叢桂在庭前，與子昔同植。風霜昨夜緊，晨起視顔色。庭樹已凋落，桂枝一何直。亮節自中懷，貞性非外飾。對之思所親，俯案不能食。一日十二時，萬慮在一刻。寄詩非盡言，聊用明相憶。

分題得月泉書院送王參議

仙華山下舊絃歌，鑿破蒼苔數尺多。萬里銀河天有影，一庭玉雪水無波。相將曉日憑欄處，曾記春風挾策過。欲向此中傾别酒，不禁老病卧烟蓑。

集叔鄂弟齋中分韻得阿字

麟溪水清如藍挼，午風過雨凉生波。溪南步歸日將晚，愛弟置酒邀相過。接懽聚飲固不易，止有骨肉餘無他。尊者居前幼者後，衣冠濟濟肩相摩。怡然笑語燈燭下，面睟背盎如春和。一觴一酬各有禮，陡覺兩頰生微渦。去年是日遭坎坷，弟行兄繼愁無那。炎風赤日爍沙石，陸走畏虎水畏鼉。青天無私雨下土，不止霢霂沾滂沱。義居晝夜沐恩寵，遂使枯草爲嘉禾。清風掃卻妖與魔，門神户靈咸撝訶。紅塵不來几案浄，蒼梧翠竹枝交柯。停君之盃遲遲飲，聽我與爾浩浩歌。我兄九人二人在，君居十九四十多。僂指多君一旬歲，臨風搔首髮鬖髿。浮生窮達豈有定，勛業未就成蹉跎。漁人樵叟喜作侶，一丘自甘烟與蓑。憶昔東明結書屋，風晨露夕時切磋。長繩不繫羲與娥，年華不啻一擲梭。十世重擔付我輩，無奈我老鬢已皤。愛君資質衆特異，況能尚義無偏頗。丈夫肝胆照日月，豈若流輩徒婞婐。霜雪冥冥下庭草，笑指松柏恒婆娑。鼓鐘饌玉不足貴，詩書禮樂爲干戈。只今明良際會時，求賢四出禮爲羅。葛巾野服起幽壑，平地頃刻登嵯峩。駿足終期伯樂遇，豐城不得閉太阿。海頭健鶻攫飛鵞，雄才逸氣如君何。

簡吴中書

共使南閩日月長，中書已覺鬢毛蒼。畫船近驛先撾鼓，繡斧衝寒乍降霜。俊逸詩篇唐内翰，縱横書法漢中郎。烏臺鳳沼緣情切，肯憶同吟夜對床。

送李中書任廣東憲僉

十載詞林被寵嘉，鳳池春煖筆生花。銀箋不倦臨青李，鐵畫曾經草白麻。玉殿忽傳宣近侍，繡衣已許賦《皇華》。廣州不用愁炎瘴，行見清風播海涯。

中秋京闈分韻得秋字

月臨丹籞正中秋，遥想清光遍海陬。疏廣乞歸優詔許，子牟戀闕此身留。一時冠蓋名如雨，萬里星河共倚樓。自媿不才承寵渥，敢誇文字贊皇猷。時叔父尚書致仕。

平北詩

聖朝大一統，輿圖昔未有。寸地皆入貢，歸命孰敢後。惟虜瓦剌黠，長惡率羣醜。反覆無恒心，吞噬肆毒手。聖明閔愚頑，燾養均薄厚。吁嗟既臣伏，職分當謹守。胡乃悖且狂，弗顧臧與否。背恩負仁義，寇邊傷畎畝。大田每多稼，豈容生稂莠。彰善古所宜，縱惡胡可久。彼民墜塗炭，來蘇徯我后。我后奮厥武，出兵救黔首。命將肅號令，誓師戒左右。百萬同一心，伐彼曲而負。砲車轟雷霆，雲旗紛結糾。海湧蛟龍飛，山摇熊虎吼。寒光照金甲，朔氣凛刁斗。一鼓兵刃交，摧鋒如拉朽。將軍見旌旆，壯士恣擊掊。前軍隳巢穴，後軍索原藪。霜刃斫膂脊，雨箭射跟肘。忿慠氣填胸，噉奸如噉藕。凶徒自虀粉，溺險杵投臼。仇頭漸填軋，勝勢如竹剖。渠魁既已殲，餘黨隨指嗾。膝行崩厥角，乞生聲連口。天兵不盡誅，恤罪寬其杻。殘虜何纍纍，宵遁星散走。宿雨霄滂沱，疾風掃如帚。乾坤浄滌蕩，區宇無纖垢。我皇御萬乘，陟彼崖谷陡。聖德神禹如，聖功神禹偶。銘山告萬世，穹碑屹岣嶁。凱歌奏雲韶，懽忭暨童叟。臨軒稽殿冣，飲至用醇酎。古有銘太常，錫命及圭卣。我皇率舊章，蟬聯錫組綬。微臣荷聖恩，才薄等駢拇。況當遲暮年，弱質如蒲柳。涓埃不能報，望闕顔生忸。臣獻五字詩，願祝億萬壽。

卷七

明　古今體

鄭　楷

字叔度，淵之子，受業宋太史之門。縉紳推其學行，達之藩府。永樂初，蜀王朝京師，奏除王府教授，王見之，大喜，有『公來雪山重』之句。勸講十餘年，尊爲賓師，賜號醇翁。憫公年老，奏陞長史，致政還家，賜輿馬僕夫，侍從咸周。復睿書孝感泉、書種堂、歸來軒三軸，織錦成文以賜。永樂己酉，與兄御史榦同朝京師，上嘉勞燕賚，復賜善書，朝野以爲榮。年九十三卒，門人私謚『文誠先生』。公精隸、真、行、草，遺蹟世珍爲寶，著有詩文，王賜題曰《鳳鳴集》及《歸來軒合稿》。

立春日奉旨命諸臣分韻進詩得園字

春光先到上林園，花信風來第一番。鶯囀新聲來鎖闥，柳垂青眼出宮垣。細旃廣厦陳謨訓，玉葉金枝壯本根。何幸康成書帶草，丹心長在露華軒。

二月二十八日特蒙睿恩，念臣生日，召入迎仙院，訪禄雲山，賜飲天門冬、金銀藤水、紅花酒，傳旨云『松花會』也，口號八語謝恩

六十九齡初度日，迎仙院裏醉春風。天門三换金銀酒，瓊管雙吹髽髻童。紫府上卿陪讌重，青溪道士笑言同。松花此會千年遇，拜舞陳詩感不窮。

和周典寶見寄韻

知君思我我思君，幾度花前醉夕曛。燭賜金蓮曾共照，班聯玉筍每同羣。好詩已許貽元亮，奇字長懷問子雲。萬里神交勞夢想，臨風新喜鵲聲聞。

十二日午後泊沙市，指揮劉芳入京，敬傳令旨，賜織錦孝感泉、歸來軒、書種堂大字三幅，稽首拜嘉，謹賦八語以紀恩榮

沙市維舟日未晡，劉侯傳詔到行艫。天機織賜羲文畫，玉檢函來龍馬圖。孝感泉名揚祖德，歸來軒署耀鄉閭。子孫世世當思報，書種堂中仰睿謨。

賀萬壽聖節，蒙賜宴内廷，賜《爲善陰隲書》二十本，謹賦呈金楊二學士

弟兄待漏日華東，學士相逢顧盼同。八袠趨朝憐矍鑠，兩生給侍步從容。内廷錫宴恩榮重，秘閣

頒書眷遇隆。惟願還家宣聖化，人人爲善積陰功。

同御史兄赴北京舟近直沽

鄭　彬　字叔文。

買得扁舟一葉輕，白頭兄弟上神京。櫓聲摇月江流穩，帆力乘風海霧清。篷底攤書開老眼，囊中取筆記行程。明朝整珮趨朝去，萬歲山呼祝聖明。

探梅

西湖湖上舊遊時，雪裏相逢歸去遲。月下清歌來翠羽，花前停鞚勒金羈。春還嶺表三千里，書寄江南第一枝。重喜花翁今有約，明朝詩酒醉淋漓。

鄭　模　字叔範。

春夜賞海棠

海上名花屬品題，沉香亭北畫欄西。燭明倍覺紅粧好，風定纔看翠袖低。象管促教留夜飲，馬蹄無數踏春泥。憑誰分付東君住，明日重來訪舊蹊。

紙帳

誰將玉杵搗冰霜，盛貯梅花雪滿床。一覺睡回明月夜，五更身在白雲鄉。清幽不作邯鄲夢，雅淡惟搜錦綉腸。好爲儒生障寒冷，從他疊錦侍含香。

鄭　桐

字叔成，母嘗病，晝夜侍湯藥不怠。永樂間，御史劉辰薦于朝，授滁州判官。滁當衝要，素稱難治。公至，上下咸服。以績最進階徵仕郎，循例復任，衆歡曰：『鄭公來牧我矣。』

春思

梨雲淡淡霧濛濛，人在青樓柳巷東。鸞鏡未開簾未卷，羅衣猶怯五更風。小梅綻玉柳金微，春氣融融入翠幃。閒看多情雙燕子，呢喃時向畫堂飛。玉簫聲斷綵雲深，欲覓仙蹤何處尋。無數碧桃自開落，武陵消息思沉沉。院宇深沉人影稀，偶來花底襪痕微。緑楊陰裏闌干曲，愛聽鶯聲日暮歸。

鄭　柎

字叔鄂，醇謹至孝，從宋太史遊，受業臨川陳公。洪武間，家長爲人所誣，公代赴獄，有旨命法司辯理得釋。以子煁仕，封詹事府府丞，再贈大理寺寺丞。自號『怡怡子』，著有《淳齋集》。

和叔寧弟湖莊漫興

爲客三春過，耕耘久滯留。行看黄犢健，坐見緑陰稠。地僻心真遠，山深夢亦幽。江湖風浪静，出處更無憂。

月夜獨坐

雨過苔添緑，幽花隔砌香。湖平新月出，天濶晚風凉。宿鳥栖深樹，流螢入畫廊。身閒渾不寐，坐久任更長。

次韻答袁仲宣

深喜交情淡有餘，無心世事樂閒居。鏡添白髮緣搜句，囊有青錢但購書。賈誼不須嗟鵩鳥，季鷹底用愛鱸魚。人生出處皆前定，瓢飲何妨樂自如。

寄嚴子敏尚書

柳塘深處好垂鈎，黄鳥時鳴興轉幽。静覺胸中真自得，閒來世外更何求。多情明月輸君樂，無價青山許我遊。買得小舟如葉大，五湖來往任風流。

鄭　棠

字叔美，泳之子，從宋太史遊。永樂間，朝廷纂修大典，召天下碩儒。禮部尚書李至剛舉入書館。書入，試吏部，凡三千人，三試皆第一。除修職佐郎、翰林院典籍，掌文淵閣秘書，進講春宫，敷陳稱旨，眷遇特殊。時仁宗爲皇太子監國，嘗命代祀先聖，朝士榮之。以秩滿，陞徵事郎、翰林院檢討，後扈駕至北京，遂謝事歸。仁宗即位入賀，特加賜勞。同列奏留同修實録，以目疾辭。賜本官致仕，給傳還家，歸隱歷山。著書有《經筵録》及文集二十卷，名《道山集》。

客居

客居城南巷，曾無車馬喧。清曉趨朝退，竟夕身心閒。凱風自南來，涼生几席間。豈無緑綺琴，古調亦可彈。知音者誰氏？已矣空長嘆。

小樓新構成，剖竹覆爲瓦。何殊農圃居，結茅傍村野。四望多高閈，殊匪居間者。城中少見山，此地亦幽雅。憑闌對鍾阜，逸思何瀟洒。

苦筍

苦筍不易飧，日久始可嘗。未曾知味人，得之捐路旁。茹甘雖云美，茹苦味亦長。那得不染指，一味唯膏粱。

篘酒

新篘缸面酒，蒸煮瓶滿地。山中每獨酌，自可經年醉。家貧僮僕散，官退親友棄。息交日閉門，無往亦無至。跫然來足音，又皆村野輩。清風爲故人，明月舊交契。得此二佳友，杯酒且相對。緬思古賢達，才名冠當世。常時樽罍空，坐待白衣惠。有酒未全貧，聊可以卒歲。

麒麟歌

皇風清，四海寧。和氣蒸，祥麟生。西南酋長貢大廷，中國大聖日月明，百蠻感化歌昇平。吁嗟靈獸天生成，翔鳳其噣，蜚龍其形，曷以致此嘉祥禎？邊徼弭烽燧，民俗息訟爭。兵革久不試，刑法久從輕。但見五風十雨年穀登。年穀登，庶物亨，無爲治化如虞廷。永樂建元千萬齡，豈不見，祥麟生。

采蓮曲

采蓮女，蕩輕櫓，日暮采蓮歸，風飄裛帶舞。驚起雙鴛鴦，低飛過前浦。岸旁美少年，笑折垂楊語。也食蓮子心，老大方知苦。

牧牛詞

東源西源春草多，放牛入山牛背歌。前山半陰斜日轉，牧笛一聲山後返。村村高下水滿田，一犁雨足桑陰眠。公不見，南充驛騎北駕車，芻秣澗飲將何如。

漁父詞

吴江四面波濤長，漁父咿啞蕩雙槳。輕絲網撒入菱灣，欸乃歌聲出蘆蕩。晚來賣魚城市去，輸足官課閒無慮。舡頭濁酒盈瓦盆，醉卧月明住何處。江村岸上皆農居，女婦踏車男荷鋤。插得青秧又淹没，那得臨淵不羡魚。

白苧詞

越江白苧雪色明，吴刀剪下香雲輕。越女素機不停手，吴宫綺筵將進酒。舞衣製得穩稱身，日近君王寵顧新。情知愛聽新聲喜，妙曲新成歌白苧。越宫寒夜常抱冰，欲語不語誰喜聽。

猛虎行

寒山日暮悲風急，猛虎一聲羣獸慄。横行捼尾越重岡，村村户户驅牛羊。人言虎力雄且猛，縱集市人莫敢近。誰知縛虎非難能，縛虎有伎人不精。官家歲獵皮車載，擒入檻車如束菜。猛虎只威村市人，人如猛虎何足云。

兄弟吟

我歌兄弟吟，如足亦如手。有書可共讀，有田相保守。蹤跡一西東，情意分薄厚。世態重黄金，交誼惟盃酒。何况行路人，邂逅結交友。

鶴塘

鶴塘高隱士，結屋白雲鄉。釀酒時盈甕，攤書日滿床。醉看山色好，吟對竹陰涼。瀟散神仙境，全勝五柳莊。

鶴塘高隱士，景趣勝西湖。水潤游魚樂，沙晴浴鳥呼。荷花香滿望，菱葉翠平鋪。一棹烟波裏，身閒世上無。

鶴塘高隱士，水木共清華。好鳥蠻歌韻，羣芳蜀錦葩。開園晴摘果，汲井曉烹茶。笑傲春風裏，浮生樂有涯。

鶴塘高隱士，上應少微星。家擅康成學，親傳太史經。興來歌赤壁，醉後寫黄庭。至寶人間貴，何如獻大廷。

晚歸漫述

同館才賢氣似虹，一官不調老揚雄。絲綸閣下半窗日，金水橋邊兩袖風。官舍歸來窺竈冷，賓筵坐滿惜樽空。呼兒且典春衣去，得醉高歌未是窮。

賣賦相如罄屢懸，雕蟲又刻兩三篇。身閒省得時思慮，官冷從教人棄捐。鴛鷺行中村野鶴，蓬萊殿上散神仙。故園别業今何在？負郭寧無二頃田。

中秋憶家中弟姪並京寓御史姪

去歲中秋江上過，今年旅泊衛輝河。水光天影清無限，客思鄉情到處多。桂苑香風攜滿袖，麟溪詩會飲微酡。那知三處看明月，獨枕書眠聽棹歌。

過揚州　感先世兄代弟死之地，悵然興懷。

畫船鉦鼓過揚州，津吏旁迎候道周。明月正涼天一碧，行人何事涕雙流。亡元苛政今消歇，先世遺蹤遠莫求。城郭山川應不改，諸孫千古恨悠悠。

題馬圖

八駿宴瑤池，争夸紫燕飛。玉泉時飲渴，苜蓿正秋肥。

山居圖

林居心自閒，静聽秋聲起。落葉滿空山，澗阿拾松子。

春望

春來好景未曾晴，仲蔚蓬蒿滿户生。試捲湘簾望鍾阜，風聲帶雨捲潮聲。
遥望鍾山雲氣多，倚雲正欲發吟哦。斜風入户亂書帙，一陣東來急雨過。

題畫菊

朝飲菊潭香水，夕飡楚畹秋英。何似東籬佳趣？悠悠寫出閒情。

鄭　機

字叔慎，永樂間薦授湖廣漢川令，轉廣東仁化。蠻寇爲亂，朝廷遣兵收捕，機用計擒獲巨魁，其兵不擾而民安。

房村

扁舟蕩漾日初暄，遥聽漁歌隔浦喧。兩岸人家雲樹密，晚烟多處是房村。

黄栩

字孟剛，由歲貢入太學，歷任柳州通判。永樂初，復起福建按察司僉事。

送春

顛狂柳絮遍遐方，葉下猶飛粉蝶忙。芍藥辭春猶有色，荼蘼迎夏尚留香。池荷過雨鎔錢緑，隴麥翻風逐浪黄。遊子天涯休著眼，朱明還可競壺觴。

窺園

日涉芳園地幾弓，閒情都付杖藜中。東籬只種舊年菊，此去當求靖節翁。

黄茂楹

字景仕，由鄉貢任全椒知縣。

病起詠秋

病起迎秋怯暮風，烟村慘淡畫圖中。青山過雨高低静，碧水連天下上同。月桂嬌分楓葉赤，露蓉色讓蓼花紅。盈眸景物勾吟興，不借詩筒借酒筒。

黄　培

字士茂，著有《梅花百詠》。

春日雜興

芳郊喧社鼓，斜日醉田翁。二麥村村緑，繁花處處紅。嬌鶯啼化日，狂蝶舞和風。妙手難摹繪，新詩當畫工。

感懷

梅天斗室悶詩情，一雨涼生氣轉清。欹枕無塵眠慮少，任從風竹鬧簷聲。

黄時榮

字克仁。

擬《春日田園雜興》，用先祖田居子韻

春日春風春草肥，農桑未了故人稀。稻粱有種秧先播，桃李無言花自飛。負耒直看馴白鷺，揮鋤不解擲金衣。旋歸醉飲黄昏後，山月斜穿白板扉。

黄時雨

字克施，著有《守居詩草》。

擬《春日田園雜興》，用先祖田居子韻

春入田園雨後肥，去年風景總依稀。一犁健犢耕還輟，滿樹流鶯囀欲飛。負曝坐空青草岸，揮金鋤破緑苔衣。歸來唤僕休農圃，展卷開樽掩竹扉。

黄時亨

字克泰，任北直順德府南河縣三尹。

擬《春日田園雜興》，用先祖田居子韻

東風細雨土膏肥，隴陌遊人漸覺稀。布穀幾番催種過，狂蜂一隊襯花飛。秧針插破烟連水，菜甲移來香濕衣。力倦扶筇歸去晚，閒吟獨自掩柴扉。

卷八

明　古今體

鄭　柏

字叔端，受業朱長史濂。翰林承旨宋公致政歸青蘿山，復往從學。宋公愛其質純才俊，以『玉潔珠圓』稱之。及太史以累入蜀，斂其所著文以授，曰『付子斯文』之囑。長山胡公、九靈戴公、眉山蘇公數過從閒，每見其文，交口贊之。志存濟物，嘗求應驗良方，修合藥劑以濟疾者，惟恐不及。又博求古今秘傳丹方，編集刊布。縉紳屢欲推薦，傷父湑死以非命，輒懇辭遜謝。蜀府屢徵不赴，賜問其兄叔度，以疾對。王嘆曰：『叔端可謂清逸之士矣。』所著《文章正原》十五卷、《續文章正宗》四十一卷、《皇明文纂》七十四卷、《金華賢達傳》十三卷、《進德齋稿》。詳見《省誌·隱逸傳》。

同諸兄弟松溪會集分韻得林字

良辰集昆季，會合山之陰。正當春景和，祥飆濯煩襟。于焉憩嘉樹，列坐彈鳴琴。空谷應遺响，好鳥和佳音。清賞得所適，幽情浩難禁。諸兄富文翰，臨風發清吟。語高和難繼，句美如南金。諸弟趣洒落，攜酒林間斟。肴核薦山市，筍蕨供前林。雍容協酬獻，繾綣情交深。昔人有恒言，山林勝朝簪。況我落魄徒，慨古寧如今。嘉會信可樂，舒嘯復規箴。勿隨世人態，宗風猶可尋。願崇孝與義，百世同一心。

鄭　栻

字叔寧，邑庠生。家長以糧長督運，後期例入京獄，乃挺身代行。高廟召問，奏對明白，釋之。著有《寧齋集》。

春日卧病答允宣姪

寢食過年得漸佳，鵲聲有喜送詩來。頭風欲愈陳琳檄，肺渴空慚司馬才。江上新春傳白雪，隴頭晴日寄疏梅。舊遊往事俱成夢，老我情懷付酒杯。

鄭　木

字叔林。

贈金元

滿架圖書富，家風世業傳。觀羣須碧眼，入選必青錢。開徑尋三益，探源到百川。驥良能率馬，快快着先鞭。

鄭　杲

字叔昇。父湜，官福建參議，進表，卒於京。杲遂奉母以歸，哀毁而殁。

題桐江處士方禮耕阜圖

屋角青山屋外田，爲農歲歲願豐年。林間鳩唱春陰曉，谷口鶯啼雨後天。面命早聞詩禮訓，躬耕還仗子孫賢。知君堂構題存隱，千古文章鐵笛仙。

鄭　炳

字允宣，檁之子，履行端謹。一家數百口，事上撫下，庭無閒言。尤工於詩，以本家歷世詩篇恐其湮没，編次成帙，名曰《義門鄭氏奕葉吟集》，自著有《履素齋藁》。

宣召京回

一棹夷猶出水西，舟行此日枕江堤。中天涼月穿篷過，半夜寒鴉匝樹啼。鄉信不愁千里隔，聖恩深喜一家齊。故園明日仍歸去，相慶門闌雨露低。

問梅

玉容忽訝滿南枝，春到于今又幾時。别後風霜無恙否？夢回雪月料應知。丰姿綽約清何許，香影横斜瘦爲誰？步遶蒼苔吟立久，樓頭長笛莫頻吹。

義犬行

有犬有犬義且慈，晨夕庭前雙哺兒。昨朝其一亡道左，一母惻然與乳之。爾犬於人斯可貴，形質雖厖心靡二。惠愛寧别親及疎，德化豈乖仁與義。君不聞，唐代勛臣多德業，司徒馬燧名昭晰。家猫相乳致禎祥，吏部文章光日月。嗚呼義事良足圖，義犬義猫古所無。巨獒昔因戕害獻，人猫翻作百世汙。瀰漫澆風障白日，靦面相仇又奚恤。嗷嗷黄口雛，弱肉往往强之食。我作義犬行，特爲風俗勸。嗟爾負義人，有眼胡不見？

雨後漫興

薄晚風雨餘，陡覺炎暑隔。雲開列岫青，水漲前溪白。林柯鳥調簧，花圃蝶翻拍。拭几坐南軒，新蟾舒一脈。

鄭　燧

字允資，桐長子。宋太史講學東明山房，每有著述，輒命謄寫，太史深加器重。學問辭章，見稱于時。父桐以薦授滁州判官，因督役卒于潁上。聞訃，哀慟幾絶，袒跣奔赴。三年不御酒肉。蜀獻王聞其賢，具奏舉用，竟辭疾不就。著有《安素集》。

樂閒堂

曾記當年歌樂閒，杏花微雨釀春寒。遶簷竹色侵虚幌，隔葉鶯聲近畫欄。遺翰居然唐制作，雄才都是宋衣冠。信知積慶流芳遠，留與孫曾奕葉看。

鄭　爚

字允進，號覺軒，杕長子，宋太史外孫。博通經史，尤長於詩，得太史心法。上遡吴淵潁、方巖南、吴子善諸專家，故其作傑出，而人咸敬慕。著有《覺軒詩集》。

家慶堂

翠微樓前江水緑，翠微樓中書滿屋。良辰置酒會宗親，一姓同堂俱望族。吴溪碩德稱文翁，年臨耳順天所從。琴瑟諧和齊皓首，芝蘭毓秀咸雍雍。黄花九月風露早，綏山蟠桃採來好。相看愜似瑶池頭，曾記麟溪覺軒老。昔時與結平安親，只今又見延陵孫。桑榆晚景世難遇，金蘭契誼何須論。先生與人交有道，玉季金昆皆壽考。一門家慶寫作圖，索我長歌歌浩浩。

鄭　燿

字允充，楷之子。嘗侍父宦遊于蜀，與羣儒酬唱有聲。王召見加奬，留書閣攷校書史，後告歸養。王賜睿製詩二章，衣一襲，書籍一笥，世子、郡王皆賜以詩。生母早亡，事後母極孝，禫服未除而卒。

詠冰柱

簷角稜稜萬柱冰，非陶非冶雪鎔成。賦形不用加雕琢，秉性由來抱素貞。絶勝水晶無點滓，過于圭璧有餘清。若教留得消炎暑，豈讓金莖玉露名。

鄭　勳

字允建，棫幼子，嘗有《送仲父長史入蜀》諸作，達于獻王睿覽，有『無媿盛唐』之嘆。洪熙初，叔父檢討挾之入覲，臺閣諸公聞其名，争相延致，不爲屈，士論高之。平生著作甚多，隨作隨毁，晚年所作存有《怡雲軒集》。

送長史叔歸蜀

風送輕帆指蜀西，好山青壓畫船低。大江釃酒登黃鶴，官驛連雲上碧雞。花吐文通夢中筆，燈分劉向閣邊藜。藩邦從此多才彦，又見星光夜聚奎。

錢唐懷古

涼風颯颯暑全消，物候推移斗轉杓。金井碧梧初墜葉，銀河烏鵲又成橋。泥沙不蝕錢鏐箭，江海還生伍子潮。惟有鳳凰山上月，夜深猶照客吹簫。

坐看江潮去復回，漫登高閣重徘徊。乾坤清氣隨吟屐，親友交情付酒杯。月影漸移松影轉，秋聲又逐雁聲來。不知明日緣何喜，今夜燈花剔更開。

田園雜興

日月催人鬢易華，春來處處是生涯。園中汲水晨澆菜，溪上編籬晚護瓜。一抹晴烟生柳渚，幾分春色在桃花。鄭莊好客醒時少，縱飲寧辭酒當茶。

挽允誠弟

平生難弟與難兄，今日如何判死生。五夜對床聽雨卧，千年聯轡戴星行。半簾芳草迷春晝，滿地閒花落晚晴。正是不禁惆悵處，又添松頂杜鵑聲。

對梅酌酒歌

瓶中一枝梅，花前一壺酒。酌酒對梅花，問花能飲否？再三問花花不語，綽約天姿清楚楚。天寒歲晏誰堪侶，自與梅花作賓主。憶昨泛舟迴剡溪，玉容帶雪凌波低。推篷看花香滿袖，翠禽嘈嘖花間啼。到家已是三十載，猶記當時好風采。歲月欺人霜鬢改，江南依舊春如海。春如海，可奈何？中天日月如飛梭。有酒須傾金叵羅，對花不可無我歌。讀書不能求富貴，讀書常思知大義。綱常禮義謹扶持，不媿人生在天地。既不如管仲作相天下才，又不如郭隗自薦直上黄金臺。碌碌庸庸無所用，甘作林泉樗櫟材。醉來自吟還自笑，冷淡功夫誰肯好。富貴榮華匪同調，金馬玉堂無夢到。

鄭　燾

字允誠，父榦，永樂間任湖廣御史，以累逮繫。燾伏闕上書，願以身代，特蒙恩宥，同寅受累者咸爲得釋。朝臣屢欲舉薦，以當時父子無同朝之宦，辭不就。董學豐填諱。

題雷濟民吴越遊卷

萬里橋西一葉舟，大江鼓枻恣遨遊。遠從寶婺尋羊石，又過姑蘇訪虎丘。百粵雲山篷底看，三吴風景畫中收。相逢欲問奚囊句，行李悤悤不我留。

觀魚有感

閒居無利亦無名，步屧觀魚感興生。萍草乍香春水煖，桃花欲墜午風輕。絲綸莫下池邊釣，尺素應緘冀北情。正憶故鄉消息在，倚欄又見月分明。

陳崟　字子奇，永樂間諸生，著有《望雲編遺草》。

望雲

空山多白雲，白雲覆我屋。縹緲忽隨風，親魂何處宿？我年未三十，天棄嚴君速。慈闈幸相依，承歡甘啜菽。豈知二豎侵，乞代成空祝。呼天天無聲，搶地地不縮。音容入夢頻，牽衣號且哭。依稀二弟魂，左右相追逐。既覺杳難尋，孤枕淚盈掬。瞻顧盡淒涼，形單影亦獨。古人廢蓼莪，亦或悲風木。況我近七旬，傷懷屏絲竹。攜杖吟西風，白雲空滿目。

黄洵　字叔永。

題鄭允誠先生像

儒林之彥，義門之良。氣質純粹，容止端莊。多聞多識，能柔能剛。克家幹蠱，孝行孔彰。父官耳目，慎執紀綱。僚寀誣連，伏闕辨明。謂襲簪紱，行振青箱。不虞哭鯉，士類慨傷。其身不顯，其後宜昌。有子學富，足紹遺芳。

贈鄭允鵬

翰林制作慕先翁，詩駕唐人遡國風。家學承傳辭藻贍，聖朝際遇寵恩隆。羨君繼美詩書博，出類蜚英筆硯功。努力致身雲路蚤，採芝休説夏黄公。

傅宗文

贈懷東處士

麟溪高士壽崆峒，積義流芳賦更聰。筆走龍蛇輝藝苑，庭嫻詩禮振家風。重新宋祀功何偉，合繕宗盟義孰同。種德祉延三鳳友，龍章還慶錫無窮。

陳　明　字明德。

雲頂關

滇雲關前飛，黔雲關後落。雲頂本無關，留雲作鎖鑰。山僧不出門，松風吹滿縫。縫雲補衲衣，獨卧雲中閣。關東有一閣曰雲中。

鄭　樵

字允荷，號蓉峰，嘗侍父御史於朝。縉紳羡其才器，交欲薦之，以父老辭。

題畫岳陽樓景

憶乍扁舟過洞庭，羣山倒影湖光清。七澤烟雲秋冉冉，三湘風雨朝冥冥。伊誰奪得造化理，宛然風景披圖裏。樓頭有客尚登臨，三醉回仙招不起。

鄭　點

字允賢。

元日呈寺丞兄

眉壽堂前總俊髦，德星光映壽星高。晴霞燦燦輝丹榜，瑞日曈曈絢錦袍。謝砌風清添玉樹，瑶池春煖醉仙桃。江山滿眼多佳麗，得意吟成上彩毫。

樂閒山房

樂閒山人丁令威，冲霄一去何時歸。樂閒山房今尚在，文孫繼志增前輝。書聲琅琅出林表，晴雲覆户春風早。碧桃花開隨水流，清陰滿庭山月小。憶昔晞髮全歸翁，豹隱樂閒山水中。文章冠世足經濟，氣冲牛斗如長虹。每羡青鸞友白鶴，雝雝和鳴出寥廓。金石相宣治世音，奕葉清風樂閒樂。

鄭熜 字允然。

家慶堂

君不見，深裹山中吴溪曲，南極星明照華屋。先生華誕九月天，滿眼兒孫豈非福。斑衣戲舞獻霞觴，黄花正吐秋風香。團圞家慶咸趨蹡，喧譁共詠歌聲長。吾知先生百不憂，怡然偕老齊白頭。自歡自樂得自由，何須貴顯封公侯。先生積德足怡悦，芝蘭挺秀皆人傑。吉祥天報由善人，福禄來臻非易及。自慙學陋材不全，托交願比金石堅。麟溪吴溪世姻連，春花秋月年復年。

鄭逖 字允鵬。

戲馬臺

霸王英雄稱蓋世，樽前不悟謀臣計。范增怒氣如長虹，拔劍淩空雙璧碎。歸來躍馬臨高臺，千乘萬騎奔風雷。烏江事業付流水，咸陽霸氣隨寒灰。誰料荒涼六百載，宋武重遊增感慨。于今往事亦成空，九日黄花誰復採。

通天臺

漢武惑仙求不老，欲訪安期上蓬島。通天臺榭新構成，王母傳音托青鳥。黄金作盤銅作莖，青天沆瀣掌中擎。惟務長年禮方士，不知四海勞蒼生。萬乘安宜事遊歷，父子宮中變讐敵。當時不逢田富民，白日昇天竟何益。

將進酒

君不聞，劉伯倫，千杯放蕩傲乾坤，忘形痛飲莫知處，荷鍤隨地埋其身。又不聞，李太白，一斗狂飲詩篇百，五花駿馬千金裘，呼兒換醉何足惜。縱觀自古賢達人，萬金散盡寧憂貧。人生得意豈常有，故非山海長不泯。山亦有崩墮，海尚揚飛塵。勸君有酒胡不飲，鄧通餓死錢山頂。

鄭圻　字仕方。

貴峰沍雪

天上同雲接地陰，層巒一夜幻瓊英。推窗看處山無色，欹枕聽時竹有聲。清曉助添風勢冷，黄昏相伴月華明。貴人峰下浮屠寺，凍滑青鞋未可行。

鄭埤　字仕尊，燾幼子，蚤孤。性敏好學，稍長輒能樹立。嗜吟詠，兼習軒岐，恆修善劑以濟人。所著有《時春軒稿》。

秋閨怨

碧落無雲秋露零，庭階寂寂和蟲鳴。藁砧一出音信杳，欲憑清夢隨邊城。疏櫺紙薄西風急，銀燭光摇中夜滅。湘簟寒多輾轉眠，子規叫落樓頭月。

謝義烏縣丞劉公傑黄曆

東風吹雪滿山家，高卧門無長者車。黄曆忽驚頒正朔，青春又喜换年華。隣封賢尹先緘寄，闔族儒生總拜嘉。從此已知新氣候，不將消息問梅花。

梅花紙帳

雪色霜藤擣製匀，箇中清致絶纖塵。卧來恍若雲連屋，醒後猶疑月滿身。疏影横斜如報臈，暗香不動自生春。詩翁吟罷魋齁睡，卻勝羅浮夢裏人。

卷九

明　古今體

鄭璽

字仕信，旭幼子，少岐嶷不凡。甫成童，即補弟子員。循例貢入南雍祭酒，授安化，歷七縣令。丁母憂，士民攀送，舟行五日，别回。時天順間遭火，堂宇蕩然，無以合爨，餘俸先葺門廡，志欲盡復舊規而未遂。服闋，補上猶令，廉明仁恕，一如安化。未幾，卒于官。二子鏓、鏸扶柩旋里，詳具載《麟溪集》。

麟溪别意送戴廷用應貢

我昔攜書肄芹泮，君亦擔囊來染翰。雖云學業有淺深，俱欲功名愜我願。幾攀蟾窟丹桂香，十年顛躓老名場。陶甄更立程門雪，磨礱共對韓檠光。擬向雲程伸素志，力從經史探深義。緣知尺璧固非珍，共惜分陰是良計。多君才器邁等倫，飄然應貢趁楓宸。攀龍附鳳在咫尺，一鞭行色何逡巡。竭來過我話離别，侵晨敲門踏殘月。飲君濁酒爲君歌，歌罷溪風聲轉急。山雲初霽雪初消，馬蹄謾蹴溪頭橋。修途萬里任馳騁，健如鴻鵠冲層霄。行行指日長安近，五雲深處祥光隱。太平天子急臨軒，獻策彤廷誇脱穎。承恩我亦叨王賓，涓埃未効慚高深。從今擬結蕭朱綬，得附驊騮喜出塵。

鄭　鏓

字師準，璽之子，從王陽明遊學。濠豪聞其賢，以幣來徵，峻辭卻之，隱于桐岡。私謚『文孝』，祀鄉賢，有《東明軒藁》。

丁亥中秋

夜静棲鴉動緑槐，海天澄澈月華開。雲分玉色無邊潔，風遞天香不斷來。獨起小牕鳴促織，平開一鑑映樓臺。幽齋亦是清虚處，邀落姮娥飲一杯。

遊飛來峰次韻

何處飛來一角山，此中消受幾儒酸。子陵不貴三公爵，元亮原輕七品官。石鼓歌殘風寂寂，滄浪詠罷水潺潺。醉歸湖月扶吟杖，一曲南薰取次彈。

寓玄妙觀偶成

洞邊幽草緑離離，杖履尋芳覺已遲。簾捲西山分翠藹，烟開碧樹語黄鸝。九龍飛過雲根合，獨鶴歸來月影移。試倚闌干看造化，百年勛業酒醒時。

鄭宗瀾

字世衍，號鶴塘，鏓長子。舉貢元，授江西上饒二尹。丁外艱，服闋改山東鄒縣令，多政績。以老辭歸。威望嚴重，有是非不相下者，得一言即懾服。每遇花晨月夕，晏會兄弟，怡怡如也。

春日

微雨洗新苔色，煖風吹破桃花，竹裏酒醒無事，徘徊春日西斜。

宫詞

宫柳垂垂露欲黄，西風吹落妾衣裳。妾身宫柳難相似，咫尺東風入建章。

早春有感

東風吹老鬢，衰矣白如銀。不及幽庭草，年年緑意新。

鄭宗岱

字世登，號龍門子，鏓幼子，性孝義。累試高等，以恩選授景州判官，陞西華令。未幾，解官歸，惟整家法、修祭典、刊家籍、旌門祠，寢日就，修飭訓，子姓世守家法。殁後，士大夫誄之曰『文毅』，見大學士潘公晟《墓銘》。

登金山

中流倚雙檝，直上妙高臺。地勢一拳起，天光四面開。風烟吴楚接，雪浪漢江迴。日落帆檣急，寒潮帶月來。

鄭元疇　字廷範，號錫禹，宗岱幼子。喜吟詠，賓朋唱和，怡然自得。

中秋無月

姮娥有約廣寒遊，密霧陰雲晚未收。且把管絃吹一曲，莫教虛度一年秋。

葉有聲　字克振，號松南，隆慶庚午鄉舉，任蘇州府通判。

雜詠

醴泉云無源，不出行潦間。芝草云無根，不出諸次山。感召以類應，精誠相往還。部婁無松柏，非關雨露偏。豈無有志士，自立良獨難。所以弓冶子，箕裘必象賢。

張元諭　字伯啟，嘉靖丁未進士，除工部主事，尋轉郎中，與嚴嵩壻袁應樞忤。楊繼盛以劾嵩死，元諭爲文以哭。嵩銜之，左遷常州通判，歷守吉安、桂林、永昌，咸以清白著聞。擢雲南副憲，著有《篷底浮談》、《詹詹集》。

雜詩

鬱鬱北山松，亭亭南山柏。密葉四時青，孤榦千仞直。朝有浮雲棲，暮爲飛鳥宅。翩爾翻清風，永願託深澤。太廟需瓌材，重巖走匠石。懿此斲以遷，萬里登王國。抗梁飛雄虹，篁桂峙文碣。藻繡發朱丹，渥彩流金碧。豈不愈山中，山中良自適。

漁翁詞

秋至□□□，菰蒲自回互。之子理絲綸，孤舟釣烟霧。鼓櫂清風□，浩歌明月吐。所樂不在漁，澹然滄洲趣。

山行

浮雲鎖山腰，不見山上路。下馬牽垂藤，漸入雲深處。
雲去山長青，雲來山長白。雲浮日相隨，未是青山客。
仰面望山顛，飛雲斷還續。陟顛不見雲，雲在山之麓。

心遠亭

結亭俯人寰，青山遥映帶。客心遊冥冥，更在青山外。

四首録一

葉化醇

字克厚，號梅岡，有聲弟。萬曆癸酉鄉舉，任奉新令，署興安，調清河。以忤權貴罷官，邃於經學，東陽許宏綱從，受《春秋》。所著有《荷塘詩草》，見許宏綱《爲梅岡師詩序》。

午憩蘇橋驛

滿樹新黄帶雨香，柔枝密葉引風長。西窗一枕多清夢，錯認蘇橋是故鄉。

舟住渌口

淪落西歸感此身，孤蓬飄泊暮江濱。一官好做嫌常調，萬里難逢憶故人。愁對瀟湘空有月，時臨桃柳若無春。青山南北吾將住，漭漭寧須再問津。

桂林聞報志喜

伏波曾謗載珠還，不管人間行路難。作吏累年今白髮，罷官歸日有青山。扁舟歲暮千秋峽，疋馬天寒第一關。牆角梅花春信到，玉壺攜酒正堪扳。

娘子灘

孤峰峭壁峙江流，一女凝粧住上頭。疑是東廵相失後，故從高處望神州。

庚辰南歸

浮名一自誤當初，轉梗棲遲萬里餘。天外斷雲空世慮，壁間留墨託平居。客從崖水星霜改，家在荷塘音信疏。日暮秋風動凉思，雁聲南落欲何如。

葉化機

字克知，號東川，萬曆乙亥選拔任南靖知縣。性樂恬適，棄官徑歸。晚年自號慕陶，著有《東川詩集》。

續遊

一官如夢寄遐陬，解綬歸來續舊遊。風静浪平孤棹穩，雨晴天迥斷雲收。尋春塢口花迷眼，攜酒堤邊柳拂頭。他日笑歌還有約，雞肥蟹美菊籬秋。

悼徐湖曲訃永豐

每到思君淚輒流，幾回同寓更同舟。劇談淮水孤帆夕，笑飲金臺夜雨秋。一自西南分宦轍，兩無魚雁寄離愁。婺城樽酒成虚約，遼鶴何年返故丘。

喻花

悔逐東風去看花，折花無計誤韶華。當初只向梅林去，到有幽香一味賒。

次姚二府升宇贈别韻

客路丹霞外，西風酒一樽。世能成貝錦，誰復念王孫。看雁愁分影，聽猿欲斷魂。風波難久駐，予志在夷門。

傷老

朋輩幾人在，塵寰難久留。顔紅虚仗酒，髪白信因愁。宿鳥催斜日，丹楓逼暮秋。長生誰有藥？自向鼎中求。

鄭崇憲

字克臣，號兩川，十三童試，拔置邑庠，復補增廣生。後三年試，仍冠軍，食廪餼，貢入南雍，官江西、清江二尹，陞河南鄭府紀善，即解綬歸，日惟吟詠爲事。年近七旬，纔舉一子。壽躋期頤，猶見諸孫繞膝，嘗有句云：『無才不敢嫌官小，有壽何須怨子遲』之句。私謚『文康』，著有《兩川吟稿》。

辛丑中秋

平分秋色夜初長，拂拂輕風送晚涼。天上獨懸千里鏡，人間共舉百年觴。浩歌不盡歡娱興，沉醉何妨笑語狂。老覺有情偏此月，清光不厭鬢毛霜。

九日

中秋纔過又重陽，迅速光陰似箭忙。緑酳且謀今夕醉，黄花還勝去年香。登山落帽從人健，對菊豪吟任我狂。佳節重逢還幾度，忍將岑寂負流光。

别業

擾擾紅塵夢始醒，擬將閒散度頽齡。如何忽起長生念，又買芝田種茯苓。

早起

識破紛華是幻塵，心無煩惱夢魂清。夜長猶自嫌更短，睡正濃時天又明。

鄭崇岳

字克生，號霽華，元善長子。七歲能屬文，弱冠，籍諸生廪食。萬曆戊子鄉舉，始任蕭山縣學教諭，遷順天東安令，行取南京刑部、廣西司主事。丁父憂，服闋，起本部山東司主事，署郎中事，即轉貴州思南府知府，擢雲南按察司副使，兼右參議，分守金滄道。致仕歸，修宗廟、新祭器、刊集遺書，重建宋太史祠，修築墳塋。林居十年，八十餘卒。門人私謚曰『端靖』，祀府鄉賢，詳見大學士來宗道所作傳。

送鄧廣文北上

鄉關回首隔黔雲，遥遡西風寄遠神。彩筆昔年淩夢澤，雄文今日上楓宸。雲霄兆叶三鱣起，羽獵文當五柞陳。預喜長安相聚處，朱幡色借杏花新。

送蘇中尊之吉安二守

桑麻被野日恬和，忍聽驪駒祖道歌。千里西江征旆遠，一樽南浦别情多。來時花滿應希岳，去後民思更擬何。願取口碑鎸驛左，春風五馬待重過。

懷寇學博

摻别河橋又一年，懷人千里寸心懸。青燈夜對鐘山月，彩筆春生渤海烟。遠道書來新雁後，離人思發在花前。江魚剖盡書何有，梅信憑君及早傳。

鄭崇昭

字克賢，號日觀，幼失怙，事繼母極孝，撫弱弟以恩。早入邑庠，屢舉場屋不售。彙先祖詩文，謄寫成集，同修府邑誌。當世名士，爲仙華七子之一，從遊者甚衆。晚號松雲主人，構一小亭，顔以問酒聯曰『問酒孰堪嘗也，未恐花開欲謝』。無幾日，邀同志唱酬其中，没後惜皆散失，止存晚著《松雲軒集》、《問酒亭唱和詩》。

憲副兄自滇南歸

風塵荏苒鬢雙絲，七十懸車未後時。北極丹墀勞夢想，東籬黄菊正紛披。種書堂上重貽穀，聽雨樓頭好賦詩。已許新堂開緑野，不妨高揭《去來辭》。

將進酒

將進酒，旨且多，雕盤錯俎高嵯峨。齊竽趙瑟進絡繹，吴娃楚媛紛婆娑。揚麗舞，發清歌，含情盼睞嬌婀娜。日月云邁，少壯幾何，及時行樂，孰知其他。

將進酒，多且留，飲者情已闌，主人歡未已。投壺將終陸博起。君子有所思，四座弗譁然。易儆濡首，書戒流連。寧爲抑抑，毋爲僊僊。請各服膺，賓之初筵。

鄭崇宏

字克毅，號珠巖，性至孝。廬墓九藍山，讀書爲事，或與同志唱和。晚主家政，整遺規、修譜牒，搜輯累世遺文，一以禮義飭族。族衆數千，幾無片帋。入縣門，邑侯黄公坦深致敬焉。年近九旬，早起端坐而逝，族人莫不悲哀，私謚『貞獻處士』。著有《績規二十五則》、《山居樂志稿》。

釣魚歌

志不在魚性郤喜，持竿欲學玄真子。青篛作笠椶爲鞋，長年來往烟波裏。有時釣向深山隈，白鷗對坐兩無猜。有時釣向清溪渚，游魚歷歷如可數。得魚雖多亦偶然，拋竿且歌《白雲篇》。白雲飄飄留不住，我與白雲同歸去。緑楊深處是吾廬，呼童買酒烹鮮魚。此中之樂樂何如？

鄭尚憲

字良章，號迴瀾。歲貢，授嘉興訓導，歷任廣東陵水縣教授，岳石帆、姚羅浮諸公皆以『義家師範』稱之，私謚『文清』。

秋夜獨坐

連宵坐卧桂花旁，坐久香多轉易忘。忽忽金風吹墮地，蟲聲四壁月如霜。

鄭尚遂

字良引，號雪磯，贈陜西徽州僉判，有經濟才。崇正間，修《神宗實録》，翰林何義圖以公薦，不赴。讀書尤好陸宣公奏議，書法得顔蘇，著有《草園集》，私謚『襄惠』。

烏桕

老榦疏枝整復斜，千林烏桕緑雲遮。風前結子真如豆，霜後分房更作花。白板溪橋葉初墜，丹楓村落玉爲家。五更最是啼聲急，啞啞門前噪曉鴉。

卷十

明 古今體

鄭尚藩

字良价，號鶴川，崇岳幼子。從父任東安五載，不持一帙，事親終身。孺慕兄弟析釜，垂涕累日。在諸生有文名，書臻蘭亭。以貢應授臨海訓導，辭不赴。更號天山，默坐一室，讀性理諸書，登仙華賨掌，評論古今人物。門人私謚曰『文樂』。所著有《龍圖合解》、《太極圖説》、《大學古本註》、《中庸解》、《一貫疏頌》、《功過格廉》、《餘館雜著》、《天山文稿》、《論帖》、《評史補遺》、《静樂堂詩稿》等書，皆失於火。

月夜

暮靄千山紫，金英晚更香。相遭兩淡漠，飽看到昏黄。繞樹棲烏亂，飛觴瀣氣凉。敲門問何客，可是白衣郎。

友人過訪

陶陶俱自得，真作飲中仙。竹馬偕童子，時率小子來齋文思湧斛泉。攜詩文見示爾時雖目賞，此後又心縣。倘得詩成帙，還宜好句聯。

鄭尚藎

字良翊，崇宏幼子。性孝友，幼失怙恃，事繼母，承歡備至，敬兄如父。立品以賢哲自期，與人言，諄諄以孝悌忠信相勸勉，遊其門者多名士。弱冠，補邑庠廩生。庚午，闈卷已取中，司衡以微疵，置之，不勝惋惜。後以歲薦授銜司訓。及卒，私謚曰『文徵』。所著有《浣雲軒詩草》、《書種堂文稿》。

午日雨中作

蒲觴又醉客顔紅，翹首鄉園細雨中。料得家人分綵縷，也應團坐説衰翁。

蔣大禄

字天錫，以貢授遂安訓導。忤邑令，署下考，改藩府教授，拂衣歸。所居七峰環遶，自號七峰。著有《七峰》、《遂庠》、《林臯》等集及梅花詩三百詠行世。

新梅

生從南國始完神，調鼎材華已吐真。弱似畹蘭非媚俗，香於巖桂自宜人。一枝摇雪清偏勝，幾度經寒勁絶塵。莫道後生風力軟，丈人行裏獨嬌春。

陳孔碩

廣仁寺古木寒塘軒

蒼虬夭矯當晴几，清鏡泓澄映暮山。陳迹百年吾勌矣，一時輸與野僧閒。

葉春芳

字文實，號蘿山，化機從姪。以明經授嚴州府學，陞益州教授。

嚴陵釣臺

一領羊裘了一生，客星常傍帝星明。雙臺誰爲搜遺蹟，翻覺先生似釣名。
兩岸春聲叫畫眉，艤舟一上拜荒祠。茫茫愁思無尋處，腸斷西臺慟哭碑。

倪尚忠

字世卿，萬曆戊戌進士，授順德縣令。粤中故多盜，尚忠至，大辟以下悉薄懲，曉諭再三，遣之去，人多以爲賢。乃著《宣化録》，以勵民之匇率者，俗以丕變。會設採珠廠，中使横甚。一日鋃鐺數番下，當之者身家立盡。尚忠下令，見有珠廠鈎役，縛以訊，立杖禁之。中使震怒，尚忠極陳其弊，于制按二院得奏罷。而豪家之因緣爲奸利者不悦，卒以是左遷吉安府同知，以母老疾歸。有《居雲鳴籟》、《醉吟詩草》。《浦陽人物補遺》稱其詩登大歷之選，惜不得見，僅從《詩粹》録此三首。

飲戚家園

園倚青山麓，亭開緑水濱。鳥聲能喚客，花氣欲留人。酒擬高陽舊，詩翻大歷新。相攜明月下，不讓曲江春。

午日書懷

西山雨過散朝曦，帝里韶光坐處移。長日正牽遊子夢，薰風忽透小臣絺。蒲觴拚飲新豐酒，榴火驚然故國枝。見説烽烟遼海急，兒童争繫辟兵絲。

過洪都

澤國連三楚，雄藩控九垓。宫從深樹出，閣倚大江開。南浦雲初合，西山雨欲來。登臨堪作賦，誰似古人才。

張應槐

字汝植，工書法，尤精大字。嘗爲鄭氏祠中楷書『勅旌孝義宗祠』六字，不亞於襄陽。登萬曆丙戌進士，授饒州推官，遷兵部主事，尋以母老乞歸。家食十餘年，起補武選郎，出爲福建備兵使者。執政葉向高，閩人也。應槐上疏條陳可否，語規君上，意在政府，不報。因乞休，不待詔歸。踰年，起湖廣屯監水利參政，能盡職。遷廣東布政，大書于堂曰：『司馬温公平生所爲，可對人言；趙清獻公旦晝所行，必告天知。』墨吏望風解綬。兼攝海道，陳肅憲防倭十餘策上，部臺使者轉上之。朝議重用，而應槐已卒于官。所著《存養録》、《鳳山博議》、《浦陽人物志》。

浦陽十詠　存二

仙華巖雪

聳壑昂霄挺玉壺，巖容皎潔似仙姑。瑶林𥇍谷疑玄圃，冰柱吞江似鏡湖。堆絮凝寒驅暑氣，飛雲如錦點清膚。裝成少女靈長在，爲問軒轅事有無。

龍峰孤塔

西來龍教自何年，花雨繽紛塔影圓。説法堂空能點石，傳燈土净欲生蓮。鐘傳鷲嶺真如現，錫指潮音娑竭眠。若得慈航離苦海，壯心灰盡此逃禪。

鄭守儒

字惟醇，邑諸生，秉性孝友。常與士大夫杯酒談經，亹亹不倦。兼習《柳莊相法》，生平聚徒講學，門下多出名士。年近九旬，能書蠅細楷，日以《司馬公家訓》、《義門規範》指教諸生。暇則鋤治圃畦以自娱樂，皆稱爲『涵真先生』。著有《涵真雜稿》。金華董學豐填諱。

友人夜話

年少無依已可悲，况兼飢饉值今時。市廛來往人難認，碓杵蕭寥歲可知。富士尚參貧士味，春風又被朔風欺。崔苻鄭國原多事，阡表瀧岡謹護持。

贈朱鴻圖

馬齒多君有二春，不辰人介誕辰人。蘆簾岕閣連床久，橘葉香泉愈疾神。羨爾百年周甲子，慙余五夜守庚申。囊中自貯長生藥，正好期頤擬大椿。

題袁安卧雪圖

北風着人毛髮竦，滕六呵寒雪花湧。連牆堆壁高丈餘，中有一人僵不動。乞憐干謁士所羞，蓬廬獨閉寒颼颼。長吏扣門卧未起，袁公清節高千秋。清節矯然飢欲死，九食三旬分内耳。敝履何妨東郭同，餐氊願與蘇卿比。竇氏他年肆毒蠆，鹿塞銘功震中外。集霰誰爲先事圖，履霜早著陰凝戒。當時羣輩倚冰山，惟公累疏披忠肝。貧賤從來能凍餓，立朝自可折權奸。模糊一片蕭森氣，斗室寒烟高動地。欲識名賢潔白心，試看尺幅蒼涼意。

月泉懷古

疏林衰草講堂深，往哲芳蹤喜乍臨。朱吕談經傳絶學，方吴吟社有遺音。幾番穿鑿泉非舊，一鑑清寒月到今。爲語遊人休浪汲，淵源還向个中尋。

鄭應橋

字國平，號石梁，搜輯上祖詩文，手録成帙，存于家。

蘇堤

白堤遊遍更蘇堤，堤上春深柳正齊。卻怪林鶯如解語，喚儂沽酒緑楊西。

鄭應兆

字國祥，號麟生，由副榜入成均，廷試授宿遷縣知縣。清白自矢，驅蝗禱雨，有叩必應，民共神之。後以不能承順上官，去職，士民知其貧，饋遺相屬于道。

夏日作

鳴蟬一何喧，百舌已閉響。昔來畏宵寒，今乃喜朝爽。景新情爲移，事至物難强。獨步層山間，悄焉發遥想。

鄭應友

字國熒，由歲貢廷試，授衔訓導。遊其門者，欽其師範。著有《理齋稿》。

竹簾

雞林休説夜明簾，斑竹裁成傍畫檐。風動玉鈎爐篆裊，月低銀蒜柳陰添。佳人捲後愁如織，騷客垂來韻苦拈。最是君平閒賣卜，百錢蜀肆味清恬。

鄭應禹

字國模，號静庵，著有《詩文稿》。

少年

少年怒髮欲衝冠，盛氣憑陵把劍看。漏網已欣寬黨與，坦途何意作波瀾。魚游潭底潛蹤易，鳥入籠中矯翮難。買犢賣刀真得計，寄言儕輩早求安。

方僑

白巖山居

最愛地偏隣澗壑，也知門静迥塵寰。竹深啼鳥頻驚夢，山近溪雲卻伴閒。老樹壓簷枝偃蹇，清渠遶砌水潺湲。誰云箕潁今難覓，自許巢由尚可攀。

張應泰 字汝來。

秋日遊仙華山

薜荔迎金氣，芙蓉削翠微。可堪將勝侶，如欲見靈妃。絶界無羣吠，傷時有《五噫》。睠然眇天末，搔首自依依。

何處青琳宇，移將峙碧巖。路隨飛鳥上，石是鬼工劖。采藥輸劉阮，持觴共籍咸。怪來聲擲地，秋色滿征衫。

張應沛 字汝霖，元京子。父卒，居喪哀毁，動循禮度，觀者器焉。以貢授太湖縣主簿。

廣福觀

溪雲漠漠東屏路，春榼初攜紫珀開。花竹日新人已老，湖山如舊我重來。小樓日映青峰落，古碣雲封碧蘚堆。堪語種桃老道士，婆娑茗盌一登臺。

倪仁禎 字心開，尚忠之子。崇禎丁丑進士，授太常博士，擢禮科給事中，巡視京營，人憚其嚴。奉命封藩廣西，歸，值國變，遂家居。有《問夜草》，皆其居諫垣時疏稿。又工書，摹古法帖行世。

七里瀨

維舟釣臺下，濯魄冰壺間。微風正澹蕩，白雲猶在山。憶昔狂奴態，落落明霞餐。兩峰插青漢，高空何由攀。解纜且徘徊，吾計歸柴關。

朱君正 字子性，邑諸生，事親孝。家貧，躬爲藝圃以養。讀書風雨孤燈，非丙夜不寢。講學月泉書院。崇禎十七年甲申，流賊李自成破入北京，帝自縊，明亡。君正聞之，矢志殉節，作絶命詞，遂自縊于明倫堂。國朝康熙甲寅，通學籲請崇祀郡邑鄉賢祠，又學師葉祁，私謚『忠烈』。配享方正學、鄭忠智於寓賢祠。道光年間，合邑公舉，又崇祀鄉賢、忠孝及十六賢等祠。

溪行望保安寺有懷倪文卿

極目祇園古樹侵，泫泫緑水漾烟潯。只餘坏土孤墳在，無復蕭齋往哲臨。經世文章空負骨，穿林鐘磬静傳音。溪聲山色還同舊，高士風流何處尋。

附録絶命詞

大明堂堂，中外亂綱。雖云天運，人實乖張。吾成吾仁，舍生孔牆。愧弗能濟，一死存常。

朱廷剛

字天德，性孝友，敦睦宗族，纂定家譜。善書法，尤工草聖。家藏晉唐遺蹟甚富。著有《九峰詩文稿》。

題張殿元遺照

荷衣瀟灑稱閒身，恰似清狂賀季真。蘆荻着花魚正美，秋風江上試垂綸。舊事曾傳張志和，蓬山一去冷烟波。而今重得瞻遺像，想見當年濯足歌。

卷十一

國朝 古今體

張燧

字次夫，號仙華樵子。順治乙酉恩貢。邑侯紫蓋吴公重其學，聘修邑志。又嘗注《方韶卿集》及諸先哲集，著有《浦陽人物補遺》、《香雪園詩草》、《西遊紀勝》等集。

呈總河梅麓朱公二十韻

海甸昌鴻運，綢川發駿才。華名專八斗，秀色動三台。片玉咸陽市，千金碣石臺。稱臣離草莽，謁帝上蓬萊。内翰詞誰匹，中郎句獨裁。朱衣蘭署入，絳帳棘闈開。並列中朝彦，頻蒐大雅材。青宫趨視草，黄閣待調梅。啟沃皇情眷，樞機衆望推。馮夷尤虐肆，瓠子正歌哀。橇檋煩疏淪，防堤藉密培。龍牙初建纛，鼀足不興災。尚障三三澤，週循八八魁。未煩沉璧馬，早已固雲雷。功奏玄圭錫，恩飏赤舄催。星辰偕奠麗，河洛共昭回。某也無三窟，飄然逐八垓。千尋儀鳳德，一顧許龍媒。卵翼何堪忝，鬚眉尚未隤。何因垂翦拂，一爲振塵埃。

過方韶卿先生墓

化城尚誌宋遺民，剩水殘山寄此身。海外乞師空畫策，舟中立國竟沉淪。家仍漢臘滄桑改，劍許嚴臺意氣新。愁對西風碑碣盡，寒烟處處雜荆榛。

樓洵玟

字嘉玉，號士佩，年二十中順治戊子副貢，年僅二十七而殁。

午日弔屈大夫

江水何時盡，懷沙萬里愁。孤忠懸日月，獨醒傲王侯。麥秀迷歸路，冰心逐去流。祇今湘浦上，空棹躍龍舟。

春霽探梅郊次

映日文章舊有名，不因小草喚卿卿。吴宫粉黛誰同瘦，漢苑春光爾獨清。古貌淩寒香骨老，冰魂帶雪翠烟輕。和羹應待充奩實，肯爲空花度此生。

春暮郊行即事

春歸何處子規啼，舊有青山俯碧溪。今日旗亭聊對酒，天涯芳草緑萋萋。

鄭應産

字國惠，號省非子，歲貢生。著有《蘿山詩草》、《浦江淵源録》等書。

閒居漫興

獨自居幽處，鶯聲隔竹聞。雨餘山有色，風静水無紋。琴奏懷鍾子，書成羨右軍。烹茶待過客，揮麈共論文。

鄭思恒

字學有，號月恒，著有《蘭庭詩草》。

乞菊

此花多傲骨，那許俗人求。白玉含清露，黄金點素秋。但祈君肯首，不厭我低頭。倘擬栽培費，酧恩茗一甌。

鄭思俊

字學英，號猶賢，别號三英處士。載《省志·孝友傳》，崇祀鄉賢。

題畫

結宇在西偏，寰中别有天。青松喧户外，緑水漲村邊。倚檻看山路，登樓數客船。雅懷題不盡，吟過渡頭烟。

金　星

字德甫，號介庵，別號河上山樵。順治間任柳州府教授，著有《雁字韻》、《粤西紀遊》、《晚青堂稿》。

斷灣學釣

心以漁爲業，朝朝坐碧流。術疎偏咎餌，吞巧每還鈎。適志無逾水，逃名不着裘。得魚兼得酒，此外復何求。

粤西歸，同繆文臣、張用生夜集張亦昭石雲軒即事

秋老蓬蒿逕，堂虚夜氣衝。狂吟資酒力，長嘯動花容。口不談時勢，書猶逞筆鋒。别來無善狀，何必問行蹤。

河上山居襍詠

青山環十里，林麓半居民。白屋老寒士，朱門少故人。松多天不暑，泉近地無塵。自得漁樵伴，生涯又日新。

索居幾十載，鐵硯漸磨穿。學問無時用，韶華任歲遷。竹房來暝早，花隖得春先。無復當年興，攤書晝欲眠。

題雁字　三十首録二

無端風雨亂行蹤，整整斜斜少折衡。批削欻驚神鬼泣，留題偏訝網羅重。方悲鎩羽書難寄，且喜揮毫表可封。欲繪一天離別意，更將心事寫雝雝。

長鳴何日遇知音？仰見遥天度信禽。風捲敗翎忘八法，霞舒彩筆寓千箴。飛飛已落書雲候，草草能披貫日心。一自衡陽分散後，從無便羽到如今。

題仇十洲高樓夕照圖

紅樓儘日掩雙扉，樓外青山又落暉。芳草萋萋空自緑，王孫何事不來歸。

洪　謨

字惟清，號泰庵，康熙庚戌歲貢，著有《泰庵隨筆》。

鴟鴞嘆

鴟鴞鴟鴞，爾何不學其慈學其梟？公然肆虐羽毛盡，搏擊不顧音囂囂。自能飽食能飛舞，翺翔振翮薄寰宇。豈知横行力易衰，天怒隨之鎩其羽。飛高墮不輕，螻蟻傷其生。即欲乞憐徒哀鳴，亦何補殘生？已自殘儔伍，縱有飛羣不敢親，昔時暴戾今及身。嗚呼鴟鴞何不仁？吾爲鴟鴞嘆，人而如鳥曷勿鑒！

從軍行

彎弓秣馬披長鋏，郎出從軍人盡懾。願郎早立軍前功，奇男勿戀閨中妾。妾今不敢怨春閨，郎去但望羽書捷。妾縱寡歡猶安居，郎勤王事勞何如。

反昭君怨

休將紅粉怨和親，萬里關山寄此身。自是朝廷能遠色，美人一去靖邊塵。明璫翠羽貌如花，自分生來衛國家。但得漢宫磐石固，不辭出塞抱琵琶。

樓洵宏

字守遠，號存翁。康熙癸丑歲貢，任温州樂清縣訓導，著有《竹露齋詩文集》二十有四卷。

春暮

一叚斜陽芳草暮，柳浪參差章臺路。流水落花風幾度，啼鵑無那春歸去。踏遍蒼苔思萬縷，韶華不換頭顱故。我欲留春春不住，愛日頻檢盈虚數。

山房雨後晚眺

迎梅新雨霽，溪水弄潺湲。風急浮霞動，雲開落日圓。深山空鳥道，古樹起人烟。惆悵荒亭柳，頻摇薄暮天。

呈蔣方伯

兩浙占名宿，三韓鍾大賢。棠陰籠舊座，原注：先爲東甌郡司馬　薇省擢新躔。雲夢胸無際，冥靈器自仙。清風消犴狴，澤國仰旬宣。化雨從天下，恩波向日邊。屏藩增壯采，蔀屋起寒烟。借箸惟籌國，探囊不問錢。輸將勤外計，撙節裕中權。挽寇欣逢再，揄裴應獨先。攀喬頻徙倚，傾耳聽鶯遷。

張一煒

字尚赤，號碧嵐，邑諸生。著有《清涼雜詠》、《和秋吟》、《廣秋吟》、《補秋吟》、《碧山房詩餘》等集。

秋旅

山水迢迢路，風霜處處塵。馬嘶黄柳岸，鷗宿白蘋津。枕上多鄉夢，樽前少故人。乾坤皆逆旅，去住總非真。

和李刺史叔茂遊清涼山韻　十首録一

霧捲層巒道，山靈招我遊。不嫌雲作幔，尚倚石爲樓。古洞原無夏，晴嵐别有秋。千紅凝紫馬，勝境薄蘭洲。

三月十一日初往榆林過清涼山

春暮辭冰署，從戎覓壯遊。鞭揚芳草地，醉買杏花樓。北上惟今日，西來憶去秋。重經古佛刹，難捨此神洲。

倪一膺

字服顔，號松樓，康熙庚午歲貢，任奉化訓導。明進士尚忠之孫，禮科給諫仁正幼子。工書畫，得之家學者居多，著有《梅花夢》、《玉玲瓏傳奇》行世，詩稿編年百二十餘卷，統名《松樓集》。

從軍行 有序

七首録二

予有老僕唐大有，投軍，熟悉邊場情形。年老脱籍歸，詳悉指示九邊要害，並畫地圖，因演爲從軍行。

富貴自有時，死生亦有期。從軍既許國，身命焉得知。今日軍南詔，明日征西陲。霜天吹畫角，日暮搴龍旗。軍中哀歌聲，休向月中吹。

好殺本非武，成功不在早。結髮始從征，意氣貫晴昊。經過苦樂事，逝矣勿復道。戰場多朽骨，牖下復誰保。主將合知人，一一在懷抱。

岳王墳

百年一生才，快意者甚寡。名列九霄上，寃沉九泉下。烈士豈愛身，河朔已解瓦。廟堂偷偏安，誰念故宗社。權奸天若聾，風波地爲啞。灝氣宰木森，憾水湖陰瀉。露台伐魑魅，心肝入爐冶。清霄泣山夔，冷雨嘶石馬。夕陽下西陵，悲風欻飄洒。拜啟諷公詞，抆淚紛盈把。

長水夜泊聞吴歈

長水停橈處，秋光溜眼清。起看中夜月，忽動故鄉情。累劇家逾重，愁多骨未輕。不堪聽水調，别是斷腸聲。

過桐州

原注：予長房有遷居此者，已歷數世，不屬籍矣。

樹裏藏茅屋，穿籬各有門。寒莎驅犢路，密竹網魚邨。水細沙浮脊，江清石見跟。雖云寄塵土，終似别乾坤。

登石碧巖遠眺懷古

山山紫氣接蓬萊，爽澈幽潭水瀉哀。捲壑風聲秋笛咽，横天雁影塞雲來。村因待制多藏柳，溪姓尚書不問梅。烟樹斜暉最蕭颯，宋元文采幾塵埃。

鄭　璧

字一上，號爲己，邑庠生。性至孝，從父遺命，助田百畝，以爲通邑鄉會路費，又捐産爲脩葺學宫，刊《宋文憲公集》、《賢達傳》。建造宗祠。雍正元年詔舉孝廉方正，載省志。

田園雜興

偶從閑裏試吟哦，遥想郊原景若何。閣閣蛙聲春晝永，斜斜柳影夕陽多。半簾明月釐三浴，四野輕風雨一蓑。信有幽齋恬適甚，閒看新燕作新窠。

鄭爾玟

字一偉，號文玉，康熙間歲貢。捐造家廟，刊《宋文憲集》、《非非子懸解篇》。著有《文玉詩文合集》十四卷，金華董學豐填諱。

重陽後一日登玄麓山

四野天高萬籟空，此身儼在畫圖中。揮杯乍過重陽日，落帽仍防仄徑風。一道水痕飛遠岫，九秋霜氣逼寒楓。名山似欲留人住，緩步歸來夕照紅。

暮春雨中感賦

水逝雲行感慨頻，年年辜負物華新。睠懷舊雨悲今雨，瞥眼經春又送春。宿蝶有魂驚曉夢，落花無語笑芳塵。多情最是烏衣客，竟日雙雙伴主人。

病中有作

鹿鹿成何事？青囊寄此身。情推生死切，步自往來頻。本是災無妄，偏驚藥有神。董仙如可作，指點杏林春。

洪允公

字爾爲，號健齋，康熙甲申歲貢，晚號壽峰，著有《壽峰詩草》。

東山晚眺

晚出迎春門，（即東城門）步到東山麓。山平恣遊覽，登臨豁雙目。俯視闤闠間，烟火羅萬屋。遠近互嵌空，高低争起伏。四圍列峰巒，城郭山底築。雉堞紛参差，翬飛若相逐。夙昔瘡痍傷，不得聚饘粥。室家幾星散，時有窮途哭。

聖主勤民隱，恩膏許共沐。一一奠厥居，下邑亦戩穀。憑眺感皇仁，川原愈清淑。落日不可留，忽墮西山陸。冰輪從東來，清光散巖谷。好風復霏微，野花亦芳馥。物我安其天，於斯悟化育。

種竹

世愛使君能免俗，吾愛使君無拘束。竿頭直上舞婆娑，四顧清陰結寒緑。去年種竹今年長，今年新竹都成行。繼長增高一年内，健行如君真自强。勿徒稱其節，使君之節人人説。勿徒慕其心，使君之心人人欽。虚心勁節美固擅，獨有使君精進人不見。風晨月夕起予多，人甘卑下奈學何。

有美一人

有美一人樓之東，樓前荆莽鳴秋風。頽垣破屋人不顧，豈知花下白羊生。其中朝仰日華烘赤膽，暮挽月魄磨青銅。朝朝暮暮不輕出，譜成左右列女相磨礲。自計非與尋常匹，愛護勿驚烟花叢。樓頭賣笑何比比？脂粉絃惑遺天工。途人那復別好醜，此獨含聰履喆甘隱修厥躬。吁嗟乎，美人不出美終窮，安得圖形直達長秋宫！

樓啟瞻

字公肅，邑諸生，善書法。嘗遊燕京，著有《北行蕪》、《懷盟影外集》、《醉吟編》、《春雨亭詩餘》等集。

瀰縣馬上口占

面面青山遠，鞭梢萬里秋。思家人不見，馬上獨低頭。

禽言 十一首録五

麥飯熟即快活

五日雨，麥飯熟。浪幪幪，旗矗矗。世界涼而炎，腹中安且燠。但得年年穗兩歧，何用浮生空鹿鹿。

提壺盧

提壺提壺，酒盡還沽。東風一醉，我亦忘吾。人生行樂耳，獨醒何爲乎？

歸去好

歸去好，不如歸。今雖是，昨已非。不如歸，天地猶一指，蜀道望依依。不如歸，縱有清風揮血淚，莫將心事等閑違。歸去好，不如歸。

婆餅焦

婆婆餅焦，不堪果腹。藁砧何之，可憐幽獨。山頭淒斷百年心，鎮日悲啼山之麓。

姑惡

姑惡姑惡，生處不樂。實余之辜，匪姑之虐。暮雨兮淒淒，朝雲兮漠漠。怨復怨兮人莫知，悲復悲兮形如削。悲怨怨兮何時平，夜清猶共猿聲落。

張　哲

字久也，號愚谷，康熙丁丑恩貢，候選教諭。

贈別汪德遠司訓歸里

先生家住錢唐沚，左江右湖勝無比。朝乘畫舫湖山青，暮看海汐江瀾紫。先生文行冠詞壇，舞象名傳博士間。湖中花柳江中浪，一一收來彩筆端。高堂自有天倫樂，世上浮名敝屣若。熙朝特簡重師儒，承恩來秉浦陽鐸。化雨隨時不吝施，桃花李花香盈枝。一經品題盡佳士，評倣汝南月旦規。循循多士遵型範，座上春風和氣儋。時聽諸生給俸錢，義高千古千金淡。膠庠百廢忽俱興，奎樓丹閣高崚嶒。諸凡所資不掛齒，賦詩把酒邀良朋。每從先生論文細，恂恂如把醇醪嚌。清標不減玉壺冰，古道照人無纖翳。天子仍求吴越師，除書忽下浦江湄。候次旋歸松竹徑，已全三樂生覩眉。郤訝驪歌聲太亟，滿城桃李無顔色。從此陽春別座生，杏壇謀共鐫遺德。一年道誼心窩懸，千里風塵別思牽。愁絶片帆開越水，相思孤劍倚吴天。道味相投依不久，河梁折柳難分手。我亦匱藏待價沽，他日萍逢仍聚首。

按戴漢陽先生碑中所叙，當日送別者，邑紳士張德旭等三十六人，生員傅旭元等一百三十七人，儒士張啟鰲等二十七人。余家舊藏刊本殘缺，今得存若干首以備故事，亦足以見當日壇坫之盛矣。

續夢中寄遠詩 有序

康熙戊子正月，金子永庚夢城西南祈門改爲寄思門，邑人令序。其改門之意云：古一婦人有寄遠詩二首，恐其湮没無傳，因以名門而勒其詩於石。永庚寤讀，一過而覺，僅記其首句云：『寒砧落葉又黄昏』，予愛其發端清妙，非凡筆可到，因爲足之，非癡人説夢，以見天地間多無中生有也。

寒砧落葉又黄昏，檢點相思懶出門。蓬鬢久銷膏沐色，鏡容時帶淚珠痕。愁添陌柳迷人路，惱亂鄰雞促夢魂。縫取征衣血破指，君看線染幾多根。

題小塵齋十景 録二

楊村小嶺

樓東有勝境，嶺小村亦古。莫問居人姓，楊花飛滿塢。

南階細雨

濛濛山雨來，濕我南階草。滿野緑痕鮮，雨來草亦好。

王家明

字惟清，號蘭陵，康熙壬子鄉舉。性愛蘭，於居側隙地種之。嘗有五朵最壯，放後隨結五子，因自號蘭陵，顔其居曰『五蘭』。

自題五蘭居

一叢絲葉嫩抽莖，獨把檀心吐氣清。自是奇香王者瑞，芳芬五朵爲誰榮。
憐渠臭味郤相親，秀毓瓊葩異樣新。十笏幽居香一脈，琴書座右結芳鄰。

張德昌

字放臯，貢生。

采菱歌

姑蘇城下舊金閶，曾説吴宫錦纜長。今日采菱歌斷處，蛾眉新月照横塘。

卷十二

國朝 古今體

傅旭元

字晉初，邑諸生，從餘姚黄梨洲遊。好學嗜古，以邑中先賢文集殘缺，心憫焉。康熙間督學彭命浦令楊重鐫《宋文憲全集》，旭元請任，鬻産爲倡，而吴、柳、張諸集亦廣搜訪、編次，得爲完璧。著有《浦江文徵録》、《獻徵録》。

夏日即事

奏罷朱絃曲，扶笻踏緑畦。雨餘山色浄，風定水聲低。舟蕩蓮蘋落，烟横柳欲迷。故園歸未得，悵望六橋西。

王稷

字肇周，晚號深溪釣者，善寫山水，得右丞法。常遊京師，求畫者一時爲之旿貴。歸，居一室，興酣落筆揮毫，傳爲墨寶。稱『清逸處士』云。

梅花

老榦横斜映水痕，梅風伴雪逗春温。幽人夢冷雲三徑，短笛愁飛月一村。濯露有香寒徹骨，對君無語暗銷魂。何年爲掃湖頭路，攜向孤山細比論。

聞蟬

千里暮雲平，秋蟬處處鳴。殘烟迷古驛，斜日澹空城。已是悲秋客，還兼落葉聲。最憐江上柳，摇曳不勝情。

張以琣

字次玉，康熙丁酉鄉舉，雍正癸卯進士，授都昌等令。内陞中書，歷任霸州知州，著有《次玉詩文集》。

放懷

生前多載南宫寶，死後誰致關西鳥。白傅楊枝遣莫悲，邵平東陵瓜自好。昔人宦成諱多金，今人宦達耻言貧。趨蠅炙欲熱，羅雀冷於冰。偃鼠滿腹飲幾何，黄粱胡蝶幾時醒？嗚呼白日去堂堂，集菀集枯誰短長！石槨三年笑司馬，摸金地下有中郎。曷不高歌飲美酒，逢人開笑口，放眼乾坤我何有？

和朱雪蕉舟泊蘭江原韻

誰把長繩繫落暉，黑頭遊宦白頭歸。回思昔夢心如醉，笑指關山色欲飛。舊植松梧應作柱，新添兒女定成圍。從今抛卻人間事，酒户家園任掩扉。

少女峰采異草

少女峰高拔地起，芙蓉突兀撑青空。帝子驂鸞來駐此，靈異往往留仙蹤。鳥耕象耘非人力，朱英紫脱紛青紅。金芝九英吸沆瀣，靈茅三節摇天風。當時丹鼎留餘液，胚胎異草驚神農。終朝采采不盈掬，飢者白石蔭長松。山中蒼蒼徧雲霧，指引或遇方瞳翁。人生百年如電掣，憂患摧剝終何窮。勾漏丹砂遠難致，黄精芳苡路可通。逝將入山拾摇草，冥鴻杳杳超樊籠。

虞邦遲

字尚升，康熙時諸生，善寫山水，書法似米襄陽。

釣魚歌

清風來樹杪，渌水揚輕漪。逸興隨之去，坐向蘆中磯。持我碧玉竿，披我緑蓑衣。徑曲不覺遠，林密多幽姿。水淺露平沙，流急亂清暉。得食一何懽，吞鈎一何悲。俯仰今古間，此中悟者誰？

張　衎

號惺巖，别號淇竹居士，康熙間諸生。工書法，善畫山水，尤精蘭竹荷梅。著有《六有齋詩草》。

七夕有感

何是仙華處？登樓我獨悲。一生長作客，此夕正佳期。路遠書難達，愁多夢亦遲。情人相憶苦洒淚密於絲。

題漁

問君何事向清溪，舉世勞勞空自奇。滿腹經綸浮海上，誰知儘日樂淪漪。

張德旭

康熙丙子歲貢，授國子監教習，誥贈奉直大夫、霸州知州。

贈别錢唐汪德遠司訓浚歸里

璧水章程樹駿聲，相知端足慰平生。百年教澤推安定，一代才名重長卿。方喜陽春留絶調，那堪驪唱促行旌。仙華雲樹西湖下，不盡依依仰止情。

張　嵩

由貢生例授縣丞。

贈別汪德遠司訓歸里

琴書函丈辱交知，道誼文章真足師。共羨敦龐追往哲，還誇丰采邁今時。春風楊柳同君別，秋水兼葭繫我思。漫説此行添寂寞，鱣堂瞬息鳳凰池。

鄭爾垣

字一樞，號介川，邑廩生。續輯鄭氏《奕葉吟集》，彙編諸遺稿，著有《水月軒稿》，晚號曰嬾鄉子，有《嬾鄉子歌》。

青蘿山懷古

每向名山憶鉅公，兩株松樹扨秋風。夔州遠道雲山隔，麟水談經夜月空。典册一朝鳴采鳳，行藏觀化本冥鴻。誰知羅網仍波及，白髮投荒恨不窮。

張石麟

由貢生任陝西慶陽府真寧縣知縣。

贈別汪德遠司訓歸里

燦燦見文星，自吴來越土。天結斯文緣，振鐸司吾浦。一見令人欽，話言披肺腑。裁成惟色笑，陶鎔盡愚魯。冰銜務絀華，玉立咸循矩。芹宫一旦新，非復舊堂廡。俎豆有光輝，德造同鼓舞。遺範憶蘇湖，今昔堪爲伍。化雨及隣封，儒宗冠寰宇。鶯聲忽報遷，卧攀計日數。何以贈征鞍，清風明月譜。君不見，紫薇花發待仙郎，老我漁樵將快覩。

樓紹禹

庠生。

贈别汪德遠司訓歸里

望高山斗擅今時，共幸斯文獨在兹。化雨正新帶草色，春風欲去落花知。强書蕉葉鴻飛句，愁聽桐絃鶴怨離。縶馬商量留計早，他年墮淚莫嫌遲。和留别原韻録一

潘調爕

號理齋，由貢生任嵊縣訓導。

贈别汪德遠司訓歸里

高賢主席許同遊，韓柳文章縱目收。爲語筆花生學舍，可知墨浪度瀛洲。輕風柳絮金臺晚，細雨青山玉鏡秋。不盡離羣悲寂寞，徘徊愁上仲宣樓。

樓爾覺

字效先，號北園，邑廩生。著有《留遺草》、《三層樓稿》、《家讌同吟》合編八卷。

東嶺秋陰

抱郭青山石徑斜，蒼松翠竹影交加。朦朧未覺晴光暗，寂寞偏憐秋意賒。語鳥數聲僧寄夢，吟蟬

千葉客停車。勝遊更待霜楓醉，一覽紅稠十月花。

寄吴公明

伊人疏見面，地角復天涯。乍結金蘭契，頓逢雲樹遮。蟲雕慚我拙，鵬路望君賒。料得江淹筆，應開幾許花。

九日仙華登高

劍峽嶙峋處，登臨第一峰。滄桑悲帝子，風雨憶仙蹤。香繞巖邊菊，濤驚嶺上松。飛昇來絶頂，瑶草碧茸茸。

張以培

字雲翼，號竹城，康熙丙戌歲貢。父哲，康熙丁丑府學恩貢。當歲科兩試，父則冠府學，子則冠縣學，歷歷不爽。著作甚富，多有遺失，門下搜輯編次，今所存二十餘卷，曰《竹城詩集》。

寄題忠清廟

廟在江西萬安縣境内，供有明楊椒山、張月泉二公，粟主月泉公，諱元諭，培之高祖也。

我聞適廬虞先生，少年裘馬氣英英。自信腰纏數萬貫，千里揚帆入贑城。摇摇望望烏洋渡，隣舟接尾來相附。舟中大客知是誰，弓刀簇簇篷窗露。先生器宇素超羣，大客一見通殷勤。烹鮮煮茗吐肝胆，兩家賓主幾不分。先生側目心爲動，烏靴小幘多羣勇。有時聽客慷慨歌，江風颯颯波濤洶。波濤洶湧舟行難，問名知是十八灘。人生到此命如寄，況復金多慮不寬。大客窺破眼爲白，仰天忽笑鬚如戟。虞君虞君爾書生，豈知江上有豪傑？我輩見金常變心，我輩知心亦賤金。君將此金欲何用？但恐前途多緑林。先生聞言急下拜，多金不諱爲人帶。斯人患難仗生全，爾我相知忍相害。大客掀髯復點頭，虞君虞君爾莫愁，攜金寔不便前往。君且脱身金且留，我有一心待君久。感君意氣爲君剖。爲君守金住此舟，君若還時交君手。先生似信不信間，拋金且出鬼門關。輕裝急就萬安道，人烟絶少皆深山。山行一百八十里，似有人家心竊喜。到來四顧寂無聲，獨留冷廟空山裏。廟不甚寬結構精，前題廟額曰忠清。石爐石案青苔長，神非土木只書名。一爲蓉城椒山楊，一爲吾浦月泉張。二公忠清冠古今，兒童走卒知稱揚。先生相對毛骨爽，稽首再拜生欽仰。張公靈或念同鄉，必護窮途出榛莽。自此平安去復回，隣舟早見泊江隈。忽聞大客呼聲疾，虞君虞君岸上來。唯恐君舟或相忤，爲君一日來三顧。君無恙耶金無恙，元封如舊還君去。先生感激拜敬恭，大客揮手别從容。史公若得傳游俠，應與朱郭聯芳蹤。我謂斯人洵不偶，萬安道上交奔走。二公遺廟誰得知，不遇斯人等無有。不知是廟創何年，不知何以離人烟。楊公足跡何曾到，斯廟胡爲立儼然？月泉張公我高祖，少年科第官工部。是科人物多奇尤，忝與椒山共年譜。立朝侃侃不逐流，棋枰一擲貴壻羞。公與嵩壻袁應樞同部。一日對弈，袁欲邀爲嚴黨，啖以美官，公即以棋枰投之，曰：『此豈爾婦翁家物』。嚴深銜之。再爲朝廷爭部坐，大堂氣奪嚴東樓。世蕃以尚寶卿兼工部侍郎，祖制兼官不設部坐，時有欲設以媚之者，公力争不設。以此二恨忤權宰，嗾教鷹狗沉淵海。不貪幸受至尊知，因得減死左遷改。朝中既殺楊椒山，一時朝士皆怒顔。我祖爲文哭之慟，羣狐吐舌笑癡頑。三遷守此吉安郡，流賊聞之夜潛遁。總爲不阿拂上官，誣之縱冠民涕隕。是邦已祀白鷺洲，萬安下邑神來遊。知與楊公誼獨切，千年香火相匹休。於虖二公何卓卓，鸞鳳都被大雞啄。昌黎《鬬雞詩》：『大雞昂然來，小雞拱而待。』時目江右人爲雞，故朝士有戲嚴爲大雞。當時權勢今何在？惟有忠清滿寥廓。

古意

滾滾盤中珠，妾心聊所娱。唤作小明月，光輝生室虚。遥遥我所思，所思天一方。恨無雙飛羽，持贈夫君光。將珠比妾心，一點無疵藏。年年歎離别，素絲生鬢旁。夫君那得知，懷珠空悲傷。

采蓮曲

湖光瀲灧汎晴波，十里蓮香透綺羅。畫舫輕摇採蓮去，風生錦浪人婆娑。玉腕争揎波影亂，對人故弄黄金釧。南浦歌聲宛轉來，一枝花動疑嬌面。隔葉輕輕唤小姑，今朝采得並頭無。采得並頭應嫁早，願姑莫嫁如兄夫。小姑回言莫浪謔，且聽一派秋聲作。頓蹙雙蛾罷采蓮，玉關今夜征衣薄。

贈别汪德遠司訓歸里

和留别原韻録一

除書忽到計難留，一曲驪歌共唱酬。草碧長亭寒祖帳，波清短棹邈仙儔。雲程翼展吴天潤，月户琴虚越地秋。最是侯芭情倍切，問奇何處再從遊。

戴王蕙

字惠蒼，號樹人，著有《臨文决》、《拾殘冬續業》、《雞鳴集》等書。

醿醾落

已見醿醾開，復見醿醾落。開落能幾時，轉盼生落寞。人生自無根，飄如一吹籜。所貴在適意，胡爲慼不樂。詩爲祛憂思，酒亦耐離索。但令胸次寬，一吟還一酌。

自嘲

誰爲勞勞者，咿唔不下堂。構文貪欲死，學古喜生狂。徒羨龍飛壁，焉能石化羊。旁人都不解，憔悴笑潘郎。

小寒食途中即事用杜工部元韻

行路春深更畏寒，不堪馬上一儒冠。風塵萬斛他鄉味，花錦千叢故國看。緑草含烟連海樹，層雲着意擁淮灘。更無黄鳥催歸夢，且得村房一枕安。

張德固

字□厚，號露鹹，康熙間歲貢，爲江西寧都令，□兆子。掌月泉書院教，力辭館穀，以累年所入爲修葺資，訓誨諄切，多士仰之。

繅絲篇

正月桑葉芽，二月桑葉肥。采桑爲養蠶，蠶熟可繅絲。繅絲挽絲車，停車憶所思。思君如蠶絲，牽連無已時。蠶絲有時已，思君無窮期。

秋夜回文

浮影雲天碧，早霜凝翠峰。樓高近古樹，夜午咽寒蟲。愁積如書積，興濃兼酒濃。秋庭半落葉，冷色月溶溶。

春日村居即事

誰能農事不關情，山鳥朝朝促早耕。占麥尚愁寒食雨，卜年已喜立春晴。菜花十里黄爲圃，柳色千門絲作城。風景此間元是好，武陵何必買舟行。

曉日鷄鳴水上村，白雲犬吠柳邊门。正憐芳草堪詩席，又遇名山憶酒樽。蟲學字形書緑水，鳥偷人語説黄昏。羅衫不與田家稱，試著相如犢鼻褌。

無多茅屋兩三間，農月柴扉不用關。東野自能耕白水，道林何必買青山。半溪幽竹釣魚去，一徑落花騎犢還。長日未忘兒戲事，又隨鬭草伴消閒。

春色田園一倍賒，興來書卷欲全抛。耕漁有伴憐同社，阡陌無多喜近郊。爲怕垣頽重覆箬，因嫌屋漏又添茅。鳴騶不引周生出，蘿月松風漫獻嘲。

金希聲

號静齋，邑庠生，著有《静齋集》。

鐘聲戒旦

清晨爽籟入南樓，引得蒲牢到上頭。一百八聲聲未了，敲開塵綱利名愁。

城東畫意

郭外青山山外谿，緑莎紅樹襯高低。天然圖畫容添我，落日平橋自杖藜。

周學山

字承熙，號寧齋，雍正甲寅歲貢。任開化訓導三年，引告歸，賦詩贈别者裒然成集，士論榮之。

留别開陽紳士

偶借青氈託暮齡，相依三載喜忘形。寄巢已覺人如燕，鑑水還憐跡似萍。脈脈離愁傾緑酒，悠悠别意繞紅亭。悵然莫慰臨歧恨，一曲陽關不忍聽。

貤封恭紀

錫類鴻仁被八荒，投簪竊喜得焚黄。承來雨露依天近，榮及封坻愛日長。兩代君恩存鳳誥，一生臣節在鱣堂。銘心鏤骨烏情切，每飯何曾敢暫忘。

鄭思相

字學調，號睿齋，歲貢，受銜訓導。

聞笛

一曲能生兩鬢絲，誰家殘笛奏參差。不堪向秀《山陽賦》，嘹亮聲中感故知。

卷十三

國朝 古今體

樓承順

字光大，雍正癸卯恩貢，任台州臨海教諭，事親孝。親亡，廬墓自題『永慕廬』，遠近賦詩紀其事。邑侯邢公敬禮之，延課讀於内署。雍正元年，詔舉孝廉方正，州縣臚上其行，辭不就。著有《默齋集》，詳《邑志·孝友傳》，載省志。

月泉書院懷古

月泉泉應月，千載滌塵襟。地與清溪近，雲含古樹深。芳懷依講席，梵語雜書音。道脈傳朱吕，徒慚私淑心。

洗硯池

愛爾一泓水，名標翰墨香。雀磚滋玉潤，鸜眼發金芒。麝氣臨風遠，煤痕帶雨藏。那須春草夢，吟興此偏長。

倪惔

字季子，號爽庵，邑庠生。稿多散佚，今姑就所見録之。

晚吟

英雄有志阻天涯，兒女牽懷老歲華。心似飄摇花没主，身如游浪蝶無家。也知爛醉愁方卻，無那欺貧酒不賒。人倚蘭干亭子外，凝思目送夕陽斜。

贈别

君身送我來，我心送君去。不愁君獨歸，愁我歸無處。

偶賦

磊落平生志，窮途不少磨。青春催我老，白眼看人多。幽興調山鬼，秋心寄女蘿。何當行素位，得酒且高歌。

張本涵

字若千，號藴廬，郡諸生。嗜吟詠，六旬自壽詩云：『無成事業三千首，莫大工夫四十年。』所著有《且留草》。

乞巧篇

一年一度雙星會，纔到黎明慘分袂。慘分袂兮不自由，天河洋溢相思淚。可笑世人争乞巧，不管天孫暗著惱。縱然得巧似天孫，長守空房直到老。巧莫巧於人世間，奇奇怪怪難名言。即此纖纖錦手，花様那止千百般。人巧何妨我獨拙，免使勞勞爲人役。一生且作信天翁，兒解牽牛婦能織。

杜鵑

杜鵑歸心有底急，啼到血流啼轉戚。血洒萬山都是紅，歸心千古終難白。一聲聲復一聲聲，一聲何止千萬疊。曰歸曰歸胡不歸？自是不歸歸便得。爾歸不慮關津阻，爾歸不煩車馬力。蜀山豈比蓬山遠，泯水争如弱水濶？何須哀苦一至此，夜夜叫落桃花月。君不見，丁令威，仙去千年還故國，城郭是而人民非，華表竿頭言歷歷，爾胡不肯學仙去，徒作微禽啼不歇！

偕鄭齊齋若楹遊玄麓山訪宋文憲公手蹟

怪底山輝常熠熠，中有漆書學士筆。先生去今五百載，風雨未敢肆漫滅。齊齋老人興過我，繞山搜覓龍蛇窟。依稀謫仙躑躅蒼耳林，裂褲不管翠裘裂。偶然得一即大叫，奚啻陵陽遇荆璧。兩手掬水凈塵泥，十爪剔苔清指畫。再三卒讀欲下拜，籠歸只恨衫袖窄。而我懷古特情深，石不能言愁脈脈。

獨枕

獨枕誰驚覺，耳根響不齊。雨聲雜落葉，蟲語亂鳴雞。異夢非關想，閑吟不計題。入秋纔一月，氣候已淒淒。

婁　亮

字尋緒，號悦亭，邑諸生，承順子。所存詩有《勺水軒遺稿》三卷。

庭前小酌

庭前牡丹開，臨風常懷友。有友此日來，行止竟同某。解我杖頭錢，烹我園中韭。友曰賞名花，余曰無名酒。爾若有名心，願君莫入口。我友亦莞爾，銜杯頻點首。試看眼前花，何如杯在手。

新春贈超士

自憶忘形友，如君有幾人。性情從少慣，面目本來真。汲汲因名累，兢兢與道隣。居常能習定，不止眼前春。

八詠樓

今時勝概昔時樓，十二珠簾控玉鈎。郭外青山迎樹合，溪邊紅雨帶雲流。春風披拂黄鸝囀，皓月澄空孤鶴遊。莫道隱侯人去遠，千秋詞賦紀雄州。

王宇清

字天一，號東塘，别號西岫山人。雍正己酉拔貢，廷試一等，以知縣用揀發山西。歷任河津、芮城、趙城、靈石諸縣，事以愛民爲務，皆有政聲。晚退歸林下，宦橐中惟詩草纍纍，别無長物。篤於孝友，慕鄭氏義門以禮持家，著《儀則》，悉取其意，定宗祠規制。所著有《北遊録》、《觀光録》、《學製録》、《歸田録》、《目鏡編》、《櫃藏編》等書。

客歲，芮城歉收，新春民嗟艱食，因急請貸倉穀接濟，以慰哀鴻

古稱艱鮮食，因是懷襄世。貿遷化有無，療荒惟首計。八載奠平成，家家食樹藝。從此耕餘三，不必爲荒慮。周禮載荒政，賢者師其意。觀物達時變，於民克有濟。大抵古良法，多是乘時勢。守方惡絜圓，時行即時弊。芮邑蕞爾城，郤有膏腴地。奚偶遇歉收，菜色難流睇。應屬里巷愚，樂歲多狼戾。求飽一時歡，天物忍暴棄。於今克耐飢，或亦天臨涖。春三歲月賖，麥秋奚時至。婦歎兒啼號，所乏唯中饋。春暖腹生寒，風光憑誰倚。問策向京兆，五日無長智。仰維聖德淵，勤恤周且細。州縣嚴儲蓄，往往多豐積。隨時陳易新，便民得循例。行當速請命，平糶兼廣貰。聊度荒三月，慎勿生淫思。求牧只區區，外此何勞勩。

河水行 并序

黄河自出龍門，泛溢觸堤岸。壬子歲春，融凍解，波横岸崩。見有拆椽運瓦避水患者，因宰牲祭河伯，並攜倖周之，作《河水行》。

禹門之内河水歛，禹門之外河水奔。雪浪排空撼山岳，洪濤搏激摇天根。葫蘆灘澮鰕鰍宅，夾甸營成魚鱉屯。四十年來羅異祟，河伯無靈民怨騰。春巡隴甸視農耕，四境鍬鋤入土深。惟有西偏烝民勞，擔椽運瓦逃餘生。茅堦無力拆似兆，埸地有春融其冰。蛟龍離窟窺屋舍，鼉鱷張牙啄稻秔。歸來虔卜謀牲牷，洗硯爲文哀蒼天。聖代深仁暨草木，寧忍此地民沉淵。神靈有知息餘怒，爲歛波濤作雲霧。甘霖灑遍四野春，家家作息安朝暮。員微力薄貲無多，濟得窮簷日幾度。

孝烏篇贈賈子其德章式

植槐軒來兩孝烏，歛翎戢翼形容枯。含意未伸雙淚眼，凄其慘淡啼嗚嗚。嗚咽嗚聲隴頭水，淚注雨滴金井梧。那知中夜萱花萎，終天反哺何時乎。軒中風色暑亦寒，同時入耳鼻皆酸。余獨何心忍悲戚，君子事親勉其難。晨昏色養誰非願，歿後顯揚靈愈安。擗踊祥練自有經，未聞制外摧心肝。歸報堂前勸節哀，彭殤不齊數早排。無可奈何安若命，古人先我受艱來。

起解氈衣賞給西征軍士

聖德念從征，寒衣恤遠情。邊關飛雪早，鎧胄肅霜攖。總有秋砧寄，其如冰塞行。燕然白日暮，嘉峪曉烟□。月浸氍毹冷，風來刁斗驚。還須身挾纊，更見志成城。氈袂深霞護，毳袍淺帳擎。即今起捆載，如挹衆歡聲。

三月插秧

幾年遊宦得家居，烟雨西疇荷插鋤。十畝之間尋舊樂，一犁以外課新畬。豳人詩句春雲裏，晉士風流夕照餘。單騎勸農成底事，洗尊堂上意何如？

遊青蘿山房

層巒欹郭北，疑向畫中看。雨過疏林瘦，雲歸晚洞寒。青蘿餘夕照，白石咽飛湍。遺趾今猶昔，風流嗣更難。

題畫

紅喙花肩翠尾長，不分謝豹與鶯黄。就中春思知多少？縱是無聲也斷腸。

金永庚　邑諸生。

續夢中寄遠詩

寒砧落葉又黄昏，獨處無聊早閉門。一曲回文和淚影，半簾秋月冷苔痕。空房怯破離人胆，孤旅難安久客魂。時向江南望江北，此身幾欲化雲根。

陳肇華　字嶽公，號蓮峰，邑諸生。著有《桂風軒吟草》。

續夢中寄遠詩

寒砧落葉又黄昏，暮景迷人隔雁門。怨海愁河填未滿，空山幻水去無痕。烽烟銷盡英雄骨，刀尺驚回黯淡魂。獨處自憐真薄命，兔絲引蔓託微根。六首録一

張天麟　邑諸生。

續夢中寄遠詩

寒砧落葉又黄昏，猶記牽衣獨送門。滄海能禁珠有淚，藍田難買玉無痕。每思繡幙三生約，忽度關山萬里魂。短句遥將休繫念，好憐桃葉與桃根。

張秉公　邑諸生。

續夢中寄遠詩

寒砧落葉又黄昏，遥望三星郤在門。恨訴哀蟬啼欲斷，心隨明月去無痕。何當寄語天邊雁，可有

還家夢裏魂。歲暮曰歸歸未得，封侯悔不斷名根。

陳承瓚

字宗玉，號荆山，肇華子，邑諸生，著有《蜀山吟稿》。

續夢中寄遠詩

寒砧落葉又黄昏，萬里秋風度玉門。懶倚薰籠題錦字，怕看行跡長苔痕。笛中楊柳閨中夢，山上刀環塞上魂。珍重封侯憑指顧，肯爲兒女斷情根　十八首録一

左溪晚釣

秋色蒼茫上釣磯，蘆花開罷蓼花齊。波心渺渺寒沙浄，竿影依依夕照低。青箬閒人同鷺立，緑楊前渡已鴉啼。從容收拾絲綸去，新月如鈎半照堤。

陳以侹

字君敬，號松風，承瓚仲子，邑諸生。工書善畫，多藏古人筆蹟，有以求售者，厚償之，雖囊空勿顧也。著有《師古齋類鈔》、《聽松詩草》。

續夢中寄遠詩

寒砧落葉又黄昏，誰唤秋聲直到門。簾外嚴霜飛有迹，懷中明月减無痕。黏天碧草空回首，滿地黄埃孰返魂？惆悵相思無着處，飄蓬敢信分辭根。

朱鶴鳴

字聲仲，雍正丙午鄉舉，與子興燕同榜。癸丑，興燕登進士，選授通海令，調文山，迎養官署。凡化彝訓士、治城堡、禦邊塞諸大政，授成筭而後行，咸得奏績。暇則賦詩自怡，留滇十餘年，授太平教諭，以老不赴任。著有《雪蕉文稿》、《雪蕉詩集》、《紀遊草》、《滇南草》、《山居草》。

登寶掌山

步出城北門，仙華何突兀。山勢多鬱蟠，寶掌峙其側。兩山夾青澗，纍纍多怪石。蹲踞如熊羆，嶙峋列劍戟。石徑雖巉巖，攀蘿尚可陟。南望江如帶，北望枕五洩。西望富春山，釣臺雲霧隔。其東通會稽，縱目杳無極。雖未小天下，一覽收吳越。野猿挂青枝，蒼苔覆石壁。下有泉一泓，開鏡照毛髮。相傳千歲僧，飛杖指石隙。其泉汩汩來，挹之常不竭。下山足已倦，入洞聊憇息。味冷儼如冰，取飲止吾渴。

勸農

驅馬出東郊，秧針緑於綫。雲薄見晨曦，習習和風扇。牧童背荷蓑，餉婦筐盈飯。稼穡重民依，使君親勞勸。無事且深耕，切莫來州縣。

曲江歌

曲江前後皆高山，中有一區平若砥。西山山斷出江源，奔流湍激直如矢。山迴石抱勢縈紆，漸流漸遠成沼沚。邨落參差夾岸居，背負青山門對水。烟火千家賽城郭，居民十日成五市。騷客休誇山水佳，我來且愛田疇美。柘竿碧葉折有漿，山藥紅皮剥沁齒，霜後千砧擣石喧，樹裏一鐙書聲起。但逢名勝結茆庵，是處禪房出花底。犬牙交互壤相接，三州一邑同梓里。原注：建水、石屏、寧州、通海接壤。里稱崇善樂無窮，贈名無負輶軒使。原注：昔有監司過此，題其坊曰『崇善』。

惡木爲大風所拔

天生惡木偏當路，枝横榦曲不中度，朽質豈堪作棟梁，空負皇天施雨露。托根衹合依牆籬，長在中逵礙行步。晝見猿狖挂樹梢，晚聽烏鴉啼日暮。行人久欲尋斧柯，一朝數盡干天怒。天怒森嚴白晝昏，砂飛石走垂雲霧。雷轟電激聲怒號，大風一折連根仆。惡木已折嘉樹榮，天心人意兩和平。安得高柯高百尺，龍爲鱗甲鐵爲心。青蓋童童衆所仰，布作南山十畝陰。

貴筑道上

十月蠻邦未得霜，籃輿行處野花香。漫山苦菊黄如桂，滿院紅茄辣似薑。山勢倚天通馬足，人行如蟻繞羊腸。官程喜遇承平日，不比青蓮竄夜郎。

鄭爾梧　字一魁，號竹山，歲貢。嘗主東明教席，著有《我齋稿》。

遊湖

西湖如不到，未筭到杭州。泛水瓜皮穩，開樽竹葉浮。芰荷新氣味，楊柳舊風流。回首孤山峙，行宫在上頭。

鄭若麟

字家祥，號樂清，爾玟子，貢生。金華董學豐填諱。

夢雨

淅瀝分明雨澤長，起看溝瀆似汪洋。最憎黠鼠驚良夢，依舊青天月照床。

渡錢江

蕉鹿虛空夢未休，鄭人重訂武林遊。江潮滚滚如山立，柔櫓何堪破浪頭。也祈自在作中流，每到江心動客愁。水打篷窗衣盡濕，此生幾被作浮鷗。

鄭若楹

字家丹，號齊齋，增廣生，著有《自鳴詩草》。

夜過五路嶺

夜深人境寂，是處閉柴扉。羈客來何暮，山僧出未歸。崖深飛瀑下，松暝見螢飛。我亦如萍梗，飄零事轉非。

登樓有懷

目亂平原萬樹紅，故人隔斷菊花叢。長歌憑寄松風去，吹向東林竹屋中。

偶然作

老去終朝但放歌，頹然自廢野情多。身非夷甫休營窟，樂比堯夫自有窩。釀熟不須償酒債，吟狂每自笑詩魔。東家寒餓西鄰富，便欲關心奈懶何。

止止齋獨坐懷張若千

故人泉路近如何，老去傷心感逝波。剩有虚堂懸榻在，數聲鄰笛夕陽多。

避兵行

趙家遇賊，笑争瘦與肥；鄭家避賊，泣分糧與衣。家衆避兵僻處躲，獨留防守事在我。餽魚肉，送蔬果，得食衆心安，知我不罹禍！樓子塢，延鄰火。長姊卧病避不可，我安獨自求生那？大雨滅火義感天，何人不道張母賢。兄弟高歌《棠棣》篇，刑于之化亶其然。

縛渠魁

咸淳之末官政苛，惡少弄兵抄掠多。數十里間民避匿，雞犬不寧烟火息。青田憤然起縛賊，獻之官疊石作爲。呰賊去，民自安，叙功授官官不上，但效忠義輕爵賞。平山直道素所秉，守父之教形附影。保護州里如一家，黥髠盜販不入境。青田平山兩父子，卓卓人間高義炳。

鄭若奇

字家望，號逸陶，貢生。同建東明書院，邑侯何子祥給匾以獎之，著有《逸陶年譜》。

送何蓉林明府子祥調平陽

六載垂勤慎，恩波百里寬。雉馴知惠政，山静見清官。夜月琴聲變，霜風鶴骨寒。此邦離衆母，卧轍挽留難。

應辦遊山屐，言追謝客型。雲連孤嶼白，峰入亂流青。指日傳三異，觀風訪四靈。獨憐浦人意，長憶戴疏星。

初晴

檐頭噪鵲一齊來，爲報天公霽色開。准備盤桓芳草徑，細尋花影上瑶臺。

鄭祖沛

字和豐，號商川，邑庠生。邑侯薛公廉其行，創造十三賢祠，延爲董事。

書齋口占

平生酷喜浪塗鴉，閒立苔堦感歲華。詩思文情期二子，烹蔬翦韭味三家。品花預釀桃花酒，賞雨先拈穀雨茶。隨意壁間題小句，敢云此後競籠紗。

齋中諸生麻症俱愈誌喜

殘書幾本課兒童，揀擇良辰月半中。解得坐風稱善弟，爾曹底事避春風。

鄭祖治

字和均，號理軒，乾隆癸卯鄉舉，任餘杭訓導。

鄉場迎簾

登雲橋近大羅天，豈少仙才等謫仙。試看青雲街詄蕩，又誰捷足快登先。
房官分掌主司權，玉尺評量弟子員。花樣果摹時樣好，宮袍怎及鵠袍鮮。

鄭祖江

字和松，號岷山，廩膳生。癸酉，欽賜副榜。

和友人夜話

爲憐同病客，況味共蕭寥。風木重披葛，功名久敝貂。地長天也窄，恨積酒難消。那可追疇昔，
連床異此宵。

卷十四

國朝　古今體

戴望嶧

字鄰山，號桐峰，雍正乙卯拔貢，乾隆丁卯鄉舉，膺薦官學正，遷助教。庚辰登進士第，分發湖南署安鄉令，授寧遠令，未赴，丁内艱。服闋，發雲南署廣通，授禄豐令。值緬甸用兵，禄豐當孔道，軍書旁午以鄰犯越獄詿誤，上官重其才，命效用。軍前抵永昌，襄理諸務，卒于檽木。性純篤，與兄旴眙丞王徵、德清教諭王祥相友愛，著有《桐峰聽鸝紀遊》、《望雲》、《雁聲》、《槐雲》、《仙華》、《湘雲》、《滇南》諸集。

陳生回南以詩送之，復和其留别元韻

汝本守蓬蓽，奮志來帝京。如賈見奇貨，一一皆歎驚。成均古槐市，未到心先傾。亦既獲覯止，景仰時行行。談經快聚首，無復傷飄零。夜静月在户，冬寒雪在庭。比隣接鐙火，往來三舍英。新交與故知，縞紵相疊仍。文章根道義，肅然禀規型。古意自磅礴，土簋羹則鉶。作意避行好，往往思入冥。今年秋八月，賢作嘉賓興。以此决歸思，别淚沾胸膺。送汝歸便好，使我萬慮並。人生如野鳥，

飲啄非不寧。一旦辭山梁，詎免羅網攖。入世慎立脚，一敗不復成。相與敦所尚，内重外自輕。願爲皦皦鶴，毋爲營營蠅。此意期共勉，去矣千里程。山中遇樵侶，爲我述舊盟。行當賦歸來，一暢山水情。陳生，桐峰之門人，松齡也。隨桐峰在太學講席，桐峰官國子時，條教整密，三舍六堂交相倚重。今讀此，猶想見愛人以德之意。

瑞槐行 有序

太學講堂西古槐一，本元儒許魯齋先生手植也，久枯復榮，觀者稱瑞，詩以紀之。

成均列舍濃陰緑，日午風光吹講幄。由來聖域重宫牆，況復皇仁被草木。講堂西偏有古槐，誰與植者許魯齋。此樹婆娑五百載，虬枝兀奡淩雲排。淩雲直上僵不仆，蟲齧蟻穿成朽蠹。巋然一樹空槎枒，摩挲擬作蘭成賦。詎識靈根本不枯，滿腔生意無時無。含苞遲遲若有待，日滋夜息培根株。兔月縈紆見嫩色，改觀倏忽殊今昔。吐穎初同蓂莢生，敷英恰共芝房坼。漸覺清音中瑟琴，居然蒼翠儕松柏。槐兮槐兮亦有神，及時滋長争先春。久經侵蝕風霜古，俄訝昭蘇雨露新。君不見，龍門之桐高百尺，孤榦無枝亦枯寂。又不見，金城之柳大十圍，江潭摇落祇堪悲。豈如此槐生得地，黌序鱣堂尊位置。名賢手植宛然留，剥果重生騐遭際。我聞壽考頌周王，倬彼雲漢天爲章。薪槱棫樸自濟濟，於論鐘鼓斯喤喤。方今天子文治昌，楩楠杞梓增輝光。一槐應瑞事非偶，繪圖作歌傳不朽。

挂月峰

盤山之奇巨靈擘，挂月峰頭天咫尺。縱覽方舒眼界寬，高歌頓破襟懷窄。金臺縹緲擁雲紅，潞水微茫帶沙白。東偏設險森雄關，蘇門直作幽燕隘。天風吹來戍鼓聲，使我慷慨起邊情。迴身極眺沙塞北，袤延萬里圍長城。盧龍形勢在指顧，黄花白狼相向明。平生豔説封侯事，對此誰能灰壯志。君不見，虎頭燕頷本書生，棄繻自請繫長纓。

題李郎中大然先生種山亭圖

先生嗜奇獨愛山，五嶽羅列方寸間。結念在山得山趣，耳遇目遇皆孱顔。豈無五丁鑿，恐傷元氣薄。亦有愚公移，慮爲智者嗤。飄飄誓不墜凡想，真宰上訴絶摹倣。黑甜一枕華胥遊，種山一諾非惝怳。箇中神境天爲開，醒後不忘高崔巍。坐看頑石有生氣，磊磊落落含胚胎。圓分方裂脈絡具，不用枝葉惟根荄。一卷秀奪千峰色，祖龍欲鞭鞭不得。山靈呵護地靈鍾，嶄然不受風霜蝕。君不見，姚黄魏紫紛奇葩，眼前富貴空繁華。又不見，藍田日暖春發芽，懷璧其罪古所嗟。豈如先生礌磈胸，心匠獨出開崆峒。瘦骨突兀行摩空，莫須呼我作天公。兹事相傳古無有，寫生更倩丹青手。地老天荒萬古情，披圖好共青山壽。先生先生何超然，種山得山仙乎仙。是夢非夢禪乎禪，神理緜邈窺真詮，開軒拄笏淩雲烟。

孝感泉

盈盈白麟溪，水味清且冽。相傳昔孝子，有母飲成癖。歲旱水脈枯，疎鑿絶涓滴。豈無他水甘，母口苦不適。孝子起徬徨，呼天爲號泣。一號土膏動，再號土脈裂，三號水洊至，淪波徧洋溢。旱魃爲之藏，天吴爲之決。鑒此孝子心，供彼慈母食。一從泉湧後，終古永不竭。至孝通神明，天人理非隔。嗟哉行路人，臨淵宜自惕。

茌平道中懷古

火色鳶肩迴出儔，都從事後識英流。如何房杜稱名相，郤讓常何薦馬周。

朱興燕

字召封，號松亭，雍正丙午與父鶴鳴同鄉榜，癸丑登進士，選授雲南通海令，調繁文山，陞陜西隴州知州。乾隆辛未，丁艱歸，服除，以母老，請終養焉。服闋，有勸之補官者，曰：『古人云，知足不辱，知止不殆，吾守是箴，以免殆辱可也。』蓋優遊泉石二十餘年而卒。憫邑中寒士科試者艱於資斧，遺命捐田五十畝，以爲諸生科考路費，其汲引後進之心如此。

別東文父老

八年官署耐晨昏，花落閒庭訟不喧。琴鶴隨人猶是累，劍牛買處易承恩。飲冰也費民間水，茹菜難離地上根。慚愧此邦賢父老，臨岐送別有啼痕。

張　鎡

字爾時，號待庵，邑庠生。乾隆丙辰，恩詔以齒德，欽授修職郎，舉邑大賓。行載邑志。卒年九十一，著有《省齋集》。

聽鶯曲

山中禽，山中禽，莫亂鳴。我來江上聽啼鶯，江上雨霽天風清。度曲調歌四五聲，一聲喚得梅花春。江南江北氣象新，千聲百囀歌喉馴。自是陽和禹甸勻，十里五里芳草茵。桃紅李白争芳辰，最是關情楊柳隄。水鵶兒在溪東西，間間關關緑陰低，時有高人聽鶯啼。聽鶯啼，宜風前，風前聲碎青溪邊，一林宛轉韻萬千。聽鶯啼，宜雨中。雨中舌滑度長空，溪聲檐溜和丁東。聽鶯最宜夜方杪，一聲啼破春山曉，烟收霧卷春不了。聽鶯又愛日將暮，風滿西山雲滿樹，聲聲指點行人渡。朝朝暮暮山中人，攜柑聽弄無絃琴。況當花底傳清音，目極千里生春心。春來鶯聲早，春去鶯聲老，春來春去鶯聲好。山中禽，山中禽，莫亂鳴，我來江上聽啼鶯。

采蓮　三十首録二

十里荷花十里香，咿啞蘭棹水中央。江風最是欺儂輩，突擁清波濺綺裳。

曉烟舴艋兩三舟，劃破南塘一片秋。滿袖芳聲思所遺，願憑鴻雁到西洲。

張以本

字道生，乾隆丙辰恩貢。性孝友，母氏久病床褥，奉養勿懈。弟早亡，撫遺孤如己子，教育成立。生平篆刻圖章，詩酒琴書爲樂。邑侯建水邢公、丹徒蔣公、太原李公與唱和甚多，著有《石泉詩集》。

康熙六十年元旦恭祝

一統乾坤大，昇平日月長。膺圖兼必世，開泰際當陽。時叶三元吉，蓂生一葉祥。風和春有腳，斗極壽無疆。直欲登羲昊，寧云邁漢唐。從頭推鳳曆，萬古仰垂裳。

登光霽樓望雪

危樓劇大觀，四顧真奇絶。曠野晒銀砂，層嵐堆玉屑。蒼松虬髯張，翠竹鳳尾折。貯我冰壺中，不知塵世熱。襟期增浩落，心胆皆澄澈。霽月與光風，還宜名快雪。

西湖雜詠　二十四首録三

桂棹蘭槳拍浪開，金鞍絡馬繞堤來。紛紛競賽花神廟，誰向孤山弔落梅。

月照花容分外妍，痴將秉燭買湖船。陰晴風雨皆圖畫，清夜還應别有天。

俠骨忠魂千古馥，賊賢不改朋奸毒。敲殘復鑄臭銅身，依舊本來真面目。

張　疄

字漢臣，號雲軒，邑庠生。著有《雲軒詩草》。

慈烏吟

中堂有慈烏，餧雛若飼鳳。養成羽翼齊，稍稍學唸呀。老烏不惜筋力疲，但願雛烏沖天飛。沖天有力未有時，日引衆雛中堂栖，吁嗟慈烏何其慈！

謁吕成公祠

星斗光芒企正傳，摳衣堂序拜松梴。師儒唱道東陽郡，文獻探源北宋年。從此長山連岱嶧，直教二水並伊瀍。遺風争欲歌思孍，玉質金聲繪九賢。原注：宋潛溪有《思孍人詞》，思講吕氏之學，又有九賢繪像，祀東萊吕氏，在焉。

張守寀

字暘履，號養齋，乾隆辛酉拔貢，任山東淄川縣丞。年八十餘猶手不釋卷，與同城張檢討爲二老，曾往來詩酒間，人敬仰之。

淄川父老餞别志感

三年宦蹟甘淡泊，夙夜皇皇惟民瘼。蒲鞭不試訟庭間，私喜捫心差不惡。感爾殷勤諸父老，紛紛留别出城郭。人情幸不設機械，土物未許肥囊橐。卜世須爲良家民，安居樂業忘束縛。我來初無愷澤留，我去自有後人託。朽拙豈能福爾民，賦歸恐悮蒼生約。不敢希榮負聖明，非爲養恬戀林壑。多君餞别羅壺觴，快我贈言同歡噱。但願耕食鑿飲長無事，民不知官方真樂。

月泉書院課士

勝地宜春誦，還將墜緒尋。月防盈處昃，泉悟濬時深。詩社關名節，書堂閱古今。何當盟往哲，共勵聖賢心。

留别淄川紳士

山城小小類邨墟，緑繞青來景自殊。無奈季鷹鄉思切，秋風早已念蓴鱸。驛路離愁喚奈何，況兼吾輩更情多。故人别後如相念，燕去鴻來莫放過。

戴　笠

字箬巖，本名如錦，字雲裳，號淡湖釣者，邑廩生。隨父任湖南、滇南，閒日事吟詠，著有《意園集》。

題張藻畫松歌

山人眼界天地空，何物得與素心同。昨朝老者贈我古畫一，似虬非虬龍非龍，云是齊梁張藻所畫千尺松。用以左琴右鶴懸其中，舉頭恍見徂徠峰。霜皮溜雨吼寒風，横柯直榦淩蒼穹。惜哉此象得於畫圖裹，不然置之筆床茶竈旁立雙髫童。我思初畫日，揮洒何自如？解衣磅礴握雙管，齊向筆下分榮枯。張生妙手絶代無，此松更有何人俱？松兮松兮置我壁，炎天客到涼風集，謖謖聲寒似有聞，亭亭清玩真堪悦。君不見，泰山大夫秦皇封，至今枝葉杳無踪。

唐　華

字協勳，號密齋，乾隆甲子鄉舉，任餘姚訓導。公車八上不獲售，邑侯何公子祥行聘，掌浦陽書院教，著有《密齋詩文集》。

白石山房十二詠 録四

春波浴鯉

春水漲春溪，溪深水自活。中有赤鯉魚，跳波聲濊濊。於茲修鱗甲，忘彼江湖濶。努力過龍門，前程任所達。

晚洞歸雲

我愛白石洞，洞口白雲堆。曉逐飛鴻出，暮隨落日回。雲回洞自閤，雲出洞自開。舒卷何悠悠，長此護蒼苔。

篆碣霜苔

斷碣始何年，殘篆莫可詰。不見古人心，空餘古人筆。雲落委霜苔，蒼茫幾就汨。誰將懷不朽，對此應怵怵。

樵歌曲徑

兩腳踏晴霞，一肩隨落照。不識牛尾辭，自出清平調。天籟本無授，節奏都入妙。餘響迴澗谷，前路雲烟繞。

張邦彦　字俊求，乾隆癸酉鄉舉，任仁和訓導，嘗掌月泉書院教。

龍丘學署梅花漸開

生平頗不因人熱，喜與梅花比峻潔。今來龍丘學署中，恰遇老梅一樹盤如鐵。百卉未争妍，此花獨占先。非此千葩萬蕊破寒烟，何以挽回生氣而綴新年？天然標格含英堂，儼隨何遜守維揚。玉龍飛月月轉朗，影入泮池水亦香。欲贈一枝不敢折，恐有神靈護芳魄。左松右竹並蔥蘢，殷勤掃徑迎三益。

月泉書院口占

勝賞曾經證昔賢，盈虚悟道一青氈。問渠消息歸何處，泉在池中月在天。

張守涵　字聲源，號淡齋，乾隆壬午鄉舉，後公車不售，卒於京邸。

懷宋潛溪太史

我讀潛溪集，林巖發幽迥。我懷潛溪心，白日燭龍潁。無言谷自芳，位置耕釣並。一自金陵召，翻然辭釣艇。鞠躬十九年，勳業銘彝鼎。胡爲明聖朝，無人諒獨醒。白髮謫遠州，忠魂還搢珽。至今仰青蘿，光華猶炯炯。

月泉鼎新

別業闢名教，重輝古月泉。寒波無昔影，正學有遺編。朱吕神如接，方吴詩更翻。地非鞠草日，人是撥雲天。好雨連新榻，清風理舊絃。境幽僧習静，士奮吏稱賢。合浦珠仍合，圓靈鏡復圓。溪門吟活水，蔚起大薪傳。

鄭思儒　字學珍，號平川，邑庠生，著有《平川集》。

澆花

童蒙權當小園丁，日日澆花日日新。花落花開春又去，幾人長是看花人。

張守太　字先官，又字建先，號井泉。邑庠生，著有《地學摘要》、《堪輿水法攷釋》、《原真》等書。

夢草堂題王肇周楚山秋雨圖

六月素扇揚齊紈，夢草之堂畫何寒。晴天不合有風雨，壁上那得飛奔湍。壯哉王君真奇絶，作畫每倣南宫筆。閒來爲掃秋雨圖，騰踔蛟螭筆間出。十年長憶之江秋，誰知沅湘紙上流。飛泉挾雨勢磅礴，老樹裂風聲颼颼。座上紈扇復誰拂，渾忘衣汗半沾濕。從兹始信北風圖，寒暑陰陽一時易。回望岳陽雨未停，君山半没雙鬟青。黄昏愁殺孤舟客，冷雁哀猿過洞庭。

舟中晚晴

天際收殘雨，雲間吐晚暉。江村連岸走，浦樹夾帆飛。燃竹消殘酒，推篷曝濕衣。遥知雙白髮，正是倚柴扉。

西湖雜詠 八首録二

載酒來呼渡口船，一篙棹入鏡中天。鷗藏荷葉齊驚起，飛破平湖十里烟。
山色平依舞榭低，餘杭名勝在蘇堤。芙蓉遠浦藏漁艇，楊柳長橋送馬蹄。

朱式玉 字清如，乾隆乙酉選拔。

獻山書屋簡賈容齋

筆硯聯吟對獻山，草堂長愛俗塵删。滿窗佳氣槐陰重，觸眼詩情蝶夢閒。再進竿頭微妙處，頻參悟境有無間。君家兄弟多英俊，指顧飛鳴見一斑。

張希大 字巨文，號笠山，邑廩生。生平勤著作，存者絶少。

夢鄭一魁以所購詩選見寄，作此戲謝

鄭子擁書五千卷，藏之巾笥人空羨。昨宵忽忽寄瑶編，許我夢中纔一見。就中尤妙五言排，點綴珠璣字字佳。紙板如新未觸手，焚香讀罷風生懷。嗟我兄弟兩詩癖，欲從天帝乞圖籍。多君肯發西山藏，我亦洞府標題客。

喜雨

北風昨夜雨，書室晚來涼。翠濕堦前草，陰移採後桑。未須拈羽扇，且得品泉香。終憶東臯外，篝車愜所望。東臯在迎春門外，有『東臯舒嘯』匾額。

琴韻別樓某

百尺樓頭峙，琴聲繞翠屏。調絃頻送目，默坐自忘形。鸞鳳風前舞，魚龍月下聽。鍾期相賞處，一曲遠山青。

張文元

丹崖摩日

極目高崖縱大觀，羲車擁出一輪丹。揣摩光景誠難似，捧日呼嵩一例看。

新亭過雨

插天峭角繞雲封，洒散風聲幾樹松。點點芒鞵上路過，亭邊出没看蛟龍。

張聖洙

夏木鳴鶯

一灣新緑自成帷，時有鶯聲下上之。紅日三竿喬木聳，清風幾度柳腰垂。

張啟涣

丹崖摩日

丹崖鄰上界，高高天外出。飛鳥不可攀，孤峰摩紅日。巍峩足一尊，遠近疇與匹。何當臨其巔，俯視衆山失。

鄭祖鑑

字和照，號水月，廩貢生。宗祠捐産，創立祭項。

寒夜懷吴崑田太史嗣富

去年江岸別，今日想儀容。講院依然在，人師那易逢。春風懷馬帳，離夢入鼇峰。爲憶燈前語，相思路萬重。

次止止齋夜話韻

藜燈分照後，重會此吟壇。歌好聲誰繼，曲高和更難。襟懷風月淡，衣袖水天寒。羣季耽詩酒，宵來且盡歡。

冬雪

霏微雪裧趁斜風，恰值殘冬勢更雄。冰柱倒横溪上下，銀花飛落屋西東。最憐孤榻高眠士，誰是寒江獨釣翁。一望漫漫隨處是，好書大有慶年豐。

鄭遵坊

字永春，號梅泉，廪膳生。館湖塘鄭二十餘年，應舉歲貢而病，遂致不起。

書室牡丹

牡丹謝後此承芳，富貴叢中幾度香。五十服官空想像，探花坐羡少年郎。

鄭遵型 字永金，號式文，歲貢生，著有《詩草》。

題樂清軒詩卷

吟編奕葉續遺芳，嗣響佳音煥舊章。翰墨同欽曹氏庫，風流獨繼鄭公鄉。《三都》賦就樓頭月，五色花明鬢上霜。耳目從新傳誦後，文明代啟澤彌長。

卷十五

國朝 古今體

張可校

字教思，號望巒，邑諸生。本涵伯子，與鄭雲聲訂『蘭言詩社』，唱和甚多，著有《蛾術編》、《集古回文》等集。

小姑山莊作

緑繞青縈處，高低屋數椽。静留頑石話，閒帶懶雲眠。猿嘯松梢月，雞鳴竹隖烟。避囂承祖蔭，不用買山錢。

農家苦

祁寒暑雨備艱難，苦到農家極不堪。一點汗成粟一粒，半償債户半償官。

客中送春

癡肥新緑翠雲浮，無復殘紅點樹頭。半夜子規啼月苦，今朝春去客還留。

唐文美

字明厚，號湖塘。著有《永懷堂吟草》四卷。

送協勳姪北上

抱璞懷珍志欲伸，雄心直擬鳳池春。光開匹馬雲生轡，影逐征車月在輪。上苑桃花信佩暖，故園風景乍承新。長途震策題名去，好把多才侍一人。

春柳

東風裊裊緑芬菲，露滴纖腰點翠微。莫怪飄摇無定着，青脂不染野人衣。

吴鳳來

號紫庭，乾隆己卯鄉舉，庚辰進士，授廣西岑溪令。歷任西隆、鬱林、象州知州，思恩府知府，著有《春秋集義》、《小草廬詩文稿》。

岑溪瀟灑詩 十首録二

瀟灑岑溪半里城，居無華屋路無平。科頭獷種朝趨市，拏手狼人夜掌更。龍眼秋深黄果重，棉桃冬煖白花輕。自從邑宰談經後，閒有三餘誦讀聲。

瀟灑岑溪幾畈田，縱横高下繡相連。水車自轉三更月，薙草多燒五夜烟。踏熟秧根村婦脚，岑溪婦人舉趾犁開土脈老牛肩。勸耕省歛同時去，黄稻青苗五月天。

春日明鏡塘有作 在賓州

東郊訪舊塘，走馬出東樓。竹徑過行旌，次第歷芳洲。我心鄙刑名，況敢事閒遊。欲教而子弟，先理此田疇。惠風東南來，鳥聲竹樹幽。春日逗林薄，坐愛榕葉稠。乃知出官衙，迥然心不侔。嬌兒年五歲，從行躭清流。見魚思其樂，涉水效泳游。我見嗔其頑，隄防呵不周。誰非夫人子，況我爲賓州。胡爲私吾兒，念之心愀愀。日色下山嵐，倒影壓陵丘。歸馬踏落花，道旁新草抽。

畫梅詩爲甘總戎題

粵地無冰雪，忽來清景中。畫時宜夜月，看處欲春風。嶺北光疑遍，江南信可通。勝他林處士，香影兩言工。

傅　達

字之上，號鑑齋，郡庠生。工書兼精易數，吴紫庭任西隆牧，嘗聘至粵，爲幕府賓師。著有《粵西吟草》。

黄牛灘即事

濟險出邅江，灘聲飛急雨。沸浪鬬風砂，潑起空中舞。有石如黄牛，截流自吞吐。不欲江水平，偏欲江水怒。昂首弄波濤，曳尾迷商賈。舟行不知戒，往往如破釜。右岸石離奇，水擊鳴銅鼓。上下蕩空溟，征途亦良苦。安得鞭石起，服軛資農圃。

道經石柱坡懷古

石柱石柱開平坡，蠻烟瘴雨垂天和。土人辟邪記遺蹟，爲予指顧當年馬伏波。憶昔南征入交阯，銅船濟海沈江水。手挽南天奠大荒，飛軍突出孤高壘。朝營坡上猺風腥，暮營坡上鬼火青。將軍有營營不朽，人傑地亦效其靈。豈知將軍自負擎天柱，伐石於山亦何補？即今石爛坡長存，將軍之名垂千古。

賈玉麟

字聖瑞，號屏山，貢生。

題醉翁圖

飲酒最悮事，翁乃聖於酒。枕甕何安閒，一杯常在手。不知天之高，不知地之厚。醉鄉了一生，百慮空所有。白眼問世人，果能獨醒否。

蕭齋獨坐

築室纔容膝，安排色色工。蘇錐司馬枕，韶筍彦昇筒。酒對三更月，琴彈一曲風。悠然成獨坐，昂首樂融融。

晚景

山中日月兩拋梭，不盡風光荏苒過。白晝觀書嫌字小，青春對客怕言多。瓜田芋隴交兒輩，酒社詩壇付睡魔。幸有村童消晚景，時常學唱太平歌。

張雲標

字旦華，號雪村，郡諸生。喜吟詠，工書法，著有《雪村詩稿》二卷。

山房夜雨

蘭江一夜雨，風景逼春闌。遊子傷親老，高堂念客寒。簾開邀燕入，山峻得天難。願返鄉關路，漁溪把釣竿。

崔氏小園

草閣纔容膝，方床近竹罏。城荒疑壘巘，水潤恍臨湖。此地堪高枕，人間多畏途。頻來幽意愜，更不待招呼。

賈守寬

字尚洪，貢生。

山居

萬山深處結吾廬，誰問雲林樂静居。嶺上呼樵烟漠漠，溪邊放犢雨疎疎。淳良風景開仁里，恬淡心情入太初。老我不嫌人境癖，自題詩稿遺完書。

鄭遵兆

字永行，號松濤，早失怙恃，事繼母，備竭孝養。處兄弟，友愛甚篤，仗義疏財。由監生舉郡介賓，以外孫朱能作貴，誥贈奉政大夫、户部福建司主事加二級。金華董學豐填諱。

東明書院古樟

十里初聞湍，五里忽吼瀑。仄足望東明，蒼然古樟獨。其陰窟蛟虬，其陽産鸑鷟。公都外避人，兒封内藏腹。初自白麟溪，十葉蔚成族。犬不别櫪嗥，雞得連枝宿。時已蔭堂階，壯此千歲木。掌教有潛溪，蜂房列重屋。掞天才不鮮，拔地樹俱馥。賞心時一摩，秀奪冰霜酷。榛蕪祀三百，重新斬卷曲。壬午之紀年，荒陂搆以復。東山固人師，蓉林亦民牧。歷録絢其文，聯翩記斯屬。東明重建後，邑侯何蓉林、山長戴東山于其落成並勒以記。惟此水龍鱗，香雲耀明旭。桃李並在門，芝蘭競來谷。伊余實葑菲，翦拜詎所欲。但得再樹人，獲膺巨室卜。

樂清軒聽雨

蹶起流鶯已喚人，濃烟雜霧轉紛綸。敢言舊雨非今雨，只是看春不當春。香濕玉樓花濺淚，緒添珠闥柳含顰。夜來剩有相思夢，月隱雲端未晤因。

示兒

不學空貽老大羞，簡編須向少年求。無情白髮來偏早，有腳青春去莫留。出谷曉鶯啼上苑，營巢新燕傍高樓。憐他尚奮乘時翮，雨雨風風未肯休。

賈應科

字東川，尚洪子，著有《嘉樂堂詩稿》。

張檢討旋里，以詩見寄，集唐句奉酬　十首録二

詔許還家興欲仙，不勞分寄校書箋。曉從闕下辭天子，報主榮親兩道全。楊巨源、司空圖、李崿、韓翃策名飛步冠羣賢，聲價如今滿日邊。已駕安車歸故里，分明人世地行仙。劉禹錫、羅鄴、徐鉉、温庭筠

賈應和　字介人，尚洪子，郡諸生。

玄麓山尋宋文憲題八景崖石手蹟

輞川幽寄宛成圖，玄麓山中景不殊。盤谷尋蘭思紉佩，梯崖倚樹可探珠。苔痕斑剥全非昔，漆點離奇半欲無。新句鈎靈何處是？桃花澗上問樵夫。

賈應蘇　字學三，尚洪子，邑庠生。

北山草堂和張白石韻

北山講席坐嶙峋，整頓琴書几上陳。一徑雲生簾外雨，半巖花發檻邊春。先生自許仁爲宅，後學誰將德共隣。回首當年辭麗澤，草堂何處問修身。

吴端挺　號芝庭，乾隆庚戌歲貢，著有《芝庭隨筆》。

題仙人敲棋圖

白石床，青山几，悠然偃仰空林裏。消閒只有一枰棋，曾聞古來洪崖先生嘗有此。柯爛且不知，安知有塵市。争名争利笑徒然，爲負爲勝皆可喜。覓好句，欲贈彼。對我流連如有情，清風謖謖松間起。

聖昌寺即事

青山旋繞到幽齋，心境雙清住亦佳。唄韻晨翻松鶴下，簫聲晴徹柳鶯諧。風摇塍麥占香氣，雨墜春泥見草荄。最是静中兼得鬧，芳叢日午鳥喈喈。

寒江釣雪

沙明十里漾空碧，烟痕斜倚月痕白。朔風獵獵雪飄飄，陶然獨釣寒江客。咿啞小艇浪花浮，柳畔楓江無鶩鷗。長竿半揭蒼筤竹，一絲輕挂珊瑚鈎。雪惹回風急欲舞，戴笠披蓑老漁父。黿汀蟹舍波濤寒，鯉躍鰱沉雲渡古。長橋步穩雪霏霏，瓊英斜拂釣魚磯。求魚得魚添意趣，滿溪明月蘆花飛。

蘭江棹歌

棹入蘭江逸興長，歌聲斷續送輕航。西風一曲家何處，紅蓼灘前幾夕陽。柔櫓咿啞韻帶秋，梅花夢到白蘋洲。任他衢婺波來去，自有風潭一葉舟。

張德慶　字用善。

過吴淵潁先生墓

落日淒其斷水痕，徒將孤憤破黄昏。悲風獨下羊曇淚，衰草空迷望帝魂。天上已知容處士，人間誰復問王孫。石碑古篆看明滅，悵望遺文酒一尊。

戴王徵

字遠山，由河工主簿擢盱眙丞，著有《抱甕山房集》。

辛巳送春前一日，諸同寅賞牡丹呈漁邨吕太守

故土春銷欅岸茶，殘生幸不送天涯。昨宵中酒緣多病，此日行吟又賞花。到郡韓琦堪報國，思鄉王粲久離家。瞻雲曠絶三千里，不見椿萱轉自嗟。

春草次袁簡齋韻寄熊退中

渲染斜光又一年，看他著意襯遥天。裝成野靄偏能似，湊得山嵐直至巔。探徑已迷修禊客，汎波仍泊載花船。從知惹動王孫意，不在林邊即水邊。

和五弟東山錢塘送别

衡門寂寞歲常關，檢點詩歌付小鬟。爲報老狂今更甚，要從文字説名山。

滇池萬里阻關津，一葉風開兩岸塵。雁到衡陽知不度，欲緘一字付何人？

張用璐

字廷阣，乾隆甲午鄉舉。

遊東巖

東巖峥尺壁，林際路紆迴。松子已微落，藤花紛自開。谷虚容磬到，雲破見僧來。引我探蓮社，孤香裊石臺。

題陶朱公廟

暨陽秋老颯菰蒲，如緬高風范大夫。烏喙十年功霸越，鴟夷一舸棹撐湖。蘿紛石上蹲殘碣，紗浣溪頭賽小姑。底事屬鏤雄賜劍，眼空先不認姑蘇。

張洪圖

字鵬南，號鶴亭，歲貢，任嘉興府訓導，遷海鹽教諭。郡伯陳公數以琴詩相唱和，迭爲賓主。前後宦轍二十餘年，泊如也。

和陳郡伯武林旅館秋興韻

三十首録二

清絶湖山月正中，公餘多暇倚秋風。興酣有美堂前客，指點雲間落葉紅。

屏除兒女話喃喃，競望仙舟風滿帆。從此武林添好詠，十分秋色上朝衫。

張時和　字慶昇，號石圃，乾隆丁酉鄉舉，後卒於京邸。著有詩文等集。

吴明府三攝浦篆喜賦

又是黄槐八月天，飛鳧重下白雲邊。從新桃李迎青綬，依舊桑麻映綵斾。大任豈惟勝百里，輿人早已誦三年。訟庭閒静今猶昨，深羡高秋寄五絃。

張大烈　字武揚，號蘿峰，乾隆壬子歲貢，著有《蘿峰詩草》。

對鏡

空房怨獨處，對鏡忽有侶。可惜鏡中人，能笑不能語。

簷烏吟

泥滑滑，三月天，報我秧肥水足田。婆餅焦，四月曉，報我麥黄春已了。又聞提壺蘆，勸我飲美酒。有酒則飲無則酤。叫哥哥，霜夜鴣，謝豹啼，名自呼。獨有此鳥鳴枝頭，也非燕鵲也非鳩。啁啁唧唧語難解，自朝至暮竟不休。有時悲咽似絃斷，有時哀婉如珠流。我聽窗邊爲含淚，恍訴生平不得志。不得志，可奈何？勸君投恨且長歌。

屏山書屋即事和賈雲村韻

春到齋居事事幽，況當新霽宿烟收。閉門人静書千卷，得句更闌月一樓。水底天光明似鏡，樹頭山色淡於秋。不知何處鶯聲滑，時向清晨弄玉喉。

山房詠懷寄洪東臯

二月春光似酒濃，賞心無處不相同。杏花村裏青帘雨，燕子樓頭玉笛風。歸夢忽通雲斷外，懷人都向月明中。聊將尺素題衷曲，爲寄烟城翠巷東。

登八詠樓

百級雲階接斗牛，滿城烟火望中收。齊梁以後幾千客，江浙之東第一樓。明月溪灣翻櫂影，清風燕子撥簾鈎。六朝韻事今何在？碑碣模糊在上頭。

采茶歌

連番穀雨灑荆扉，又見桑陰碧四圍。郎若明朝入城市，新茶賣去買蠶歸。

倪兆熊

字執禮，號旋庵，例授武功大夫，著有《旋庵稿》、《姑蘇行草》。

鸕鷀埠風雨夜泊喜晴

才驚風雨壯濤聲，倏掃濃陰見太清。可惜行囊無玉笛，寒江一泊月三更。

雨後小園即事

半畝方園傍水開，紫荊翠竹護花臺。渾然不覺塵埃洗，瀟洒秋風雨後來。

樓叔良

字清佐，號芝亭，乾隆間歲貢，著有《芝亭詩鈔》五卷行世。

與俞巨川士源談詩

詩爲性所發，勿復落言詮。寫景妙於化，談機別有元。三春花草地，長夜雪霜天。欲識風人趣，沽來斗十千。

過金山

渺渺長江氣勢雄，孤峰兀峙浪花中。樓臺環繞衆香國，鐘鼓晨鳴散水風。旭日一輪初照耀，浮屠七級現玲瓏。翹觀正有登臨想，況復蓬瀛滄海東。

題萬卷樓呈戴瀛三先生

餘寒未了風颼颼，寒氊兀坐困如鳩。蓬萊老仙忽相唤，邀我同登萬卷樓。樓高百尺書百架，縹囊緗帙燦琳球。爲道藏書殊不易，半生於此費冥搜。每得奇書如至寶，不惜籯金滿篋投，庶幾集腋稍成裘。我思田舍翁，中夜持牙籌。貧簹千畝橘千樹，歲計所入同王侯。粟朽貫陳無用處，問舍求田了不休。買書漫謂飽簡蠹，腴産卒亦同浮漚。孰如赤水之上三珠樹，雲松月桂齊森修。經史子集一萬卷，珊瑚高舉鐵綱收。杜氏實田平似砥，羣玉之山崑崙丘。鄴架曹倉未之見，河東三本差似不。鯫生聊此一寓目，如攀宛委登之罘。君家藏書四十秋，君家交譽馳神州。得報渾如鼓應桴，二阮連翩登瀛洲。階前蘭杜緑雲稠，奎光煜爚豁昏眸，深山寶氣射斗牛。

蓉峰

策杖登高去，尋芳捫薜蘿。四圍濃翠滴，一路好風多。秀向金華擢，人疑玉井過。偶題康樂句，初日照巖阿。

卷十六

國朝 古今體

周　璠 字魯璵，號盤洲，乾隆間歲貢，任海鹽訓導。著有《盤洲詩文鈔》。

擬古

幽幽林下蘭，鬱鬱通衢草。春風一時榮，言誰長美好。拾翠遵江滸，理艇移烟島。謝爾尋芳人，歡笑毋乃早。望舒三五圓，春去秋容老。願得長生方，稽首深深禱。冶容君未知，看花下重墀。揀彼瓊瑶質，是妾冰霜肌。愁心固難得，馨香一以披。佩纕遺下女，芳心未敢許。善手理鳴琴，寄言歲暮心。貽我青玉案，報以雙南金。

謁宋潛溪先生祠

白麟之水山青蘿，伊人何在在山阿。鬱鬱者蘭菁菁莪，蹇修存兮心嫥婀。欲往從之棄則那，專精再拜淚滂沱。荒山如今風雨多，猿狖啼兮鬼嘯歌。荆榛不辨枝與柯，焉得巨刃揚天摩。羌余不才將奈何？顧鑿六壤與天和，否則魂歸自護呵。嗚呼！魂兮歸來自護呵。

枕上聞桂

醖醇秋情滿，懷人何處樓？風過簷響細，蟲語草根幽。得月花臨檻，憐香幔上鈎。當年手植意，不爲小山留。

答戴履齋殿江

寄食成何事，衷懷一以淒。春歸山雨重，花滿谷雲低。客夢憐窗草，儂情問劍溪。憑君談别緒，縷縷緑楊西。

讀章楓山先生集

天福山人老步行，漫勞騶從下公卿。詩緣燈火供何用，性愛林泉退有名。六館分魚餉弟子，十年炊麥飯先生。維舟渡瀆吾曾記，巷口楓高溪水清。

七夕詞

彩線金針渡玉河，仙踪密密踏秋波。扁舟直上萬千里，細訴人間風雨多。

樓下燒香樓上聞，樓前女伴下紛紛。争先不避諸姑姤，别有深心託彩雲。

朱興悌

字子愷，號西崖，乾隆間歲貢。著有《西崖詩鈔》、《文鈔》。

屏迹

牢愁無計可消磨，苦塊餘生喚奈何。溪北溪南行跡少，秋風秋雨閉門多。白華舊句何人補，黄葉新詩忍自哦。曾抱遺經懷禄養，此生壯志竟蹉跎。

大麥行

小麥青青大麥黄，新秧剡剡三寸長，明月淡淡落屋梁，雄雞喔喔候晨光。出門紅日挂東方，磨得腰鐮白於霜，堆來大麥石子牆，婦姑相向打麥忙。催租白皂如餓狼，入門叫呼索酒嘗，牀頭無錢莫徬徨，呼兒持麥踏村坊。换得白酒瓦盆香，白皂酣歌舞踉蹌，踉蹌出門氣洋洋。

讀戴九靈先生集

雲林遺集在，開卷夜燈紅。詩授青陽訣，文探烏蜀雄。棲巖甘採蕨，渡海逐飄蓬。剩水殘山裏，悲歌百世風。

深裹山尋吴淵穎先生故宅

深裹留餘址，行行上翠微。一溪諸澗合，三徑萬峰圍。石瘦松根老，春深蕨菜肥。著書人不見，極目有斜暉。

溪行

溪上漾波光，輕風兩岸送。一聲鐵笛吹，唤醒沙鷗夢。

鄭　沖

字永謙，號地山，增廣生，著有《切韻辨真》、《自怡編詩》八卷。

寄王修仁少府叔昭

飛不到君邊，長途渺數千。愁心眠北牖，離夢到南天。雨響棋枰外，燈花酒榼前。醒來仍索處，淒絶竹林烟。

暮過東山即事

東山聊策杖，林密樹陰重。鳥入烟開户，蛇行草拆封。孤村兩道水，遠寺一聲鐘。歸去幽窗下，嘘燈且息蹤。

寒食雨過柳溪

春風滿地殘紅老，寒雨淋漓入墓道。翦帋招魂魂不來，一杯澆向青青草。聲聲哭斷溪南路，可奈蕭蕭天欲暮。風勁雲寒暗自傷，緑楊烟雨人歸去。

雨後山齋

雨光與日影，氣味兩相調。高鳥下林木，低雲渡野橋。分明人宛在，欲訪路仍遥。惆悵山扉掩，孤松倚寂寥。

感遇

天日照爾頭，君恩被爾體。民瘼本相關，胡乃獨肥己！平居慷慨時，亦知民猶子。出入擁高車，一旦背其始。

有鳥啄緑苔，苔前有遺粒。貪粒悮入籠，入籠焉得出。瞻彼排風羽，飄然自絶羣。不爲近玩物，負天入青雲。

悲哉行

寒烟樹樹千山秋，行亦悲，坐亦悲，不行不坐悲更愁。風冷霜初濃，鴈影下霜空。短髪髩髩如亂蓬，蕭蕭飢雁號霜風。

王守畊

字廣成，郡諸生，善畫山水、松竹。乾隆丙申重修邑志，邑侯薛公舉爲畫圖，刊載志書。中丞王公慕其畫，延至署中，有詩贈，稱老畫師，且重其品。

題畫

極目歸舟似有無，四山昏黑樹糢糊。郤憐抱影空廬裏，色相依然入畫圖。

水仙花

清風拂拂水增波，草色苔痕上綺羅。漫道一籬春寂寂，朝雲暮雨捲簾多。

黄汝聽

字審三，號素庵，乾隆間恩貢。著有《素庵詩鈔》。

春日送客

昨夜花開宿雨收，門前垂柳舞風流。人生到處當行樂，如許春光不肯留。

題程聖謨蘆雁圖

蒹葭蒼蒼白露霜，一灣溪水清風涼。捕漁舟子晚歸去，羣雁飛來天一方。江北江南多烟渚，脈脈羈懷向誰語？雕梁玳瑁胡足論，不愛高樓愛浦漵。沙明水白雲濛濛，蘆荻花開雪滿叢。或鳴或宿各盡態，程君揮灑何其工。自是胸中有飛躍，偶把深心毫素托。紛紛羅網盡塵機，衡門之下無是非。君不見，至大年間傳此作，天光雲影鳥心樂。靈巖佛子四韻成，在座巨公俱駭愕。

題山水畫軸

烟林漠漠水潺潺，山雨濛濛欲暮天。借問行人何處去，橋西茅屋兩三椽。

鄭祖灝

字和梁，號怡亭，又號巨川，邑庠生。

夢家輯功

夢裹傾樽酒，誰知醒已非。荆枝傷寂寂，萱草望依依。難覓孤鴻迹，空憐一鶴飛。此番須努力，幸勿壯心違。

鄭訓宗

字輯功，號古愚，邑庠生，著有《懷德詩草》。

郡城與周魯璵酌酒

婺城東，雨濛濛，呼買酒，興正濃。我方銜杯笑不止，魯老長哭還拊胸。此時我亦心疑似，不知魯老哭誰子。避席從容一問之，回言哭我杯中死。嗚呼！千古人人自有杯，千古酒甕年年開。如何一酌無人醉，不及酒徒死便埋。我今勸君莫生愁，且看雙溪日夜流。日夜流，何時休？君不見，沈約懷中詔，祇换金華一座樓。

重修懸柏原墓道

初陽欲動焕重光，再構斯亭續舊香。至孝通天消墓雪，宋季孝子沖素處士墓　羣工築室趁林霜。巍巍山石成中柱，鬱鬱蒼松作棟梁。試看春秋隆祼薦，應知祖德有餘芳。

春夜樂清軒感懷呈竹山師

春風嫋嫋春枝弱，桃花梨花入羅幕。十五小姑嬌更癡，紅顔自倚新妝薄。阿母聲聲唤女郎，乍日阿爹通媒妁。佳期只待桂林開，嫁衣須趁春光作。東家醜婦尚效顰，如汝容顔未云惡。肯點臙脂最絶倫，阿嬌當貯瓊瑶閣。不見高髻亦娉婷，不見細腰甚綽約。古今國色幾多人，淡掃蛾眉空落寞。小姑聞言知若何，自開玉匣照菱波。輕盈低唱且莫歌，開窗默默禱嫦娥。

鄭允升

字平階，貢生，著有《地理要訣》、《安安軒詩草》。

彈琴

仙籟挹其清，響偕焦桐發。杳眇攝松風，何嫌衆芳歇。江澄秋雲高，林疎春雨滑。逸興忽遄飛，振襟坐兀兀。手自析宮商，空潭宿明月。

鄭祖本

字和立，號道生，貢生。著有《紫荆書屋詩草》。

鏡聽詞

新年逐殘臈，念别心惓惓。奉我容成侯，禱辭竈王前。杓柄旋維鍋水旋，忽指夾鄰窗兩邊。懷鏡步遲羅襪冷，幃燭熒熒燈夜静。此名響聽儂家卜，響不報來我欲哭。須臾嘈雜話成堆，何來揣君來不來。心寒心熱紛交錯，懷中寶鏡龍盤閣。歸家取鏡深深拜，紫珍無靈奴不愛。來不來還問夢中，但得夢中人好在。

柳

垂楊折盡寸心長，纔唱驪歌酒滿觴。莫訝當筵弄風雨，傾人别淚繚人腸。

張　第

字寧人，號蘿石，由廩生登乾隆戊子副榜，欽取鑲白旗教習，授廣西平樂令。著有《塞上吟稿》。

送舒春林明府還鄉

客中送客倍傷神，況脱征衫甫浹旬。早悉光陰原似電，那堪鬢髮已如銀。行囊滿貯天山景，去馬輕飛玉塞塵。知到陽關定回首，雲遮無限望鄉人。

看孤雁有感

孤雁天山外，無行字不成。失羣空有影，念侶只聞聲。飲啄將誰共，淒涼寄此生。弋人貪射宿，好殺報分明。

憶弟

知爾常多病，家居畏遠遊。嶺西懷別恨，塞北動邊愁。夢繞池中草，身同水上漚。殷勤撫猶子，莫教墜箕裘。

和茂町九兄伊江度歲詩　十五首録一

遷客雖經萬里餘，不須彈鋏歎無魚。十錢買得冰鮮至，祇恨中無尺素書。

丁卯初度同人小集口占

不須仙酒駐童顔，强飯爲佳藥餌删。但得年年長似此，應教生入玉門關。

中秋步劉君詠懷原韻

三見冰輪客舍中，清光白髪兩相同，心驚旅雁猶依北，夢逐征鞍只向東。明月有情容我老，他鄉能樂任人窮。年年佳節無私照，秋色平分本至公。

和松湘浦將軍陽春烟景詩

冰銷春水緑浮烟，麥秀春畦翠接天。莫道玉門關外遠，仁風吹過路三千。

于　塏

字更爽，號曉園，歲貢，著有《畊鄉稿》。

論交

古人結交重知心，今人結交重黄金。知心交日遠，黄金交日深。當其金多時，生死交相期。及其金盡時，彼此交相離。豈惟交相離，凶終隙末悔難追。吁嗟乎！酒醴之甘一至此乃知，淡如水，惟君子。

秋夜

風入寒窗燈影移，秋生孤館客先知。萬緣静處都無着，來雁一聲月墮時。

宣惟聰

字智千，號作謀，郡庠生。

尋劉孝標讀書處

紫微巖上秋雲鮮，講堂洞中小有天。細草新蒲滿山谷，芒鞋踏遍詩人足。松杉一徑隔烟霧，云是孝標讀書處。君不見，白牛溪上浪盈盈，秉經酌雅波無聲。又不見，白鹿洞中秋風冷，羣編羅列部居整。我來對此讀書堂，春花落盡秋花香。齊梁千載推獨步，山棲幾卷白雲藏。

讀《山棲志》有感

山棲不厭讀三更，韻帶齊梁氣更清。淡淡白雲千古意，泠泠流水百年情。眼前興趣毫還舞，格外襟期劍欲鳴。把卷沉吟深景仰，涼風幾度送秋聲。

王守壎

字伯吹，號九華，邑增生。

追和松軒寒夜獨坐

即此行遊樂，年華爲我留。過時長與别，來事不勝愁。煨榾爐方暖，烹茶興更幽。願君寬眼界，信口謾賡謳。

深溪晚釣

深溪一曲韻悠揚，聊把魚竿倚夕陽。欸乃聲中誰唱晚，半鈎明月水中央。

賈應程

字章式，號雲村，邑諸生。同胞七人，入庠者六，咸工吟詠。晚與南屏僧小顛爲詩社，著有《雲村賦草集》、《唐詩稿》、《抱月樓文稿》、《自怡編》、《養疾鳴盛編》、《詩餘》等書合二十卷。

聞蛩

那堪無寐枕蛩聲，一感流年百事驚。薄有文章傳子弟，更無書札答公卿。魂清雨歇夢難到，詩盡燈殘天未明。獨卧南窗秋已晚，一更更盡到三更。

過義門鄭姬山止宿樂清軒

有意留連我，杯明蠟翦紅。朗吟聲不倦，清賞興何窮。庾信園殊小，陳蕃榻更崇。憐君高且静，清論一□□。

開卷

放杯書案上，吟苦四鄰驚。莫以才難用，都由愚所成。浮沉千古事，研鍊十年情。直得吟成病，猶堪暢此生。

酬心舟上人

未得尋師即夢師，彌憐雙鬢漸如絲。不堪紅葉青苔地，又到金虀玉鱠時。一飯未曾留俗客，千金無復换新詩。世人那得識深意，報與西湖風月知。

感賦

紅顔騎竹我無緣，應有垂絲在鬢邊。壯志未酬三尺劍，秋聲長在七條絃。已知世事真徒爾，占得風流亦偶然。夜半夢醒追可想，不知何處是西天。

登六和塔

一徑飛梯近碧霄，登臨況值氣清寥。上方有雨涵空霽，下界無塵息遠囂。圖畫横披山月挂，樓臺倒影海波摇。我來絶頂蒼茫立，足控層雲目控潮。

洪鶴元

字用九，號東臯，別號梅岑，恩貢生。彙輯本朝浦陽先哲詩稿，著有《東臯雜著》二十餘卷。

雜興

輕陰籠曲塢，暮色上巖扉。積翠清于染，流光去若揮。斷虹隨雨挂，塞雁帶秋飛。幾處歌豳蜡，東郊報賽歸。

陳松亭久客兗州，忽聞訃至，因憶古企喻歌有『男兒可憐蟲，出門懷死憂』之句，作可憐蟲以弔之

可憐蟲，蟲誰憐？修途浩茫茫，何處無風烟？有生不得遂，出門徒惘然。一朝委泥沙，骨肉胥棄捐。上爲烏鳶啄，下或螻蟻穿。死者不自惜，生者呼蒼天。天乎不可問，淚落如流泉。達觀聊爾爾，彭殤齊其年。魂兮尚歸來，他鄉毋流連。

憶廣西女弟

不堪惆悵過餘生，客路孤危膽亦驚。花落春江人萬里，月明東嶺夢三更。空教有女還分手，長痛無兒竟獨行。屈指歸途添旅櫬，聞將扶櫬歸里 招魂百粵幾吞聲。

潮溪即景

不信溪流速，因潮千里通。浪翻沙渚白，蓼染夕陽紅。漁扈烟波上，人家石厂中。歸鴉一一數，晚景趁西風。

鄭玉衡

字廷光，號璇亭，附貢生。善鼓琴。所著有《臨風吟稿》。

襟懷

借我江郎筆一枝，襟懷寫出報君知。胸羅萬卷無難事，踏遍名山有好詩。幻夢不來身静處，古人相見夜深時。三通書上何須哭，冷視當年韓退之。

梅溪夜月

梅花如美人，明月如佳客。何處結同心，一帶清溪碧。

黄　旦

字日明，號曉樓，嘉慶庚午歲貢，著有《曉樓詩稿》。

登望海亭

極目茫無際，從知天地寬。雨餘雲氣重，風湧海濤寒。甌粵真荒服，東南一大觀。所嗟年半百，破浪不勝難。

張邦鈿

字引泉，號雨亭，邑諸生。著有《雨亭詩稿》四卷。

青蘿山謁宋潛溪先生祠

蒼涼庭宇接荒基，景仰先賢肅拜時。終古文章傳太史，當年懿範列名師。堦餘風月隨殘碣，松掛藤蘿伴古祠。清寂問誰尋訪者，青蘿山色未曾移。

九日登高

爽氣凌佳節，登臨意興豪。迎風堪落帽，得句敢題糕。地選龍山勝，雲攀秋色高。還當歌一曲，聲振澈江臯。

卷十七

國朝　古今體

吴升恒　字慕龍，邑諸生，著有《桃峰詩草》。

懷西湖

鳳凰山下露蕭蕭，畫裏依然路不遥。蘇墓烟霞迷過客，謝亭風雨泣前朝。蒼松濤起穿三竺，嫩柳波翻近六橋。幾處笙歌西子笑，輕舟載月未停橈。

讀《孤山志》

封禪無書孰與同，巢居閣上鬱高風。梅花伴月山妻老，鶴陣排雲稚子空。遺像四賢疏竹外，好詩千載暮烟中。西湖最是繁華地，獨有林逋隱碧叢。

王學純

字希文，號東障，邑庠生。習堪輿，尤精涓吉，著有《東障詩草》。

油車吟

削木雙連横地眠，空中一枝挂鍬韆。碧油玉燭藝事專，桐柏芥子羅堦前。磨研細末驅烏犍，水蒸火煉草密纏。一一作餅如月圓，空虛榨腹逼側填。執綍工人用力全，長枎下上撞不偏。芳脂瓊液等熬煎，漕頭滾滾流膏泉。此番敷施彌坤乾，争光日月補天玄。金門待漏視班聯，庭燎之設所必先。厭厭夜飲張綺筵，兩堦煌煌吐青烟。村庄宵事亦沉緜，挑燈索綯預春田。更多寶炬輝市廛，星散漁火列長川。樓臺歌管任流連，照盡紅粧百花妍。憶昔匡衡讀書年，西山陽烏薄虞淵。長夜漫漫缺油然，光偷鄰壁情可憐。寒宵坐我老青氈，太乙之藜杳無緣。羲和不我少停鞭，燭龍但照西北天。油場開傍南陌阡，聲喧旦暮小窗邊。貧賤安得一囊錢，燒膏永夕披殘篇。

燕子來

寂寂草堂春，烏衣入户新。海天知己遠，簷幕比鄰親。認主無忘舊，營巢不厭貧。經年相别久，對語覺頻頻。

山居

一塢白雲封，山高翠影重。土牆藤自篆，烟碓水能舂。相顧芻蕘客，還馴鹿豕蹤。蕭然明月夜，寄傲有長松。

樂清軒館中懷友人

獨坐冷如冰，蕭蕭天未晴。床前空聽雨，樹裏不聞鶯。交淡情彌密，春寒句倍清。定知君寂寞，憶我讀書檠。

登雞冠巖

大抵名山皆高大，此山峻極插天外。疑是仙雞集山中，千秋翹首巍冠戴。我來攀絶頂，置身高何等。頭摩尺五天，雲裏一雙屐。眼前衆山排列列，三十六岡如繞膝。其餘或起或伏或奔逸，在在自南自東皆統師。回首一仙峰，相對峙西東。兩兩平相望，氣勢或與同。若得空中細細量，刀尺仙華還遜一冠崇。直上峰頭殿，更窮千里眼。淼淼浦陽江，嘉興鄉名拖匹練。茫茫錢塘水，寒潮曳一線。布穀嶺名斗子巖名培塿樣，龍旂山名朱雲尖名霞彩絢。踆烏冉冉入翠微，疾風忽起披我衣。聲喧萬壑摇山嶽，驚疑仙雞動欲飛。殿神若相告，莫久立危機。履險豈如夷，緩步戴月歸。

閱堪輿書呈家埜園

獨坐小窗閒無事，偶玩青囊經中秘。木華粟芽之喻似不虛，雞棲連傘之形慎其異。封侯作相指顧間，書中一一圖形示。此事古人不經營，玉尺金斗著叔季。我聞唐時酷虐如龍圖，吉壤欲與叱二使。宋時純孝如尤袤，胡燈呵護福累世。福善禍淫自昭昭，苟非其人安所企。又聞玄武藏頭哭，管輅二年之後其應至。五患當除語程子，一坏之土亦注意。看我案上書，何日驗形勢。上攀青山千疊之嶙峋，下跨清溪萬丈之幽邃。某丘某壑幾靈封，好山好水得生氣。惜哉腳力微，落拓開窗寄。因思我友生風鑑，過人智勝其陟巔。雙屐輕東白，古稠游經歲。前岡眠牛卜有年，龍耳之貴何時致。我本與君共世系，吟詩對月心還契。歸來並坐開笑顏，欵欵聽君談佳地。

戴殿海

字瀛三，號鑑溪，殿江仲弟，乾隆丙午副榜，季弟殿泗中順天鄉舉，南北同科，授嘉興府學訓導，累署十二次。至昌化學教諭，文學素著，兼有幹濟。歷承大府委任，事無不舉。家藏書五萬餘卷軸之富，甲於浙東。總理文瀾閣及紫陽書院，並領經史局事。雅喜刻籍，皆手校精善，付梓鋟板。猶子聰貴，以翰林院庶吉士加級請封，得解歸山中，著有《鑑溪詩文集》。

小園

春意本無言，春花自開落。忽然東風來，向予如有約。窺園起清興，雨餘花氣薄。臨水數游鱗，看雲指飛鶴。物累何足牽，適意任所託。

梅窗偶題

春信發寒梅，春意從此始。花開春不知，春到花未已。微風灑然來，積素明窗几。空林幽獨心，得悟清淨理。皓月正當空，高軒澹如此。

詠史四首

長松挺崇岡，幽蘭秀巖穴。已遠塵世踪，永矢高士節。不求美人來，不受工師伐。四皓歸商山，邈然守孤潔。

人生如春花，開落行當掃。更如霜中葉，外綺内已槁。藴真全其天，名位焉足寶。子房遊赤松，特以寄遠抱。

君子善其始，尤貴全其終。功成不自退，失路道乃窮。知足幸不辱，天道如張弓。二疏辭榮禄，曠達仰高風。

結廬山之阿，攜樽憩松陰。靄靄春雲淡，漠漠秋光沉。微言日剖析，妙理恣搜尋。陶公真達者，卓哉千古心。

錢清江上灘歌

錢清江水自東來，吞波落日天門開。江源漸高地漸窄，怒濤百叠疑轟雷。長年力健顔如赭，灘聲轉出人聲下。上争尺寸下絲毫，赤體狂呼汗盈把。一灘才送一灘迎，下下高高幾百程。客子但嫌風力軟，篙師稍喜綘絲輕。岸上人家映新竹，炊烟半起香秔熟。閒尋雞犬出前村，卻怪征篷往來簇。往往來來歲復年，年年過盡上灘船。長江不改清流色，行客偏驚白髮牽。我亦頻年離鄉土，推篷慣聽灘頭雨。何時築室向西湖，紅日三竿聞粥鼓。

喜晴

林鳩銜雨過，檣燕背風飛。忽見雲峰出，悠然澹夕暉。疏泉通竹徑，枕石晒苔衣。向晚西山曲，攜筇看翠微。

過宿溪西

斜日澹清溪，雲深草滿隄。隔林羣鳥亂，横水一峰低。榕葉迷新浦，藤花暗舊蹊。同人多逸興，到處愜幽栖。

山村絶句

松塢飛白雲，結廬在深處。夜來人語稀，犬吠空山樹。
山風吹兩袖，清思入林隈。幽閒鳥聲寂，梅花傍月開。

獨坐

蕭蕭菊花風，吹入虚窗冷。小院寂無人，夕陽澹秋影。

戴殿泗

字東瞻，號東珊，殿江季弟。乾隆庚子優貢，丙午順天鄉舉，嘉慶丙辰進士，傳臚官翰林院編修，入侍上書房，與修《高廟實録》，充日講起居注官。姪聰貴，誥封奉政大夫。國朝入上書房，皆翰林極選，不數年可至鄉貳，獨公不遷官，終於編修。歸里，所居去五洩山十五里，有五瀑布、兩龍湫、七十二峰之勝。解官歸，兄弟年皆七十餘，芒鞵竹杖，使子弟具壺觴相從，講道論德，津津不倦。生平外和内剛，胷懷洞然，終日樂易。樂道人之善而隱其惡，其純德，人皆能信之。年八十始卒，崇祀十六賢祠，著有《風希堂詩集》六卷，《文集》四卷。

九靈山

鬱鬱九靈山，重巒出烟表。參差鸞鳳翔，勢與蓮峰杳。有時絶頂嘯，天漢凌忽杪。祥光四時播，閃爍不敢瞭。遡自翕闢初，靈氣何年肇。遠祖能軒公，骨力開元造。兹焉稟神秀，一室追旁紹。精誠遞酬餉，陟覽羣峰小。德業與之齊，兹山遂不祧。到今巖岫間，剛風拂蘿蔦。卻看雲雨會，蒼翠極瀰渺。拂石啟雲英，開林斸芝草。相從抗遠懷，鴻洞長天曉。

戲題蔣六兼畫虎

蔣謙字六兼，長身虎目鬚鬑鬑。世間萬事棄不道，丹青一抹如雲烟。生平所圖有千虎，猛氣赫奕難封緘。東堂何爲挂此幅，十指禿骨行饕餮。猗嗟萬事溯伊始，宗彝虎蜼粲厥美。垂衣聖人指中天，此是畫虎真緣起。進探象學窮太初，草爻九五變有乎。若非炳文具一畫，庖犧澤火胡爲乎。自來侯封遍山澤，龍符虎符繪以節。騶虞入奏射禮完，熊侯豹侯未得班。齟齬廿四百獸舞，郵畷百物昆蟲還。兵農禮樂有必備，詩書易象堪證言。是知畫虎足矩矱，豎儒末技何有焉？毛蟲三百六十屬，麒麟可畜無神姦。耽耽争長既不得，弭伏姑行草澤間。我知之矣意有在，安不忘危聖所戒。如熊如羆矯矯臣，爲時折衝廓邊海。深林巨谷百變威，一朝登進同雲雷。仁禽不折生草幹，以爾侑助全其材。君不見，東堂摸神睛閃爍，何日圖形向麟閣？蔣侯酹爾酒滿觥，畫意如斯應不惡。

新晴

新晴添妙思，流水碧潺潺。霧裏分遥樹，雲中出遠山。浮空高鳥去，映日古松閒。借問烟霄路，輕霏咫尺間。

題倪韭山畫山水卷用東坡烟江疊嶂圖韻

凌晨見畫如見山，居士摇筆萬斛烟。孤烟初起石一角，上有空白天蒼然。須臾迭掃衆峰見，白鶴飛翥同奔泉。少小深居倚幽谷，中年迭出涉大川。波濤掀空心目眩，一一來自蒼厓前。枯籐老樹著溪腹，或坐茂密窺長天。峭帆偃側欲千里，陂陀凸凹妙鬭妍。林際時時幾間屋，山根漠漠數頃田。炊烟出簷鳥拍水，此境位置從何年。君不見，造物神奇富宗派，浙山峻瘦吴山娟。人棲其間意各足，樗蒲挾策飽共眠。借問石上二三子，定有知者知其仙。叢嵐野靄溢襟屨，頃刻不去深于緣。我心悠悠從此遠，券以歷落新新篇。

題秋江垂釣圖

湖光灩瀲摩青銅，雙江盤舞如長虹。濤頭拂雲秋色滿，扁舟獨釣之江東。澄坐無言參釣理，一絲垂空天在水。笛聲隱隱度遥灣，笑指滄波月輪起。

讀陸放翁岳池農家詩依韻效作

人生知耕百事足，前村早起聞呼犢。茫茫烟町曉風和，落落茅茨春雨緑。茅茨不翦清更美，土脈淺深耕事起。占測從來慣入神，翁語其孫父教子。非徒主伯最知時，婦姑不解掂雙眉。輸税易壚充囊贈，錢刀是出惟新絲。去年豐稔固云樂，餘得服勤良不惡。聖化因民匪有他，平成首事先事作。

陳松齡

字鶴年，號雪巖，乾隆丁酉拔貢。王惺園少宰選拔成均，器重而友視之，因常入京師，屢薦不售。與戴履齋、周盤洲唱和問答以收晚景。性愛金蘭山水，遨遊其間十有餘年。前修縣志，搜輯八邑詩文彙編《金華詩録》，力肩其任。王少宰入閣後，猶眷戀陳生不置，及郵訪，而雪巖已去世矣。著有《鳴和詩集》一十卷。

植梧

清晨陟高坡，生意隨時長。妙選鳳凰枝，如彼蒙初養。直榦本性殊，夫豈尺可枉。培之雨露功，且莫計尋丈。自來中瑟琴，終難閟清響。

插柳

小溪漲微波，波光方瀲灩。柳色與波宜，高下不相掩。遠伐取斧斨，初插防風颭。就陰根易滋，抽芽舒以漸。得此向榮欣，切勿歎荏染。因之想靈和，風流今已儼。

雜詩

巫山殢朝雲，洛水想微步。夢寐增感歎，緘情竟誰訴。芳草悵摇落，美人恐遲暮。不念離别深，迴腸日已屢。喔喔雞初鳴，漸漸東欲曙。羡彼雙黄鵠，萬里方高舉。

朝看金鵶翔，暮見銀蟾蹴。山隱半峰青，水滿一溪緑。所遇故物多，翻覺新耳目。文章事驚奇，雕績炫流俗。安得返自然，與之削繁縟。得來清氣難，臨風想誦穆。

瀛山不可即，神仙安可求？瑶宫與貝闕，付之大海流。相競爲詞華，幻語煩雕鎪。踵事乃益甚，謂若登瀛洲。秘之長生訣，千金不肯投。端居起長歎，厥類非良謀。因以懷萬古，黽勉追前修。

新昌道中遇雨

驟雨彌山至，平疇起白波。石稜依草没，雲氣壓江過。土畚盈溝澮，茅檐聚笠蓑。此時聞野老，惟祝滿篝多。

過宋學士潛溪故里

學士風流共水長，那堪荆杞對斜陽。空存贔屭碑難讀，幸有淵源典未忘。居定誰何休問姓，客來憑弔但焚香。如今夔府多餘裔，只記青蘿是故鄉。學士在夔，嘗念麟溪諸公青蘿山故居。

遺像猶留僧院中，今禪定寺即學士故寓之右，後裔散落無存，遺像爲僧所藏，有劉青田手書像贊及鄭清逸傳文。偶來展拜仰儒風。不隨灰燼千年刼，豈直文章一代工。此日吾將歌楚些，當年誰是過黄公。最憐魂魄無依處，麟水湯湯自向東。

臨海道中

一路經行東復西，傍山闢徑徑緣溪。就中儘有閒花草，幾度風前送馬蹄。

偶感

隔河茆舍兩三家，暮雨瀟瀟欹復斜。此景那堪經客思，竹林深處噪寒鴉。

嵩溪原觀打石歌

超越石磴日色低，盤折而下臨嵩溪。嵩溪打石最號奇，懸崖千尺無攀躋。寸鐵穴石繫短梯，傴削豈足窮身栖。仰壓俯墮兩莫支，相對方各笑且嬉。又有沿壁走若飛，以錐爲把索爲維。邪許一聲力併齊，紛然雜下大小鎚。千鎚百繫石始披，聲若拍格震天涯。耳者膽戰目者譆，坐其下者若不知。彼豈不顧肉爲泥，得錢不復憐膚肌。親見昨歲粉身屍，甘以此死亦太癡。胡不舍業他務爲，營生翻令血肉虀。聞者嘆息前致詞，藉用我業古如兹。舉此頑石化作灰，足使農者田盡肥。不見高下交畛畦，飢得以食寒以衣。且如匠氏較崇卑，功用不啻膏與脂。世上豪華良不稀，安居豈識艱如斯。我聆斯語轉益嗟，嗟哉煩苦爾黔黎。巢居已遠鮮食非，取資物力無休時。水窮海角陸盡陲，況乃無用徒勞疲。我輩豈不念瘡痍，坐享太平無所施。觀此不覺心内疵，所貴履險常如夷。

對月

岸下柳枯隄草死，一片寒光月如水。鼉更冷咽虬箭稀，美人樓上懷之子。可憐輕薄孔都官，玉樹無花空倚欄。五湖春棹儂歸去，羿婦何因伴玉蟾。玉蟾宫裏人間遠，霓裳穩着歌聲緩。只愁飛燕欲隨風，又恐雙文待月滿。須臾月落霜風高，伴辛伫苦爲君牢。妾如團扇分棄置，未必巫山夢可要？嬌啼雨泣默無語，自古多情但如許。

何平州

名忠。明永樂時知交阯平州，宣德初爲叛賊黎利所害，事聞，勑旌其門，謚曰『忠節』。

猶仗書生障一州，賊來誰展幄中籌？生還北闕終無望，公自有句云『生還北闕定無期』奏請王師亦壯猷。又云『智前懷奏請王師』餉絶睢陽城已困，笏搥朱泚血先流。西風不逐英魂散，報國如何死即休。

樓中元

字兆魁，號雅軒，爾覺伯子，年十四入郡庠。乾隆己酉選拔，試輒冠軍。朱文正公督學兩浙於金郡，尤奇中元與東陽樓上層之才，評爲一時瑜亮。其詩多不存稿，今諸門下士所存録《家藏稿雜著合編》五卷。

寒食和王荔村韻

旅館逢寒食，那堪意緒紛。三春吴地雨，千里越山雲。客淚鶯花落，離情帶酒醺。杜鵑啼斷處，小立對江濆。

秋日遊白雲洞

白雲洞口繡蒼苔，中有高人屐印來。一帶晴烟寒橘柚，半輪落日淡樓臺。壯懷不逐黄花老，晚景全憑紅葉催。耽玩何殊金谷興，詩成應覆碧霞杯。

洞巖山次韻

柳拂行旌花拂衣，半山亭畔扣瑶扉。千尋瀑布穿雲出，一縷晴烟帶鶴歸。何處聞鐘心欲洗，偶然得句興如飛。登臨盡日幾忘倦，路轉峰回夕照微。

送弟芝亭北上

擱泪汪汪不忍流，武林千里送行舟。春風無限垂楊柳，伴我依依古渡頭。

擬陳舜俞騎牛歌

大江東瀉波泱漭，匡廬突起三千丈。陽崖陰嶺窮攀躋，中有高人獨來往。獨來往，閬風岑，脩然牛背時長吟。銜羈空羡五花印，伏櫪誰憐千里心。黄犢驕，烏犍觸，草徑松林唯所欲。花纏攜得醉葫蘆，一樽相屬忘榮辱。挂角觀奇書，感觸或悲予。飯牛欲牛肥，更苦勞心機。青箬笠兮緑蓑衣，瓊樓玉宇何時歸？曠懷高卧山之麓，滿塢白雲天際飛。

卷十八

國朝　古今體

王　齡

字夢九，號埜園，邑庠貢生。幼失怙，事孀母孝，遊山尋龍以葬二親。生平喜寫松竹，尤工山水，宗右丞畫法。乾隆間爲母請旌建坊，又構雙桐書屋並繪圖徵詩，著有《亦亦詩鈔》四卷，編《旌節詩》、《雙桐書屋詩》二卷。

題鄭素園柳岸垂釣圖

先生樂何如，在釣不在魚。人間萬事輕如絲，先生之樂樂有餘。

寄懷周盤洲師　諱璠，時任海壜訓導。

結廬喜在萬山深，方寸寧容半點侵。風月襟懷勞夢想，松篁高節自清音。從知健翮終遥舉，那計秋蟲只苦吟。遥憶人文高會地，依然杖履共追尋。鄉試送考在省。

萱堂罔極圖爲天台徐敬亭明府作

杖履山川異，天涯罔極同。萱堂無限思，悵望白雲中。

曉山圖

宿霧猶籠樹半腰，溟濛未肯向空消。老來點筆空形似，不費功夫子細描。

遊東陽延壽寺贈悟明長老示諸僧衆質同遊

人生不滿百，天地無終窮。圓虚廣覆幬，彭殤出其中。胡以實難生，不善保厥終。日入羣動息，雜沓正匆匆。飢火嗜啖啖，炎熱任内攻。機械矜智巧，乖氣摩蒼穹。陰翳當晝晦，差誤各西東。夢想多顛倒，平旦尤昏夢。總然大號叫，掉臂雙耳聾。華堂方笑語，白楊來悲風。古刹曰延壽，能奪造化功。悟明無老死，壽算齊華嵩。額字大逾斗，兼以覺世懵。疇克守衣鉢，而能泯色空。法筵自圓滿，體胖由中充。鑒兹真慄慄，撫已誠忡忡。一身徒骨立，兩鬢如飛蓬。毛血日就衰，志氣何能雄？從今持願力，決計脱籓籠。優遊以卒歲，逍遥商山翁。

題大海揚帆圖

寫山不在山，畫樹不在樹。請君白處看，便與鴻濛遇。

登山杖銘

出必隨行，坐則侍側。猶子若孫，曰惟汝翼。遇險而夷，汝之職歟？遇顛而扶，汝之力歟？可勞而勞，有德不德。惟我與汝，久交靡忒。

五月十三栽竹

卯酒既蘇罷午睡，我醒卻好乘君醉。黄梅細雨協天時，白柄長鑱因地利。娟娟緑浄粉初消，冉冉枝新籜猶墜。翻動蟄龍了不驚，遷移翠翹忽添媚。空堂久矣絶清芬，轉瞥依然有此君。忽憶當年幽館裏，滿林蓊蔚拂青雲。今日和依遇故友，清風披拂徘徊久。從兹戢戢長龍孫，虚心勁節約無負。

和曹珩圃山長開泰遊疊石山房詩並寄鄭姬山封君祖芳

力可移山山可假，張君有山面廬舍。曹翁才筆逈絶倫，鐫鑱幽異能逼真。而我平生足力健，每逢勝境好留玩。習聞疊石作山房，欲往從之恆違願。我未見山但見詩，詩工竊恐山遜之。爲問姬山有卓識，平章二美誰高卑？

寫四景山水詩爲鄭甥竹巖題

不施脂粉作芳林，不染鉛丹綴遠岑。漫説笑容如可掬，顰眉益覺感飛沈。春

素縑一幅淡無文，墨瀋雲容渾未分。静裏仰看雲似墨，興來俯對墨如雲。夏
由來高士樂清貧，洗出廬山面目真。漫説西風木葉落，就中相賞倍精神。秋
磷磷山骨涓涓水，慘慘雲容淡淡烟。非是筆尖無墨汁，要從太素悟先天。冬

元旦詠懷

燈花開燦爛，達旦意如何？喜見兒孫集，莫虚歲月過。鉛刀須善試，塵鏡貴新磨。況復喬林上，嚶鳴作好歌。

書友人贈雙桐詩後

棲遲埜園側，摩挱碧玉姿。有此適意外，問余余不知。庸夫或以咤，達士弗見嗤。開緘紅押尾，寄寫雙桐詩。

雙桐今數圍，手植僅滿把。生意無已時，有二不謂寡。侈言巢鳳凰，雄辭傾心寫。朗朗風中吟，清音翻屋瓦。

春日獨坐書感

少壯無能爲，何況今老矣。坐卧茅簷下，長歎不能已。耿耿懷故人，半爲及老死。或有寥落存，困頓飢寒裏。雖生亦無聊，見人先自鄙。不如籠中鳥，得食乃竊喜。

物衰有盛日，人逝無返期。亦知空記念，無能或置之。春風澹蕩來，桃李初開時。少年好徵逐，

追琢瓊瑶詞。十千沽美酒，爲樂不可支。亹亹終日夕，安知我所思。

畫松

磨罷松烟便畫松，雲頭半出半雲封。閒中點筆窺形似，老子前生故是龍。

尋山詩

皇過度原隰，澗瀍卜西東。堪輿非茫茫，證之詩書中。卓哉青烏術，景純專其雄。誰歟後起者，布衣有賴公。其餘著書家，亦各互蔽通。載籍貴極博，玉石豈兼攻。而我秉微尚，跋陟自兒童。識字既有數，見或野人同。蒙昧無授受，敢云操術工。今日殊了了，明旦轉夢夢。山川不能語，此理伊誰窮？哀哉復哀哉，勞勞枉費功。

有女兒來乞余畫者述此詩

一丘復一壑，高士情所適。玩月水琮琤，看雲山㟥崒。非不供見聞，何如耽潑墨。有女特來前，舉止頗閒逸。巧笑媚語言，窈窕和顔色。手持好東絹，請爲一揮筆。移置几席傍，索取無虚日。翳我非畫師，敢道王摩詰。偶爾弄柔翰，六法未能一。而子意勤勤，愧赧終何極。畫成漫攜去，清詩聊自述。一笑鍾子期，今日在巾櫛。

戴　記

號曲臺，邑庠生，望嶧孫。著有《百感交集詩》四卷。

過世美堂故居

盧生一夢何其長，釜中未熟炊黄粱。念我高曾及我祖，世濟其美名斯堂。漢陽太守古豪傑，先高祖諱夢熊，號爽軒，由白衣崛起爲湖廣漢陽府知府。兖州别駕真賢良。先曾祖諱斌，號允庵，爲山東兖州府通判。湖南雲南兩出宰，民依念切心如傷。先祖諱望嶧，號鄒山，庚辰進士，初任湖南安鄉縣知縣。丁艱服闋，分發雲南特授禄豐縣，百姓皆仰之。委身報國衍三代，紹聞衣德清名揚。我父繼起有大志，穿經穴史爲文章。先父諱如錦，號琴川，邑庠生。少時著作，唐皇有廊廟氣。既而見祖居官之苦，意遂淡，因自號淡湖釣者，更名笠，號箬巖。著有《意園詩》以見志，而筆亦與人俱淡，無意於入官矣。赫赫盛事若前日，誰知倏忽成滄桑。四葉快於風過耳，室則尚在人云亡。人之云亡室雖在，實偪他族維鳩方。昔者亭臺今瓦礫，昔者車馬今牛羊。昔者來往多俊雅，今者出入都侯疆。旗竿老斷匾額碎，風摧雪壓頽門牆。我東日歸不忍見，時已遷居東鄉之眉壽塢登樓愈覺增淒涼。神主塵封字跡隱，家貧鬼亦無威光。徘徊憑弔幾點雨，雨隨淚下悲穹蒼。故物幸存雙桂樹，根荄發得高秋香。

日出

佳人未起鏡先開，海爲粧盒山爲臺。一日一照紅顏衰，安得長繫扶桑限，黄人不敢臨窗催。

秋砧

有衣圖早寄，中夜起霜砧。未暖征夫體，先寒戍婦心。淚添盤水溢，怨注井泉深。明月還相共，悲秋感鼓音。

村居

人閒聊且寓吾形，憂喜無端發性靈。詩未鍊成渾欠債，花如攆活賽添丁。行踪恐被鷗鴣笑，索解忻逢蝴蝶醒。自有天機拘不得，養心隨手寫黄庭。

涉獵書籍

閒將物理泛推詳，捫虱高談寓激揚。謬想登天追驥足，奇愁徧地遶羊腸。希逢赤紱麟歸孔，難遇烏衣燕送王。海上釣鼇絲杳渺，雲中騎鶴駕荒唐。蚓惟不躁能先觧，狽豈無求必倚狼。交及鷽猩真混雜，等於螻蟻最淒涼。適郊孰悟雄雞尾，處世誰如雌雉翔。蝸角戰功何勝負，蠅頭微利幾毫芒。浮生可笑蛙居井，托體還羞鼠在倉。項羽沐猴矜氣蓋，曹操得狗逞豪强。蛟騰定與龍俱躍，鵲起應隨鳳遠颺。陟彼南山窺隱豹，斑斑文蔚已成章。

遏欲

三冬欲爲狐，三夏欲爲魚。爲狐夏亦裘，爲魚冬無襦。

寺宿

讀書不務實，説法不崇虛。彼此相顛倒，原來各失居。

花謝

不忍花零落，看花淚自傾。明年此花發，花轉惜卿卿。

稻花

河陽一縣賞心來，未見羣芳占大魁。二十四番風數了，無人知有稻花開。

舟行順風

風飽蒲帆趁落暉，兩厓倒走疾於飛。夢魂更比輕舟快，萬里程途半夜歸。

删詩

有詩度日復何求，一字猶人亦足羞。安在西顰東效得，本來面目不相侔。

鄭爾敬

字一恭，號簡卿，邑庠生。著有《簡卿詩草》。

感興

脱身世網寄烟霞，性僻耽閒底自嗟。覓句五更隨夢去，謀生一着笑棋差。早知有死偏憂老，卻愛逃禪未出家。閉户豆棚瓜架下，不嫌草舍小如蝸。

朱　訥

字南川，號浦溪，附貢生，爲隴州知州。興燕五子，以伯子能作貴，誥封中憲大夫，著有《消閒詩草》。

題友人小照

品茶生妙悟，獨坐少知音。倚榻吾忘我，持杯影對形。半甌雲氣緑，别墅草痕青。兩腋清風起，憑君畫掩扃。

禮闈聞捷

捷報南宫到，初聞喜欲顛。螢窗磨勵久，雁塔姓名傳。償汝青雲志，加吾白髮年。家聲雖小振，還望後來賢。

作兒假滿赴部

承歡剛五月，陡爾賦驪歌。汝宦三千里，吾年六十多。往來驚雨雪，定省隔山河。縱有瞻依日，其如遲暮何。

項振元

字國麟，號西溪，别號伴石山樵，歲貢生。喜搜奇訪古，工書畫琴棋，尤精真書，得顔柳法，凡碑碣中多其手蹟。著有《伴石山樵詩草》。

題戴履齋封君秋林藏書圖

一篴西風松石邊，銀濤聲裏坐神仙。泉香洗硯磨珠露，好寫黄花紅葉篇。

鎖月樓詩爲鄭姬山封君作

平生愛畫有奇癖，欲走名都覽真蹟。誰知矮屋埋頭年復年，卧遊惟有青山挂素壁。渺渺蒼烟大野浮，山川對此開雙眸。問何眼界忽超曠，危簾飛棟乃是姬山鎖月之層樓。向憶樓臺平地起，巍峨那得層巒比。幾回欲到且趦趄，不信奇觀有如此。遊仙何必蓬萊宫，探奇何必太華峰。但得長年埽榻此樓卧，四時烟景一一足以開心胸。東風吹緑汀洲草，花柳村村春事早。一林憑檻酌流霞，笑談何啻瀛洲與仙島。夏雨縱横天半來，神龍夭矯排雲開。涼飔四面入窗檻，心胸洗濯空塵埃。秋霜夜飛山氣爽，紅葉緑蘿明指掌。露臺危坐一題詩，飄飄殊有淩雲想。冬來雪景乃益奇，澗水凍作銀琉璃。置身不復在人世，瓊樓玉宇彷彿海上移。長江一帶山萬笏，四時之景俱超忽。風雨霜雪種種奇，豈只瑶臺一片月。姬山元是詩之豪，太白三貼窮風騷。奇境尤在樓虚月，意興落落想天高。壯哉是樓出塵界，風物宜詩亦宜畫。何當收拾四時佳景作一圖，丈八冰綃卻向百尺樓頭挂。

鄭沆

字永靖，號兼山，又號素園，邑庠生。著有《地理要訣》、《止止齋稿》。

止止齋獨坐有懷

昔時君未別，形影共迴翔。並坐生幽興，談心得妙香。露寒人語歇，風静雁聲長。一夜低頭坐，相思月半床。

朔風並夜月，相逐到空庭。素色將誰玩，清音忍獨聽。天寒人寂寂，路杳思冥冥。久與同心隔，無端淚欲零。

讀漢高帝本紀

富貴何如歸故鄉，大風歌罷亦神傷。當時若肯留功狗，信越猶堪守四方。

書曹孟德傳後

奸雄世亂日紛紛，鄴下風流獨數君。可惜劉家無尺土，何由更號漢將軍。

詠史

天子何如田舍郎，多收十斛厭糟糠。漢家丞相偏懷舊，白首相憐不下堂。

産禄猶存事可傷，山河誰鞏舊皇唐。朔風凛冽悲南竄，瘴雨蠻烟送五王。

秋杪止止齋遣興

天色秋來好，溪山對寂寥。丹楓供醉眼，緑竹挂詩瓢。不乞平原米，常伸彭澤腰。生來饒逸興，茅屋自逍遥。

秋暮過夾堰塘望先君墓

漫漫衰草夕陽殘，遥指先塋淚不乾。淅瀝秋郊風雨夜，泉臺應痛兩兒寒。

葛嶺懷古

寒波絶巘兩蒼茫，賈相風流此擅場。可惜江淮嗚咽水，哭聲不到半閒堂。

蒙友人惠畫幅詩以誌謝

憶昔探奇循葛嶺，沿湖蹋遍翠微間。每尋南北雙隄月，最憶風篁萬疊山。别後樓臺空粉黛，夢中雲水失烟鬟。如今好向空堂覓，指點遊蹤記往還。

題曲江烟雨圖

夏日炎炎暑可憚，滿身衣濕頻揮汗。阿誰招我嘉樹林，頓覺四面張雲幔。墨雲漠漠來天半，長江一帶横白練。林耶岫耶澄琉璃，中有長虬騰絶岸。樹杪茅亭斜欲飛，汀外菰蒲聚還散。榮枯老木慘淡分，遠近疏烟頃刻换。祇覺淋灕黑雨噴，平地懸流增浩瀚。是日曦煇正奕奕，烈火鬱蒸生几案。猝然涼意滿庭前，瀟湘洞庭走簷畔。人生瀟灑有如此，熱腸何必清泉灌。

鄭　吾

字永旭，號己軒，邑庠生。專習堪輿，研究羅經，尤精涓擇。喜種瓜植果、栽花養魚、會友清談之樂趣，著有《選擇要略》四卷。

秋曉

鄰雞頻唱攪閒眠，遠寺晨鐘聲暗傳。錯落九霄星斗散，蒼茫四野樹雲連。芳蓉葉落含朝露，衰柳絲垂釣曉烟。領略秋光知幾許，遥看飛雁唳霜天。

禁折牡丹

茫茫世事本成空，且喜春光到眼中。莫對豪華生嫉妒，讓他富貴一時雄。

陳耀俠

號雨田，歲貢生。工行草，著有《紉蘭軒詩草》、《松月樓詩稿》。

雨後晚步

山居多逸興，躡屐雨初晴。竹塢人烟直，松關牧笛横。閒花含露重，新燕入雲輕。爲約樵漁伴，尊中酒共傾。

採蓮曲

欲采蓮，江上蓮葉正田田。昨夜兩岸來薰風，水面萬點晴霞烘。誰家少女太妖嬌，紅裙玉腕揺蘭橈。揺蘭橈，迎風欲折楚宫腰。蓮花不定腸欲斷，暮雨瀟瀟歌聲緩。聲聲歌斷苦相思，銷魂那減吹羌管。採蓮葉，採蓮花，征夫遠戍未還家。江上日落蓮花暮，雙飛鳥唤龍堆路。採蓮清江曲，江波幾回緑。迎船翠葉舞還遲，偎岸紅花睡未足。花葉宛似舊年時，采蓮無復人如玉。采蓮歌正短，采蓮人憂懑。欲去不去心徘徊，似斷不斷香風來。須臾星澹涼風發，采蓮船載一江月。

宿窑口聽鄰人吹笛

雲間歸雁唳，床下候蟲吟。一曲梅花落，千山夜雨深。應憐行役苦，爲起故園心。更逐秋風去，悠悠過遠林。

乞糴

印擬風飛向左添，何期駿骨正牽鹽。仙從蠹字知難化，計奈搬薑拙更兼。可是指囷逢魯肅，敢言乞食類陶潛。監河欲貸金三百，東海波臣久已嫌。

張啟潚

字百川，號茶株。乾隆丙午欽賜舉人。丁未會試，欽賜翰林院檢討。年八十餘，科名之志不衰，著有《修潔齋稿》。

抵家

漫說舟車到處通，今知南北不同風。神遊宿縣魂猶斷，夢及張灣力未窮。二十一宵難貼枕，七旬六日始開篷。歸來已覺巢棲穩，長似飛揚水陸中。

卷十九

國朝 古今體

張邦藎

號竹堂，乾隆己卯鄉舉，任杭州府餘杭縣訓導。歸田後，以高壽終，所著有詩文集若干卷。

戴履齋先生以秋林尊照寄題七古一首

君不見，白首著書倪雲林，閉户秋山黄葉深。又不見，瀟灑吟詩庾開府，落葉半床坐秋雨。古今才子溢縹緗，勞勞鉛槧寶秘藏。青蘿烏蜀久不作，得之圖上披琳瑯。輕縑貌者問誰子，鶴髪童顔逼神似。油然古道足照人，九靈苗裔先生是。我思玉樹瓊芝茁滿山，研經讀史終日長閉關。豈惟誇示書樓百千卷，汗牛充棟秋林間。謙沖原是雅人致，手把公圖識公意。山房自諱作述名，著書郤以藏書誌。西風蕭蕭松石邊，溪聲葉聲兩悠然。不知寄傲横渠叟，撰到《西銘》第幾篇。

樓陳兩孺人雙壽旌節詩爲張毅齋母作

不老峰青高畈，無波水碧橫塘。賢哉張門兩母，翠竹黛柏同芳。
憶昔孀姑垂老，掌中復失雙珠。文鴛對啼喪偶，黄鵠交撫遺雛。
青年茹荼非苦，白首啖蔗殊甘。愛日庭中孝養，彩雲天上恩覃。
仲夏蒲觴泛碧，新秋秫甕浮紅。介眉一樽遞進，千載永仰清風。

張時泰

號春渚，歲貢。著有詩稿，并有《疊石山房外編》。

樓陳兩孺人雙節詩

陶嬰壼範古今師，黄鵠雙歌節更奇。義重養姑相慰勉，思深育子共扶持。忍啼堂上纔稱孝，督課燈前始是慈。織石紡磚還料理，苦心惟有月明知。

詔書雙節樹風聲，泉壤争光弟與兄。桂子庭除推獨秀，蘭孫黌序軼羣英。青燈自昔同孤影，白髮於今享令名。更喜綵衣方繞膝，畫堂取次壽杯擎。

張大勳

號金庭，歲貢，著有詩稿。

樓陳兩孺人雙節詩

夢夢難禁視彼蒼，一門兩世竟三孀。可堪堂上慈親在，目斷雲天没鴈行。
素幕連巢護一雛，啁啾交抱月明孤。幾經牖户綢繆後，反哺纔看有孝烏。
重將鸞鏡拂塵函，照見清霜白髮鬖。茹蘗茹荼雖是苦，到含飴候也回甘。
綽楔峩峩表里門，揚芳並荷九重恩。松筠歲月誰能記，取次華堂晉壽樽。

祝金華曹珩圃山長

頃接麟溪徵詩客，時在東明書院掌教，已有十五年矣。東明先生忽相識。今年秋老菊花黄，云是先生壽七十。人生七十古來稀，千人祝壽如一辭。其實惛惛生人世，即越古稀何足奇。江河源遠流自長，泰岱厚積高莫當。先生身與今人伍，先生胸中有千古。學書要學古鍾王，學詩要學唐李杜。雖云功名不大顯，高懷壯志卓然遠。憶昔健筆戰文壇，烏柏青樱文彩絢。謂阮芸臺宗師科試，古學題。當時一見即傾心，知君名壽操左券。忽忽光陰有限期，久久聲名不可算。而今老矣東明山，夢想不到公卿前。雪案螢窗手一編，高興時發詩酒筵。書經白鵞奚取焉？揮塵清談腹笥便。著述不下千百篇，藏之名山久愈傳。吾所忻慕願執鞭，區區之心不在年。不然三洞之山雙溪水，八九十者亦夥矣。

王明爽

號西圃，諸生。

雙桐詩爲王埜園明經作

桐樹孤生賦景陽，何如手植更成雙。重重金碧輝初旭，疊疊圭陰送晚窗。一本分榮仍一色，同庚愧我未同腔。且須溽暑侵人日，共引清風泛玉缸。

唐志珊

號東湖，廩貢，候選訓導。

閱鄭姬山先生《欒欒草》

讀君《欒欒草》，動我愛親忱。安得人人讀，同興孝弟心。

張信符

號竹町，邑諸生，著有詩稿。

春日即席贈戴鑑溪學博

卅年桃李自成蹊，到處山川入品題。今日樽前談舊事，鐸聲已遍浙東西。紅杏郝邊呼餓夫，綠陽陰裏走胥徒。長官安穩農氓飽，繪出先生散賑圖。

朱　檀

號寧園，西崖之子，廩膳生，著有詩稿。

題戴履齋封翁秋林藏書圖

先生雲林裔，餐霞九靈阿。靈山菀秀巘，劍水蕩清波。其中結精廬，沖情涵天和。繞砌擢翠篁，附揮罥緑蘿。長松列幽户，白日明高柯。時際秋氣凉，蒼然滿平坡。先生何瀟灑，石根坐盤陀。既極書史樂，重以籬花多。吾家老畫師，傳神無纖訛。酷似邵堯夫，貌比安樂窩。窩中流動處，天機澹如何。披圖見素抱，凝望絃且歌。

題《欒欒草》後

嗚咽白鱗水，淒迷玄麓雲。併將情百結，都已筆平分。字字風摧樹，聲聲鴈叫羣。義門敦孝友，繩武自推君。

鄭　鼎

字永立，號雲泉，郡庠生，著有《雲泉詩鈔》。

夏日家姬山招陪王埜園於樂清軒

窗風摇動竹千个，呼僮揭起窗帋破。埽空一室浄纖塵，手抛葵扇當窗卧。翳誰折簡簾邊來，姬山招我陪客坐。有客風流住輞川，白鷺黄鸝養幾個。乘凉先我到南軒，肴饌滿筵特虚左。二君生性不喜飲，一杯兩杯叫無奈。笑指我是老劉伶，平生好酒如好貨。張口一吸如長鯨，百杯傾倒無咳唾。王君能畫復能詩，説詩談畫眼孔大。毫端墨走飛雲烟，袖底詩成屬唱和。主人固是詩中豪，擊鉢狂吟驚四座。老饕醉倒月廊西，明日詩筒補李賀。

金華姜芝圃山長候補河南久不得消息

故人一別久暌違，遥想風流玉麈揮。製錦有才君不忝，鳴琴何地信偏稀。樓頭賦筆憐王粲，洛下文章重陸機。轉眼西風秋又到，幾時黄鵠九霄飛。

秋晚山莊偶甜

蕭疏村落倚山傍，插竹編茅自護防。野芋調來羹佐飯，木棉彈罷布爲裳。黄花百本三秋雨，紅葉千林一夜霜。輸與樵夫能陟險，滿肩壓擔下斜陽。

鄭祖煜

字和輝，號厚齋，若楹孫，著有《厚齋詩稿》。

寒食

忽忽逢寒食，傷心親殁時。一年春已半，佳節淚長垂。挑菜荒村遍，殘碑古墓攲。無情春社酒，催我鬢邊絲。

陳　郁

字維監，號雪樵，嘉慶己卯恩貢，著有《雪樵詩鈔》六卷。

和新安吴素江謝文節號鍾琴詩元韻四首

嶧陽嘉産屬徐州，好古延陵采未休。舊物燕山來萬里，忠臣宋代足千秋。撫絃聊作新聲弄，結響猶含故國愁。爲憶崖山當日事，敗棋一局説從頭。

橋亭賣卜夜淒清，響激危絃自不平。每爲思親彈一曲，難憑退敵向孤城。龜茲藥已來中土，阿刺歌還有正音。多少茫茫身世感，桐君坐對不勝情。

迫上徵車世事非，蕭條敝屣與征衣。驚開戰鷁三千退，苦憶翔龍九五飛。落葉荒江哀響托，梅花明月旅魂歸。震餘靡玉都消歇，留得長歌是采薇。

苔篆多時卧緑沉，龜紋忽爾出瑶琴。當年信國元同調，曠世鍾期亦賞音。桐梓長留太古意，松筠想見歲寒心。刺船海上何人可？撾鼓雷門不我禁。

次和曹珩圃山長見謝點定詩卷元韻

五金之精出爐冶，其實俱屬莫名者。博古披圖辨且難，何況鄙人聞見寡。蝦蟆悞作反舌禽，橐駝指爲腫背馬。幾回思入嵇阮林，終恐難登元白社。如何仙骨在君身，翻將肉眼從人假。胸中斗宿韓昌黎，皮裏春秋褚季野。鸞鳳騫騰雲漢垂，魚龍滉漾江河瀉。鄙人讀之心目瞪，拍案響徹軒聊且。吹毛總道任疵搜，攻玉終嫌將污惹。朗吟廬山瀑自驚，點竄澄江練足哆。窺管惟能得豹斑，撞莛未免疑鐘啞。千金自可懸國門，一詞竟許贊游夏。足知師竹乃虚心，畢竟扶輪歸大雅。三昧火孰靈丹成，五銖鏡自空潭寫。倘能命駕慰相思，老瓦毛柴尚堪把。談深五夜扣門來，麯生風味難忘也。只愁康瓠寶諸懷，難對秦彝漢銅斚。

初夏田園雜興

四民農最苦，生計良獨微。農月事耕作，村徑行人稀。閣閣水蛙亂，拍拍林鶯飛。青箬爲笠子，黃棕爲蓑衣。出門看秧水，日暮荷鋤歸。

山坂麥英紅，田家搶忙工。大麥黃樹上，小麥黃坡中。穀芽但一角，麥芽全殼空。所以及晴霽，傾家趨田功。鐮刀趁月色，響連畝南東。

雛雞載竹籠，開籠任所之。飲啄古牆下，桑陰自戲嬉。誰知田家飯，所得乃獨疲。食菜不去根，食瓜不削皮。寥寥數斗麥，作餅連麩炊。

鴉背夕陽盡，歸牛擔束芻。牧童載策返，老農荷鍤俱。耕種雖已畢，嗒然仰屋吁。東鄰催酒債，西鄰索牛租。上官如招隱，何必耕桑圖。

小園

小園微雨霽，獨步且徘徊。燕子幾時到，桃花無數開。貪看春色好，不覺歲華催。身世蹉跎意，澆愁托酒杯。

徐聖廉

號竹泉，歲貢生。

贈金華張介庵山長鳳翙 時在東明書院掌教。

停雲靄靄及芳辰，恨晚相知幸有因。纔步天階開蕊榜，暫依芸閣掌緑綸。蘿山遥接松山蔭，麟水長流泗水春。若卜鱣堂升自此，他年應説宦遊人。

金　昶 號蜀齋，郡庠生。

田園樂

悟得閒中趣，方知事事幽。護秧如養子，栽竹抵封侯。早韭春初翦，寒菘雪裏收。葫蘆看挂壁，嘉種亦貽謀。

早起望官巖山

早起望官巖，白雲高處宿。幽鳥入深林，藤蘿覆古屋。我想山中僧，當此睡正熟。翠微裏其頭，緑陰護其足。午後不聞鐘，隔山鳴飛瀑。

戴　聰 字惟憲，號春塘，履齋伯子。乾隆己酉拔貢，本科鄉舉。嘉慶己未進士，翰林院編修。散館，改户部，籤分江南司，累陞户部坐糧廳。服闋，終養，簡放安徽廬鳳道，陞山西按察使，署山西布政使，内召以四品京堂用，即呈請歸里。采訪通邑貞孝節烈婦女，呈請建立總坊于城東東山亭栗

主入祠。壬辰，連年捐賑平糶，給錢增建祠宇，兼助田産一百餘畝，以爲族中鄉會路費。當舉家政，創定家規。致仕後，優遊林下十有五年。又號退庵，别號半園老人。年登八十有四，著有《農曹隨筆》六卷、《通濟庫會稽簿》二卷，詩文集若干卷。

吴素江姻家寄示謝文節遺琴圖引索詩爰爲作歌奉答

三尺枯桐七條玉，中有孤臣萬聲哭。土没塵埋五百秋，龜紋冰裂苔花緑。慷慨當年却聘書，十年無夢故山居。無端廹嚮燕臺走，破帽麻衣泣子胥。江南可歎無人物，難覓瑕甥厮養卒。結客寧忘東海行，采薇肯負西山節。當時行篋攜此琴，憫忠閣上彈商音。倚歌可有汪元量，返骨無須千載心。丞相騎箕亳社改，聞説遺琴今尚在。同是忠良手澤存，豈隨草木俱銷毁。都城城外廢圃中，何人獲之荆榛叢？流轉仍歸趙家土，斗邊夜夜横長虹。燕雲北望生愁絶，楚些招魂招不得。試撫號鍾一再彈，應有精靈來彷彿。義士張毅甫，號千載心。

過山頭坪延壽庵

倪氏幽居地，春遊絶可憐。松篁開覺路，冠蓋憶當年。樓惜怡顔圮，庵惟延壽傳。同龕好兄弟，像貌尚依然。

敬題季父編修公高柳聽鶯照

白髮蒼顔一散仙，春風曾上大羅天。黄鶯唤醒紅塵夢，解組歸來已十年。

回憶銅龍侍學時，宮鶯宮柳聽參差。今朝重把三天事，先天、中天、后天，爲西苑侍學之所說與童孫細細知。細細，孫女名。

戴　聘　字莘來，號碓山，春塘仲弟。嘉慶辛酉拔貢，朝考一等，分發直隸署廣平府清河縣事，補宣化府龍門縣知縣，著有《燕琴集》四卷。

和張少峩醉時歌元韻

嵐光繞城郭，游目娱烟蘿。酩酊醉清聖，放曠賡高歌。余家浙水東，岑寂靈山阿。淳風敦樸素，末俗戒媕娿。瑶峰黛浮髻，玉蝀紋生韡。畊耘課隴畝，雨笠兼烟蓑。牛羊日在眼，安知驢與騾。親朋幸識字，閒暇相經過。論文飲醇醴，詞義相觀摩。清修遠塵俗，樂事誠猗那。一從登仕版，舉足屢防蹉。忍耐抑志意，壯氣潛消磨。旦晝即紛擾，魂夢纏妖魔。自奉女祁檄，凜乎愁譴訶。規爲謹繩墨，守身等翠娥。非無要津人，放棹泛銀河。亦有蠅營輩，趨炎類飛蛾。官僚共傾軋，笑語藏鋋戈。愛此静僻邑，無異考槃薖。觀書消永日，怡神當春和。寒吟雪飛絮，暖詠鶯拋梭。無心誇捷足，胸次平不頗。郊原足眺賞，時或躋青螺。煦嫗勸童叟，維在麥與禾。歸來坐燕寢，一切蠲煩苛。況有二君子，翩翩工吟哦。張君西蜀士，文雅信非詑。客遊不得意，馳思故園莎。文吐子雲鳳，書參右軍鵞。愁來歌慷慨，凍手不及呵。任君山陰客，挺秀菁菁莪。一腔富文史，縷述窮纖覼。託迹申韓術，引領希鳴珂。箴言日相勗，佐我賦五紽。兩君各鬬捷，險韻忘坎軻。彼此迭唱和，壎篪自同科。一篇擬太白，再賦摹東坡。清談雜雅謔，不覺朱顔酡。時當冬之殘，積雪山頭皤。朔風捲地動，痛飲寧知他。浩然脱塵世，苦海離曼陀。即此見吏隱，豈必釣黿鼉。追思幽居勝，計較知誰多。

午日飲酒次任問松韻

白日麗城郭，遠風來平疇。湖草茂昌歜，庭花開石榴。際此天中節，何不羅餚饈。含杯對佳景，長歌不能休。緬懷南天樂，秔稻碧于油。農夫憩緑樹，閒如水中鷗。憫茲邊塞旱，傾耳無鳴鳩。皇皇荷鋤子，望雲南陌頭。欲飲不下咽，徒然費觥籌。豈爲當食嘆，丈夫先民憂。嗟余有官守，靦顔事功酬。發棠雖有請，暴尪真無謀。運窮神勿福，顧影多慙羞。作詩寫衷曲，何以消煩愁。

戒酒詩

我素不善飲，遇飲輒過度。諦視欲生花，語言不知趣。招尤人爲危，既醒己亦懼。况乃病多端，皆隨酩酊赴。匪能揚令名，更貽父母慮。清夜自捫心，假寐瞿然寤。百里待花封，萬事紛而騖。聰明稍未周，上下多乖誤。高堂具七旬，愛日真堪慕。四十且抱孫，撫養回思孺。傳家孝與忠，糟醨何足哺。劉阮古狂人，飲酒天所賦。余也非其徒，賓筵可驚悟。交遊酬酢間，三爵斯其數。作此戒酒詩，覽觀旦至暮。

苦旱寄胡刺史蕙麓

下田旱，高田枯，黄沙莽莽飛滿塗。俄聞雷動雲合膚，急雨數點如明珠。行人駐足農歡呼，忽然雲消日西徂。芳塍曾不沾錙銖，征夫色喜農歡吁。一年一熟人待哺，雲霓之望無人無。仲舒祈雨法何如？我欲詢之胡大夫。

題鎖月樓吕仙銅像

進士登唐代，偏懷度世心。仙身原是幻，銅像總堪欽。上下隨烟霧，推遷閲古今。懸知詩酒趣，應共白麟深。

張汝房

字次君，號寄軒，又號卧雲山人。嘉慶辛酉拔貢，候選教諭，嘗聘浦陽書院、東明書院講席，以高壽終。著有詩文集。

雙桐詩爲王埜園作

舊説蘭生幽谷，新吟楓落吴江。昨夢君家橋梓，飛入梧桐影雙。
圭葉翦成萬片，玉聲共聽琤瑽。誰道枝高百尺，卻教鳳翼難雙。
風木餘悲正切，終天有恨填腔。可到新秋時節，凄然落葉飛雙。
露下凉生四宇，月明影互寒窗。好似竹竿有節，一編譜入無雙。

贈鄭姬山

與君同月又同庚，五十年前俱未生。墮地忽然分爾我，此身何處定衰榮。名山有作誰千古，白髮無情各幾莖。半世牢愁詩一卷，蟹螯樽酒共論評。

題戴履齋先生秋林圖

功名競一時，著述争千載。默坐秋林中，先生志有在。積書貴能讀，聚書後必興。窮達抑有數，開卷雙明增。幽蘭含露滋，長松入雲翠。箕踞非傲人，科頭聊適意。祖德口斯碑，孫謀蓺是圃。純白留有餘，圖畫亦千古。

修鎖月樓爲鄭竹巖作

吕仙笑問孰修樓，上供吕仙銅像 鎖月樓須月斧修。依舊先塋朝對面，令祖松濤封君墓在樓前，故樓南向 從新皓魄照當頭。詩人曾幸高軒過，佳客重將好句留。知否若翁靈爽在，摩挲銅狄幾經秋。

題鄭竹巖重建惟仁齋

三朝禮樂進從先，醉墨軒開書作田。舍闢惟仁名復古，山當玄鹿色加鮮。連番化雨推師席，滿座春風煖客氈。久矣江南稱第一，傳家惟願子孫賢。

黄繡裳 號錦堂，邑諸生，爲恩貢生，汝聽子。

雙桐詩

嘉樹生高館，青陰滿綺窗。月明人對坐，雙影又添雙。春雨詩情好，炎風玉韻瑽。秋深還翦燭，一葉下銀釭。
憶君初手植，抱甕近雕窗。拱把今如此，慚予亦老龐。金井悲先落，龍門未肯降。何如佳子弟，陸海又潘江。

黄虬

號逸筠，歲貢。

鎖月樓

高樓得月正團圞，留取清輝共夜闌。只恐嫦娥鎖不住，偷將靈藥上雲端。

卷二十

國朝　古今體

鄭祖芳

字和頫，號姬山，爲奉政大夫遵兆季子。原名祖滂，國學生，勑封登仕郎。道光元年，皇上登極覃恩，誥封朝議大夫、户部福建司主事加三級，著有《樂清軒詩鈔》二十卷，《世恩堂文稿》四卷，《彙集外編》十四卷。金華董學豐秋都填諱。

新秋

庭梧一葉飛，瑟瑟秋風起。寒塘浄微波，吟興自此始。天意無炎涼，消息互相倚。何當籬菊黄，采采到栗里。

尋梅

策蹇踏梅徑，寒香發幽島。淡烟籬落外，一枝竹林表。折來明月空，吟殘春色杳。何當積雪中，風味重探討。

遊仙華山

高峰插天勢突兀，峰峰似劍似刀戟。不知造化幾經營，終古茫茫此奇跡。西風颯颯吹衣襟，曉露湛湛濕遊屐。崎嶇鳥道脚力疲，徑仄藤枯沙路滑。疊嶂儵然當面墮，墮下春筍幾千尺。鑄鐵爲索索作梯，踏梯如浪盪空碧。此時欲攀不敢攀，進則一寸退則尺。郤拼性命上層巔，如入層霄生羽翮。隱隱巖灘螺幾堆，渺渺錢江練一匹。其餘山水更何有，培塿模糊分不得。想見帝子此修真，琪草瑶花紛十百。我來何處覓仙蹤，迴首烟雲千載隔。

和金華傅竹溪山長文光青蘿山懷古之作

君不見，青蘿山上松色古，青蘿山下飽風雨。夔巫道遠魂難招，剩有夫人一抔土。太史昔别金華山，選勝挈家來此間。龍門芝園富著作，晴窗曲几開烟鬟。春雨蓬蒿自滿廬，草元亭畔子雲居。學宗濂洛天淵象，文掃班揚糟粕餘。早歲甘爲麋鹿友，脈絡淵源吴與柳。一朝大壑起潛魚，制作朝廷推巨手。我家玄麓山，去此不盈咫。公也年年修禊時，一觴一詠桃花水。此山培塿何足言？地以人傳古如此。鹿洞何殊朱晦翁，牛溪想見文中子。屋上鶯看野雉飛，澤葵碧草滿荒祠。當年小屋曾盈帙，此日斜陽只斷碑。先生來此訪遺蹤，前徽遠矣渺何從。一代文章昭日月，百年桑梓付秋風。懷古何須情不了，冰壺聞道金華好。君家自有蓬萊島，何當着屐同探討。

題畫梅

寒風籬落碧雲岑，滿紙蒼涼白雪深。數點幽香何處到，一分春色此中尋。喚回月下佳人夢，寫出江南故友心。奚必徐熙誇絶技，空庭早已脱塵襟。

同家夢白祖琛雨中出錢唐門泛舟詣天竺

夙昔懷勝遊，有奇必搜剔。矧茲湖山美，夢想未目擊。隔宵既有約，曉飯遂飽喫。興發不可止，微雨方淅瀝。着屐出城闉，聯袂登畫鷁。窗飛出山雲，風送鄰船笛。層波一鏡平，雙槳比箭激。須臾舍舟行，沿岸展眼覿。樓臺霧中明，松杉翠欲滴。嵳峩三天竺，雕甍護文甓。入門優曇香，梵聲猶歷歷。俯仰禪心静，瀟灑塵襟滌。城市苦喧囂，林巒樂岑寂。何當脱泥滓，結廬倚空壁。

十月十三祭宋太史祠

望斷夔巫萬里陰，瓣香此日倍關心。一家祀事斯文在，九世師承舊澤深。麟水波寒猶淼淼，蘿山松老自森森。吾宗後起應誰屬，讀罷殘碑感不禁。

長日

掩映書窗老樹横，天然濃蔭作涼棚。飯因病後餐猶强，夢到多時記不清。卧榻喜無僮僕擾，揮毫空想鬼神驚。眼前祇拾家常話，稿脱匆匆便寫成。

戴東珊太史殿泗枉過樂清軒敬呈

高軒何幸過茅堂，此日瞻韓願始償。絳帳依然寒士業，清襟猶帶御爐香。鳳池文物推前輩，鶴髮林泉話故鄉。只恐蒲輪重下逮，蓬山翹首待鴛行。

喜聞朱甥雅齋禮闈報捷即次令尊南川姊丈元韻四首

文章驚落筆，神妙到毫顛。卷自研朱寫，名從淡墨傳。祥金終躍冶，力穡竟逢年。佇見瓊林會，蜚聲遇集賢。

泥金初報喜，莫怪阿翁顛。衣鉢先人付，簪裾累葉傳。又登龍虎榜，正值馬牛年。令祖松亭先生登雍正丙午舉人，癸丑進士，今甥嘉慶庚午舉人，丁丑進士。此際應浮白，陶然醉聖賢。

多少才如海，沉淪雪滿顛。層霄誰早上，二妙喜偕傳。甥與家雲亭令甥王蔣巖同榜　蓬島三千里，芸窗卅六年。令余誇宅相，嘖嘖魏舒賢。

一言君勿駭，酒罷我尤顛。自古科名重，還須事業傳。紅綾叨此日，青史望他年。不朽三端在，相期紹昔賢。

燈下遣興

山齋寂寂一燈親，葯裹詩囊伴此身。竟夕梅風蒸薄暑，半簾蕉雨滌清塵。書難盡信惟求是，病不輕醫恐誤人。國課自知輸未了，休嫌二月賣絲頻。

寄懷朱甥

千里雲山憶魏舒，燕臺風雨近何如。三年別思隨流水，幾度江邊問鯉魚。

新春詠雪用蘇長公題北臺壁元韻

卧雪何人學宋纖，擬從色相證楞嚴。才名浪説豐年玉，陋室翻堆猗氏鹽。蝴蝶夢中春曬粉，梅花信裹曉巡簷。遥知梵宇凌空碧，空矗浮圖更合尖。

昨夜疏林噪凍鴉，今朝風馬逐雲車。空山有石都成瀑，老樹無枝亦着花。青笠紅衫誰客路，縞衣素袂自仙家。霜髭撚斷銀釭冷，一字吟安手幾叉。

新春詠雪仍用前韻

同雲慘淡雪綿纖，春到人間氣尚嚴。共喜蝗深千尺地，誰憐馬困一車鹽。萬重丘壑冰爲界，十二樓臺月滿檐。枚叟鄒生誰勁敵，梁園勝事鬭毫尖。

高卧山中倦似鴉，漫吟逐馬興隨車。點來蓬鬢絲絲白，壓倒疏林樹樹花。江岸平鋪迷客棹，村烟乍起識人家。茫茫銀海遥無際，何處寒魚手可叉。

七十自述

流光如水逝難還，七十年華一瞬間。人世從他蒼狗幻，生涯懶我白鷗閒。升沉有數憑誰問，寵辱多門每自關。心地無虧吾願足，愚公何必苦移山。

老來意氣自然銷，壘塊無須借酒澆。半世風霜催兩鬢，九天雨露沐三朝。梅開晚歲花應瘦，潮入寒江浪不驕。獨有烟霞成夙癖，攜筇谷口足逍遥。

樗材臃腫負餘年，紅日三竿正好眠。事到關心偏易亂，人於如意信難全。介眉已失齋眉案，老我能忘生我天。欲報劬勞何處報？白雲渺渺隔黄泉。

曾經平地起風波，生世浮沉苦海過。壯不如人空復爾，耄猶故我竟如何！竹松有約偕三徑，書劍無緣老一蓑。莫向西隅嗟薄暮，桑榆尚照夕陽多。

呼兒草草具杯盤，喜遇桐枝集鳳鸞。次孫聯姻　漫笑菜根留客咬，還期蔗尾付孫餐。家傳孝友須牢記，室换門楣且苟完。爲謝親朋休暖壽，老夫面目本來寒。

白頭漸與病爲鄰，孤負青囊一卷經。心欲活人須活己，脈誰分渭復分涇。愁逢薄酒終難解，藥遇庸醫總不靈。人到古稀生未易，且將吟詠當參苓。

世味

黄連最苦白瓜酸，世味深嘗興盡闌。去日已多來日少，濟人容易靠人難。家風淡泊惟詩缽，野性迂疏愧考槃。笑問老夫何所事？浮雲出没等閒看。

戴　聲　字和廷，春塘季弟，郡諸生。

夏日偕同人遊紫林庵

修竹何年寺，巖高六月涼。地無三畝大，草有一人長。客到衣俱碧，僧飢面漸黃。前村方晚爨，歸路趁斜陽。

王祖焯　字學明，號蔣巖，嘉慶丙子優貢，舉鄉榜。丁丑進士，考授咸安宮教習，候選知縣，著有《蔣巖詩文集》。

八詠樓懷古

高樓閲古今，縹緲壓城闕。荒圃自春風，回廊亘秋月。嗟哉休文詩，蒼苔護石碣。當其被褐來，壯心固未歇。一聲䴗鴂草不芳，銅缾露冷桐已霜。孤鴻曉飛驚客夢，旅雁夜唳愁人腸。一麾出守悲如此，一壺金酒故主死。宋令齊守梁僕射，白頭宫女顏有泚。漢宫秦殿年復年，飛屐誰復凌紫烟。登臨未得驚人句，斯樓竟以斯人傳。樓前積翠雲如幕，樓外青山屏似錯。風月雙溪白鷺間，神仙三洞紅霞壑。吁嗟乎！壽光閣中鼠輩多，同人作賊奈爾何？不見紫微劉元靖，高風峻節振頹波。

黄兆開　號寅堂，監生。

采茶歌

山前山後意如何？不覺匆匆穀雨過。最是江南三月半，采桑未罷采茶歌。

賈應鴻

字志飛，號貂山，邑庠生。著有《錦香樓詩鈔》十二卷，《拓軒樂餘詩》十卷，彙編《百朋集》。

春草

即此階前草，青青舊院中。自然有生意，況又得春風。細雨侵濃緑，殘花貼小紅。詩人清坐久，妙思已無窮。

將進酒

神仙老死埋瀛洲，一科蓬底藏王侯。生人飄飄水上漚，活計若作千年憂。問誰打破此關頭，惟有達者逍遥遊。將進酒，歌且謳，杯傾淮泗殺山丘。快飲奚翅三百甌，天爲帳幕月作鈎。醉眠一夢忘春秋，醒來大開雙吟眸，青天白日浮雲浮。

春興

借取江郎筆一枝，春風得意坐吟時。梅如處士香偏冷，杏是名花豔較遲。紙醉何須千日酒，琴言勝讀百篇詩。高歌況有天倫樂，伯也吹壎仲也篪。

樂事園林學放翁，數間茅屋住春風。攀烟柳插池邊緑，避日花澆牆下紅。窗納一峰新霽後，林分半壁午陰中。公然宰相山中得，淺碧紗將姓氏籠。

閒尋

閒尋詩酒伴，偶到水雲村。古樹眠高屋，時花出短垣。山深無馬跡，徑曲有苔痕。側聽書聲好，何人晝掩門。

讀史

祖龍伯翳後，掌火蔑民居。功不下禹稷，天鑒豈忽諸。遲之二千載，併六酬勞劬。世雖苦秦暴，忍不旋踵誅。所以荆軻劍，繞柱戕微軀。子房本智勇，飛椎悞副車。天故緩其死，冥冥相翼扶。祖龍益驕熾，坑儒焚詩書。自是天厭秦，䖶起争吞屠。楚人偶一炬，咸陽成焦墟。火興復火亡，天意巧何如！

西山有薇蕨，夷齊采食之。義不餐周粟，千年留歌詞。商山高峨峨，中乃生紫芝。抱義四老人，高風孤竹姿。西伯久不作，徘徊將焉依？祖龍獨夫耳，采芝樂我飢。雲空嬌鸞鵠，蜕卧馴鹿麋。肯輕千里出，屈辱隴兒嬉。留侯智獨到，苦諍徒爾爲！陰選老優孟，皓髮龐其眉。高皇但耳熟，驚見還復疑。卒巧全父子，真贋何人知。

把鏡

把鏡不敢照，一照一回老。老干鏡底事，不如不照好。

謝鄭竹巖書拙詩裝册

拙作何曾值幾錢？自憐辛苦已多年。癡心擬借先生筆，鐵畫銀鈎字字傳。
九分書法一分詩，幾把分明我自知。好似山陰六角扇，無人識得買羲之。

戴　琮

宗文玉，邑諸生。詩不存稿。殁後，季子萬新搜訪殘詩，僅得數章，編曰《清華軒遺稿》。

蘭江棹歌

一葉輕舟似箭行，水光山色兩盈盈。葫蘆買得蘭陵酒，篷底酣眠江月明。
婺江寂寂枕寒流，細雨斜風送客舟。柔櫓咿啞烟外至，荻蘆驚起夜眠鷗。

秋日偕馬頤亭琛、趙蕁塘定振、家春塘聰日菴謀集清華軒賞菊，春塘有詩，次韻

次第邀團飲，連朝笑口開。平分濃淡色，商議淺深排。我自慚肱折，時方傷臂人多把臂來。東籬

供嘯傲，句爲和陶催。

暨陽雙烈婦詩

烈哉陳陸氏，枉斷遭身亡。歸陳已數月，何得復姓方。肉食何憒憒，判決盡乖張。作伴李氏女，泣愬亦慘傷。勃然多義憤，相對縊蘭房。精誠萬衆仰，節烈千秋揚。天道若有知，奸猾必不昌。我亦何爲者？怒氣鬱中藏。猶冀明鏡照，善惡一昭彰。

戴　浩

字育泉。邑諸生，年僅二十一而殁，子長祚方襁褓。以故詩散失，今搜訪得此數章。

踏青詞

迴風一陣送衣香，笑語聲微隱緑楊。無意今朝天氣好，遨遊原不爲春光。
鴉鬢鸞釵黛淺描，祫衣彌襯楚宫腰。裙邊風惹矜纖手，一捻紅鞋步步嬌。

立夏後三日小園獨步

長日無聊賴，行行小院前。半牆紅影隔，一畝緑陰連。小住餘三日，浮生共廿年。餞春無别物，但解聳吟肩。

新秋感興

鎮日頹雲布滿天，小園風景便蕭然。蟬聲嘶斷渾凄絶，閲歷炎涼又一年。

傷春

紅稀緑暗耐愁看，天氣陰陰尚作寒。閒倚小窗默無語，傷春心事上眉端。

戴祝昇

字長齡，號菊山，著有詩稿二卷。

山城晚眺

平野日將晚，颯然涼意生。夕陽留古樹，秋色淡荒城。岸峻牛羊下，林空鳥雀争。溪山重回首，一帶暮雲平。

秋夜有懷

燈火坐昏黄，清霄引興長。秋風感遊子，終夜夢歸鄉。四壁蟲聲急，高樓雨氣涼。更深誰伴我，桂樹遞幽香。

遣懷

山齋閒卧過青春，節近清和感旅人。身爲營生常作客，心緣多病倍思親。風雲未遂生平願，寒暑頻驚物候新。惟有長歌遣愁思，楊花時點硯池濱。

秋聲

雲烟牢落護西疇，爽籟從教與耳謀。萬壑頓生風雨意，一天寫出古今愁。依依別夢驚孤館，寂寂何人坐小樓？寄慨多情明月裏，歐陽賦筆助清遒。

王守霑

字雨恩，號凝園，郡庠貢生。

補栽菊花

認種分苗春事幽，半栽牆角半池頭。適纔補就東籬空，添上苔陰一色秋。願祝東風加意吹，竹梢扶上一枝欹。工夫閒處偏忙甚，抱甕攜鋤獨往時。

鄭訓宇

字輯啟，號蘿亭，邑增生。著有《蘿亭詩稿》。

漫興

不須帆挂浙江潮，不羡揚州廿四橋。待燕歸來簾未下，惜花萎去水頻澆。婦藏舊釀謀晨飲，樹有枯枝當晚樵。時去時來我忘我，蝸廬項縮也逍遥。

坡公赤壁圖

黄泥畈下萬松稠，赤壁江中逸興幽。一曲洞簫風滿棹，半篷秋夢月隨舟。英雄吴魏墟烟盡，才子文章江水流。斗酒鱸魚清景在，展圖何啻泛觴游。

麟溪竹枝詞 二十首録二

祠寢高懸會膳鐘，三朝食指數千同。淋漓鍼血今何在？鏜鎝遺聲吼晚風。會膳鐘，同居故物，鍼指血係沖素處士，事詳《宋史》。

隻雞歲拜宋先生，痛煞巴巫萬里行。十月清霜蘿岫曉，荒祠葉落聽松聲。宋先生每十月十三誕辰，鄭族紳士詣青蘿山宋祠祭奠。

贈王埜園明經

迂倪寫梅花，道是雲中巧。淵明種菊花，道是霜中老。埜園二者兼，雪花滿頭好。今年甲子周，剛值陽春小。菊花開正遲，梅花開正早。

春夜作

三年讀禮痛難追，又報匆匆禫祭時。春露滿山空有恨，墓門返駕更無期。殘更坐聽烏啼急，負土猶憐馬鬛遲。颯颯凄風中夜感，依然椒酒進盤匜。

初冬雜興

往年冬少晴，今年冬少雨。潦盡空池塘，船行碍商賈。況復嚴霜繁，蕭瑟遍村塢。飛洒忽林皐，昏曉復和煦。栽麥欣老農，編籬欣老圃。

張可煦 號春圃，諸生。

雙桐詩爲王埜園先生作

梧桐競秀翠如幢，分得槐陰罩緑窗。愛爾交柯横玉砌，有人獨坐對銀釭。十年風月心相契，百尺雲霄勢未降。儘有高枝招鳳集，看他翩羽亦雙雙。

龍門移植倚高龐，空井吟餘此亦雙。散卻雲陰連一榻，譜來琴曲自同腔。清風交引通虛閣，秋信誰先報曉窗。翦葉分題高會在，尋盟曹檜愧非邦。

戴　挺

宇立章，號栗莊，郡庠生，殿海伯子，著《栗莊詩鈔》。

秋夜短歌

秋窗瑟瑟秋風鳴，空扉颯沓如有人。更深起步山月落，佇立松桂涼衣巾。平生逸想躭幽壑，遠揖喬松問玄鶴。歸計真須尋玉扃，凌雲不羨巢阿閣。睡足西堂清晝閒，覺來滿目空雲山。雲山縹緲浮高棟，幻想虛無蒼翠間。

齋中偶興

忽忽感懷三十秋，壯心浩落未能酬。琴書自結平生契，詩酒那消千古愁。過眼雲烟同逝水，放懷天地一沙鷗。由來莊叟能齊物，几上南華費校讐。

送春詞

伯勞海燕東西飛，深深簾幕春風歸。十枝五枝花欲盡，南村北村鶯漸稀。眼前蟲雞互得失，角上蠻觸誰是非。富貴神仙俱落拓，搔首柴門心事違。

卷二十一

國朝　古今體

鄭訓憲　字輯章，號景山，邑廩生，爲廩貢生祖鑑次子，又號約齋，著有《約齋詩稿》八卷。

題高士圖

男兒許身褒與鄂，圖形合在凌烟閣。豈知蘿薜傲簪纓，泉石膏肓痼難藥。高士高士何許人？身披野服頭角巾。兀然袒坐老松下，迴空一嘯凌蒼旻。林間茅屋矮而小，風湍雲壑開襟抱。還須添箇抱琴人，一筆更倩霜毫掃。自來真隱談何易？漱石枕流千古事。宦途捷徑開終南，畫師聞之亦酸鼻。君不見，草堂一去周彥倫，猿嘲鶴怨山靈嗔。

朱宮保之錫墓

彭城南下泗淮通，至正河防賈魯功。宮保曾任河師，有《河防疏畧》二十卷。千里安瀾趨海口，萬艘飛粟輓江東。重泉夜冷銀鳧月，衰草秋嘶石馬風。落落乾坤誰繼響，荒祠幾處夕陽紅。

六月中旬屢夢傅竹溪師

九載違提命，鬚眉郤宛然。文章留死後，杖履憶生前。別淚梧枝月，己酉先生言别詩，有『棲鳳借梧枝』之句。歸魂楓樹烟。夢醒醒更夢，夜夜繞重泉。

山雨圖歌爲王埜園先生賦

埜園先生住深溪，溪頭風月清詩脾。課兒小築芝蘭室，愛客新開桃李蹊。草書落落似吴郡，公孫劍器何瀏漓。況兼潑墨意慘淡，力追顛米扳迂倪。贈我山雨圖，墨痕晚猶濕。想見下筆時，山靈入幃泣。愁雲壓谷天濛濛，深林百里人斷蹤。極目幽巖半明滅，猿啼瑟瑟迴凉風。下有江水之浩淼，上有崖石之巃嵸。蒼藤古木氣慘戚，怵惕魑魅愁蛟龍。好手丹青世無數，先生水墨獨奇趣。嘆余癖性耽尋幽，筇竹未到心冥搜。靈山異水道阻修，安得先生筆力遒。爲寫壺嶠與蓬丘，懸挂萬松之層樓。掃榻朝朝恣卧遊。

對菊

老寄東籬下，茲花信晚芳。幾人憐格調，獨自飽風霜。氣味妙於淡，精神非在香。一樽相對夕，小摘佐清狂。

和吴席川登樓之作

紅葉萬山秋，風塵獨倚樓。壯心明鏡裏，客思大刀頭。何日償歸夢，還鄉問釣遊。長空雲漠漠，極望爲君愁。

張可宇

字君有，號藹堂，邑庠貢生。爲布政司理問，邦津伯子，著有《琴軒鼠璞》四卷、《琴軒外編》四卷。

阮孚蠟屐亭

晉代人多癖，誰分劣與優。一時稱八達，雙屐足千秋。建業濤聲遠，明招樹色幽。穹碑剔苔蘚，遺跡至今留。

秋日雜感

藥爐研匣送生涯，瘦減腰圍帶屢移。對鏡年來添白髮，翻書倦或式烏皮。難拚徐邈一樽酒，好作歐陽三上詩。徙倚門前頻遠眺，亂鴉古樹夕陽時。

題遏雲樓用東坡黄鶴樓詩韻寄同社諸友

黶然一陣黑烟發，去年五月不可説。上飛烈燄震雷鳴，下委殘骸泥水滑。六歲女瀕死，委地中。魚貫斧柯破巢卵，鑫擁水漿污羅襪。豈知倏忽到今年，千盞濁醪百工呷。須臾吐氣結蜃樓，芝栱蘭楠向天插。雲樓未成詩料夥，霜重晴開木葉殺。麟水迴環一帶盤，龍峰隱現千尋刹。樓前黛色江茫茫，樓下書聲機軋軋。洩山伸指近可撮，寶掌烟鬟氣先壓。詩人到此豁心胸，快索健毫吮缺齾。高唱入雲驚瘦鶴，香浮茗椀開睡鴨。會當刻燭鎖層樓，勿使詩人走軷霅。

不寐

漫説春宵短，宵長轉奈何。自憐清夢少，惟有苦吟多。風雨頻欹枕，年華慨擲梭。病軀兼母老，何以慰蹉跎。

鄭　栻

字輯推，號敬齋。病劇時有『父母空憐我，功名愧此生』之句。

初稼

野農耕稼重，雲子備晨餐。田少栽秧易，風多戴笠難。溝通添活水，牛健耐春寒。不是犁鋤力，何來肉滿盤。

小園叢菊甚開

寒枝分得自東籬，紫白紅黄種色奇。幽艷未宜時俗賞，高情焉許蝶蜂欺。娟娟浥露添清韻，漠漠流香沁客脾。卻怪白衣人去後，幾回岑寂盞空持。

鄭　棫

字輯音，號樸齋，候補庫大使。工楷書，尤精小篆，又號養齋。著有《步虚齋詩草》二卷。

書齋

小隱園中住幾家，攤書借榻興彌奢。嫩添香橘三分葉，閒養幽蘭兩本花。旭日臨窗紅影透，好山對面緑痕加。清齋清福由來少，會向同人一一誇。

和友人考試元韻

不到名成誓不回，三人同志一齊來。千鈞重任能扛荷，萬丈光芒可擬猜。丹篆吞來徵瑞夢，青錢選去別凡材。脱非領會題真脈，那得臨場生面開。

感懷

欲卻囂塵溷，權爲異地遊。樓高須放胆，户小且低頭。好鳥歌聲碎，香茶霧影浮。阿兄何頻盡，又起故園愁。

記事

浦汭雙溪貫，魚書竟不來。川原睽百里，魂夢近千回。彼美留金諾，伊人候水隈。今朝生鯉到，剖腹急親開。

鄭祖堯

字和勳，號稽軒，又號漢臣，遵鼎伯子，郡諸生。

久雨

村巷聲聲屐齒過，連宵簷漏没莓窠。花憐逐次歸黄土，農苦經旬着緑蓑。去客難留沽酒盡，炊烟時斷缺薪多。鳴鳩未解傷心事，不唤新晴奈爾何。

張鴻藻

字鳳池，號春舫，爲上林令第仲子，邑諸生。著有《春舫詩稿》八卷。

和馬容海綯雲石四詠爲嚴小漁廣文作　有序

石故康熙間查孝廉物，兩廣撫軍吴公所贈也。吴故丐者，孝廉拯之。既顯，迓孝廉至署内，有奇石。孝廉愛之，題曰：『綯雲』。既歸，輦石以送之。事載《觚賸》。馬君得之廢圃中，繫以四詠，并圖石以徵詩。

訪石

幾輩交如石，奇峰約伴尋。三生明約在，一徑白雲深。此日匡廬面，當年漂母金。班荆重話舊，脈脈古人心。

贈石

昔價仇池重，投瓊賤綺羅。奇珍埋溧水，嘉貺又東坡。舊夢留題在，停雲入袖多。生先躭米癖，下拜意如何。

載石

一棹烟江遠，迎來洞裏仙。鷗鷺沙渚夢，人指鬱林船。虹月懷前度，風花感百年。歸裝遲曳櫓，珍重雨餘天。

供石

卧老烟霞客，山房十笏宜。删餘三徑緑，吟對一峰癡。碧雨添新黛，青娥憶舊時。他山寧待借，攻玉有餘師。

偶然作

每笑漢向平，設想殊迂拙。欲作五岳遊，必待婚嫁畢。浮生駒隙過，生年不滿百。堦下茂芝蘭，鏡裏形霜雪。縱有山水興，腰腳已無力。即使遂其願，豈能遍遊歷。所以阮孚嘆，能着幾兩屐。吾偶想到此，興勃不可遏。方寸有五岳，一夜不安席。

硃山書館晚眺

課餘憑眺足從容，負手行吟步轉鬆。宿麥翠翻千罫浪，歸樵青壓一肩松。水雲入畫無凡筆，眉黛撩人有遠峰。漫道新烟佳節近，韶光到眼總愁儂。

鄭訓家

字輯建，號望樓，邑庠貢生，例授翰林院待詔，著有《七松居詩稿》。

苦雨

凄凄連日雨聲悲，值此荒年繫我思。待哺村農愁麥瘮，停梭機女怨蠶遲。補完茅屋仍多漏，典盡春衣不療飢。迴問吟壇花易悴，無由旦暮泛金卮。

秋林讀書圖

秋色横浮清且虚，疏林霞出水雲居。扁舟宛在人何在，隔浦聲聲正讀書。

題家姬山先生三層樓

姬山先生閲世久，低頭每向矮檐走。奚囊充棟格誰擬，愚山瓴甓平地起。忽然現出百尺樓嵌空，瑶臺玉宇無此八面窗玲瓏。一層怡花鳥，一層穩雨風。層層布置興不竭，鈎心鬭角真乃人巧天無工。巖嵐江漲羅清晨，紅霞青靄薄暮勻。奇思闖入廣寒宮裏去，邀落嫦娥停驂駐蹕不許飛冰輪。而我迴憶廿年前，邑侯坐我樓之顛。憑軒曉色仙峰連，未窺玉兔中天懸。古婺城西數明月，此樓多灑名流筆。特嫌鎖鑰下無人，金波容易隨風没。乃知先生意趣遥，乃知先生詩格超。古來驚人拔地諸奇觀，多由胸次澹蕩無塵囂，不然何以齊雲落星諸跡外，絶少傑構干雲霄，獨讓先生挈壺嘯月坐卧層樓高。

黄伯寅

字賓日，號澹菴，旦伯子，歲貢生。

贈鄭姬山先生

小樓風月喜爲隣，鳳泊鸞飄過此身。近市偏忘薪水計，吟詩只覺性情真。慣邀拄笏看山侶，同作眠雲跂石人。今日梅花報消息，嶺頭早放一枝春。

戴拱辰

號晴初，嘉慶癸酉拔貢，考授咸安宮教習，候選知縣，爲直隸龍門縣知縣。聘伯子，著有詩文集若干卷。

山堂十勝

靈山矗雲

家住靈山下，不覺靈山高。回頭百里外，一髮横烟霄。峩眉插天半，飛翠當簷坳。時見雲中君，驂鸞憩其椒。

建溪澄碧

衆山環一溪，溪以山爲色。人家夾岸居，晴漪瀁籬壁。清絶富春江，西流與之接。白鷺翩然來，點破一灣碧。

鳳岡修竹

連岡若鳳形，修竹爲毛羽。天風舞萬梢，常恐山飛翥。林密晝易陰，聲來晴亦雨。德輝倘下來，枝頭實堪茹。

雲門古松

乖龍嬾行雨，化身此潛蹤。託根非泰岱，幸不污秦封。落陰覆絶澗，晴濤寒半空。何時龍上天，雲門雲相從。

後溪樵唱

山家起孤烟，返照亂流上。紅樹隱歸樵，但聞隔溪唱。渡頭遇牧童，飲犢途能讓。林風吹薜衣，餘音繞青嶂。

野碓春聲

鑿田架茅屋，引水懸吕梁。隻輪自旋轉，雙杵互低昂。隔林一星火，終夜聞雷硠。潮聲雜人語，還如上吴艭。

東橋步月

松下横小橋，月照青松頂。幽人橋上來，滿身披松影。清輝久隨人，涼露濕衣領。迥野寂無喧，鸂鶒一聲警。

西潭觀魚

不知夜來雨，西潭春水新。白鷺翹兩肩，沙頭立如人。漁翁撒網來，落紅飛滿身。得魚亦不賣，一醉村壚春。

筆架霏烟

人文盛元明，手筆過燕許。當時架筆山，三峰插秋宇。朝霏榮岫扃，暮靄澹巖户。非烟非不烟，靈氣常吞吐。

金沙練影

鑑溪會湖源，蕩瀁金沙甸。夕陽銜西嶺，平川白如練。拍波鸂鶒飛，入市魚蝦賤。中流來一簿，縠紋尾開燕。

敬題伯父廉訪公溪橋扶老圖

朝看九靈山，暮聽九靈水。溪橋閒往還，歷歷念游履。十七雋黌宫，攬勝金華始。三十歌鹿鳴，湖山訪西子。公車三上京，金焦舟每艤。河聲黛色間，壯觀嘆止矣。四十宴瓊林，詞曹出星使。樓登遼海寬，江下夔巫駛。五載皖公山，淮湖窮渺瀰。三年晉陽城，河山雄表裏。山川非不佳，登臨亦云美。風塵羈宦遊，夢想懷桑梓。拂衣竟遂初，名利如脱屣。童時遊釣區，風景依然是。絹素託深情，山房落棐几。有山即崑蓬，有水便湘澧。矧兹毓醇儒，名蹟著圖史。風流數百年，聞者猶興起。杖藜一瞻眺，清芬深仰止。回首軟紅塵，忙鬧判林市。有田胡不歸，溪山澹如此。

題鄭姬山先生詩卷

格中尤擅七言詩，最愛風流杜牧之。才似先生何不可，騷壇也喜用偏師。

性靈難得此纏綿，多半懷人感舊篇。河溯崑崙海星宿，《欒欒草》是濫觴編。

戴燮元

字和仲，爲山西按察使，聰仲子。早慧，詩文清麗，甫弱冠而殁。

山陽賑

嘉慶乙丑年事

去歲山陽旱，五穀全無秋。皇帝念赤子，發粟如山丘。蠲租復賜鏹，寧濫毋苛求。孰知縣吏貪，竟自爲身謀。不顧鴻雁嗷，翻爲雀鼠偷。大吏防侵斯，使者接道周。使者又貪婪，一一索私賕。彼爲食苗螣，此爲焚齒象。以我空車來，以爾私財往。下民仍哀號，大吏何由訪。乃有李毓昌，受使不敢罔。不肯貪泉飲，遽欲真情上。官吏施酖毒，童僕伏戎莽。所親無在側，奇冤何由償。豈知鬼有靈，歸夢告家人。家人信復疑，未敢以爲真。開棺見血衣，千里叩天閽。天子按劍怒，遞治得其情。斧膏奸吏血，碑封廉吏墳。優詔卹其家，宸章灑翰清。子孫蒙賜籍，門閭表殊旌。嗚呼山陽令，千金易其孫。嗚呼李使君，一死顯其名。寧爲廉吏死，不爲貪吏生。今日稱廉吏，如君更幾人。

洋縣知縣曾孔林殉難詩 嘉慶丙寅年事

秦蜀昔不靖，小醜日跳踉。鄉民各自衛，團練遍城坊。團練雖有功，厥性原强梁。守吏不善制，戎伏旋鴟張。千百聚爲羣，戕吏劫官倉。盜兵蚍撼樹，官軍蝗潰防。彈丸彼洋縣，秦蜀資保障。縣官曾孔林，忠烈今睢陽。西蜀拔萃士，來此綰銀章。守吏驚相告，鼠竄邀偕行。君誓以死守，抽劍斷其鞅。此縣新遭寇，人稀土猶荒。忽聞寇又至，居民盡倉皇。士卒畏鼙鼓，城郭非金湯。殘兵力不敵，敗堞見難搪。十日西門破，巷戰猶裹瘡。鼎鑊備慘毒，罵賊氣愈剛。白刃竟可蹈，碧血嗟誰藏。時有劉尹丞，假道出此疆。竟如許遠來，亦與城俱亡。更有兩青衣，夙昔負奚囊。亦爲忠義死，引領就鋒鋩。孤城兵去後，舉目更荒涼。青燐閃夜月，白骨屯秋霜。妻孥來收骨，邑民來赴喪。忠臣裹馬草，天子錫龍光。子孫賜通籍，建祠配城隍。嗚呼曾孔林，一死何堂堂。

戴榮圭 字玉侯，號戊畦，原名鵬。爲嘉慶丙辰傳臚東珊冢孫，邑廩生，又號惺惺子。著有《尚可磨齋稿》。

讀《國策》詠蘇秦

秦廷不克建奇功，歸説六國欺頑聾。炊珠薪桂取鄉相，函谷十五年不通。斗大金印壓肘後，嫂行匍匐妻顔紅。區區腐鼠安足嚇，君子未遇身固窮。勢位富厚嗚得意，識見毋乃妻嫂同。想見叩關摩闕日，承顔希旨摩鍊工。丈夫也學妾婦道，富貴翻成乞丐風。我讀國策時一笑，醜態盡現文字中。恨煞妻嫂不曾見，轟言季子真英雄。嗚呼，季子豈是真英雄！

終南進士歌

猙獰醜惡者誰子？曷鼻魋顔魌容止。峩其冠，非獬豸，博其帶，非青紫。小鬼聞名拜下風，云是有唐不第鍾進士。進士家世，終南人氏，功名捷徑，終南山裏。峻節昂藏不肯出，去作鬼伯惟鬼使。何人藐此七尺軀，頭簪榴蕚腰縣蒲。豈是學書不成竟學劍，似神非神似俠非俠儒非儒。世人骯髒，羣鬼揶揄，進士叱之，或歌或呼。於是悍其目，皤其腹，寢處其皮食其肉。故鬼啾啾新鬼哭，問爾鬼兮伏不伏？鬼既伏些，進士譁些，肉陣陣些，酒栖栖些，鬼侑曲些，鬼排衙些，嘈嘈雜雜，樂極嗟些，嗟嗟昔日天人策，鬼驚鬼泣鬼辟易，胡然人世棄不收，錦繡文章爲鬼役。毋乃骨奇命亦奇，茁軋故遭紅勒帛，毋乃鬼謀人未謀，信予人厄非鬼厄。我有一快辭，進士姑聽之，非爾謀不臧，非爾數自奇，盲目相，文衡司，藍面鬼，文柄持，黄昏逞伎倆，白晝多魅魎，人行鑞萬笏，爾獨筆一支。鍾進士，癡不癡？

鬭蟻行

莎庭晴日光離離，槐國蟻子羣遨嬉。幺麼自負兼弱智，捕生手如幽燕兒。有時得食反其穴，呼召徒衆行相追。什什伍伍儼行陣，中有渠魁從指麾。蠅頭蚊足獻所獲，或舁或負何纍纍。俄驚有敵壓其境，突起撲噬如交綏。兩渠相持久不下，前者角之後犄之。并力攻寡取自衛，驍勇何異熊羆師。彼軍爲客此爲主，本以逸勞分安危。豈知彼智利薄險，扼我巢穴相臨窺。遂令仰攻不得上，此軍無幾多創夷。嗚呼爾蟻智且勇，孫吴兵法當如斯。花陰日落兩軍散，明朝各自封殽尸。

陳伯玉　號東田，廩膳生。

壽鄭姬山先生

箕疇五福古來難，福到先生别樣看。甘苦鍊身成佛骨，文章壽世勝仙丹。麻延宅相頭銜重，瞤破人情眼界寬。無限雲霞誰管領，須教日日護詩壇。

次友人遊龍井韻

路入風篁一逕幽，槮疏翠樾擁朱樓。泉穿竹筧賡朝梵，葵折松根薦午羞。照閣憑山供嘯傲，片雲化石任淹留。辨才寂後坡仙老，幾度臨風感昔遊。

樓鴻聽　字鹿音，邑諸生。

黄葉即柬友人黄書林

蕭疏幾樹映斜陽，回首槐花一例黄。家在江南圖畫裏，人來城北水雲鄉。青山合與秋容淡，皓月分明着意涼。羡甚著書林下客，不知飈館曙袍霜。

張致峩　號我山，爲明經可字子，邑庠貢生，性孝友，善楷書。

遊山

不上㞘光去，斯遊未盡頭。深山真隔世，好鳥解鳴秋。得句刊新竹，觀潮倚小樓。引人俱入勝，此外更何求。

初晴

彌月陰陰風雨催，今朝掃盡墨雲堆。呼童快把樓頭檻，好就新陽面面開。

王祖逢 字維舟，號春江，邑諸生，著有詩稿。

登高望塔

七層古塔聳城邊，九日登高翠插天。隱約雲對山寺裏，分明霧捲驛樓前。陶公步屧思今日，太史風流憶昔年。是處堪窮千里目，攜朋何必上危顛。

題雙桐書屋詩呈家埜園先生

一院桐陰擁翠幢，蘭庭對植遠紛哤。明知老榦材無偶，偏茁孫枝美獲雙。宿鳳雲中分玉砌，談雞月下共雕窗。兩株好入先生畫，先生工畫山水兼精松竹 妙景都憑筆力扛。

陳靈秀

邑諸生。

五百灘行

五百灘，青蓮句，送人直上金華渡。五里灘，故老語，灘上往來五里許。二説孰是從誰何，黄公惶恐訛傳訛。謂灘險巇山嵯峩，挽舟需入五百多。迴溪水衹三尺波，婺女沐髪粧青螺。皎月欲下窺仙娥，芙蓉花開古鏡磨。水晶之盤旋圓渦，春風蕩宕紋生韡。錦鱗赤尾穿水梭，灘上閒情聞棹歌，似此正復平不頗。

卷二十二

國朝　古今體

張聯星　號雲查，廩膳生，著有《枕善書屋詩草》。

仁風坊歌　坊在金華郡治。

鹿田山外雙溪渡，父老流傳滿行路。曾聞江左有循良，彦伯當年此中駐。憶從吏部守東陽，都門祖道酒一觴。太傅贈行無别物，願持便面助輕裝。袁公受之因起敬，有賜不辭長者命。即當奉此揚仁風，慰彼黎庶施德政。皂蓋朱旛下婺城，陽春有脚郊原行。披拂沍寒成煦嫗，吹嘘枯槁皆敷榮。公餘退食著書稿，花開花落滿庭草。逋税還將書扇償，不聞胥吏催科早。我聞六朝之世尚清談，長揮麈尾民何堪。安得使公建旄節，風行江北與江南。何須障面避塵污，中原戮力可匡扶。仁風坊下仁風起，太守如公古所無。

三賢祠懷古 祠在金華郡學。

吴有四賢堂，四賢皆宋臣。婺有三賢祠，三賢皆婺人。三賢者爲誰？一一標其名。不爲漢三傑，不爲晉三明。憶昔任龍圖，守正持大道。兩省示私恩，面斥吕頤浩。迨夫興南渡，戮力誓勤王。還京二十奏，威聲震北方。更有從北狩，金人括金帛。就義且從容，芳名垂典籍。南宋百餘年，諸君有大功。千古敦名節，心同理亦同。幾回欲奠陳，何物甘且旨。謹採西山薇，酌以汨羅水。

蘭江送虞東筠太守協入都謁選時沈露斯逢恩李仁山百齡兩明府俱會舟中率成贈别

總角論交久，相思雲樹間。君今朝北斗，我暫駐南山。秋老難言别，春歸定賦還。敢云齊伯仲，雲路共登攀。

王翼汝司訓鄰詩品圖 時楚北幕歸應試。

胸無萬卷書，眼無奇山水。古今成敗事不知，兒女之話實可鄙。惟君舊學紹青箱，槐樹清陰蔽日長。家居弱水蓬萊近，海天波濶月蒼茫。昔年挾策西湖住，孤山同訪逋仙墓。邇來泛棹鄂江遊，吴山立馬暫停舟。相逢示我詩品圖，水竹烟花酒一壺。何當飛身領略琴中趣，心與天青雲白一塵無。

黄仲辰 字五亭，爲貢生旦仲子，邑廩生，著有《玉龍詩稿》。

落花聲

無端金粉又飄零，隱約風前響不停。高閣客從香際去，暮春人在静中聽。含情頓覺啼鶯澁，作意偏驚夢蝶醒。惆悵韶華蕭索後，枝頭猶自護金鈴。

王　爕

號次軒，爲明經齡仲子，邑庠生，著有詩稿四卷。

讀陶詩

季春尚閒暇，把卷偶一展。清風徐徐來，倏與情胥遠。借問此何爲，陶公乃獨善。隨分覓所安，理充欲自澹。自從掛冠歸，榮悴非所管。白雲望空馳，飛鳥向林返。萬古匪爲遥，未識於今晚。接米想風徽，披圖足流覽。今我日夕看，長天碧藍染。

寶掌冷泉歌

寶掌之山冠金浦，尋幽選勝自今古。層巒疊嶂相鉤連，不時嵐氣蒸雲雨。上界高接仙華山，下方泚泚流清泉。香甘好比金莖露，承來石罅時涓涓。魚鰕不到水常湧，半壁凝成雪霜重。浮光掩映指生寒，探取源頭神益竦。自來老衲壽盈千，行盡中州數百年。手持一杖握玄妙，大瓢貯月資參禪。更聞深裏吴夫子，乍撥荒林旋挹水。遥從一脈溯淵源，際此風流共標美。攬之真堪滌俗襟，聊資一掬清我心。

閒庭偶詠

晴窗曉氣盪層陰，旁午支吾樹色深。半榻風情容短睡，一簾花影襯長吟。苔痕點點如摹畫，澗水泠泠學鼓琴。知否有人愁日暮，叱耕户外數聲侵。

鄭　瑛　字玉堂，號芸署，廪膳生，著有《玉堂詩稿》。

寒夜懷友人

寶鴨初焚興未頹，空庭夜雨正頻催。坐驚紙帳風聲急，倦倚松窗睡思來。浹背誰憐澆冷水，圍爐空自撥寒灰。何由舊契敲門到，共酌紅螺醉一杯。

送吴雲軒師還滇南　名官前任義烏令。

蒼蒼兩鬢感飄蓬，恩錫榮歸六詔中。繡水琴聲鳴似昨，蘿山冰鑑照能空。天涯芳草抽殘緑，古驛花枝怨落紅。剩有東明新稿在，年年雒誦對春風。師著有《東明山草》。追隨几席歲頻經，忽唱驪歌那忍聽。萬里舟車南北雁，半年風雨短長亭。苴蘭城外歸黄髮，青草湖邊醉緑醽。極目遥天情不盡，綵雲應護老人星。

遊韶光寺

夾道修篁裹，禪關置翠巖。泉飛千丈壁，樹隱大江帆。幽壑哀猿嘯，秋花野鹿啣。山僧相送罷，鐘磬隔松杉。

雜興

園林纔過雨，秋日興偏增。芋紫重生葉，瓜青半死藤。牆陰紛戰蟻，屋角下飢鷹。余自安寒素，闌干醉後憑。

湖上口占

滿湖荷葉青，莫惜荷花未。清風一陣來，葉香勝花氣。

鄭　咸

字輯新，號汭江，郡廩生，爲庠貢生祖漢三子，又號曉山。善行草，得淳化閣法帖，著有詩稿。

題趙敏齋秋林讀書圖卷

隔江瞥見林中屋，中有高人展卷讀。秋雨秋風自掩扉，浮雲世事空蕉鹿。

黄廷謨　字承烈，號維崧，邑庠生。

重修鎖月樓詩爲鄭竹巖姻丈作

豈爲幽棲勝，先人手澤存。留題詩滿壁，問字酒盈樽。依舊花侵檻，從新粉署門。當年觴詠地，往事好重論。

堂構依然舊，憐君修葺之。更無山礙眼，常對月如眉。簷罅因松補，欄横選石支。好尋之字路，把酒共吟詩。

橘樹

交甫名珠孰贈遺，又逢橘樹榜檐欹。白華分綴飄殘雪，緑葉初肥障幕帷。百歲孤蟠根得地，雙叉直上理連枝。他時箇箇團圓好，樂事還看叟弈棋。

黄兆焕　字聖世，號竹西，太學生，著有《半齋遺稿》。

紙鳶

繡閣春閒翦紙鳶，幾回相送上青天。羽毛豐滿應無恨，湖海飄零未有緣。夜雨紗窗心寂寂，曉風柳岸致翩翩。憐他多少風雲志，卻被兒童一線牽。

柬韓堂姪

不肯猶人語最工，近無片紙入郵筒。料因擬作《三都賦》，數載經營慘淡中。

吴秀峰 字思登，號雲巖，庠貢生。

瓦官寺

不見瓦官閣，狂風捲白波。江連三楚遠，僧住六朝多。臺古鳳飛去，洲空鷺獨過。虎頭遺跡在，破屋滿烟蘿。

鍾嘉球 字上獻，號玉書，太學生。

春遊

叢木曉蒼蒼，飛花引興長。鳥聲調玉琯，蟲語奏清商。激浪沙堤暖，題詩石壁香。幽人無限思，遥寄白雲鄉。

徐天眷 號醉竹，邑庠生，年八十餘終。

白石一座郵送鄭竹巖

一座雲根列畫筵，幽人目賞敢陳前。光如玉筍班中選，體似蓮花水上鮮。浄置樓頭分月色，敬供仙像荷清烟。君家鎖月樓有吕仙銅像　倘君欲訂三生約，呼拜何妨仿米顛。

王志湧　字達泉，學純子。

麟溪晚步

逍遥麟水上，清不染纖塵。有毁生讒口，何心問鬬鄰。冰壺常皎潔，秋水自精神。況抱躭吟癖，閒來得句頻。

王志拱　字環中，諸生。

送春

雨中春去太匆匆，七十韶光轉眼空。四面雲山誰是主，啼鶯送盡落花風。

鄭遵泗

字永清，號濟川，又號霽亭，邑庠生，壽八十終。前二載被鄰火之裁，于灰燼中撿獲殘詩，似祝融代爲删存者，計二百數十餘篇。門人族孫琳彙編梓行，曰《霽亭詩鈔》四卷。

重陽會飲東明書院

斜風細雨做重陽，約伴提壺喜欲狂。落帽未登梅嶺里，敲門先造柳書堂。芳筵對菊人俱淡，好酒催詩句亦香。定識題糕有妙手，賞奇還待盡餘觴。

春日黄五亭同家望樓過訪

尋幽元韻事，笑我伴童蒙。爲别麟溪北，來棲蕭寺東。桃花三月雨，柳絮五更風。何日沙鷗侶，相盟烟渚中。

果然風雨後，霽色自天開。滿徑殘花落，敲門故友來。竹爐添活火，春甕煮新醅。斜日方乘興，鐘聲莫浪催。

書館夜歸

吮墨研硃伴小兒，又從桑梓訂新知。明窗浄几三間屋，勝似鷦鷯借一枝。米鹽瑣屑婦支持，書不癡人我自癡。踏月歸來二月半，又添升粟備晨炊。

赴郡途中阻雨宿胡門市

一春能得幾時晴，半日家鄉又阻程。曲岸柳楊喧鳥雀，長途風雨走功名。科頭跣足征人況，香飯新蔬地主情。爲幸蘧廬堪借榻，定然早發婺州城。

愛葵詩步張寄軒山長汝房元韻

爲愛凫葵綻蟹黃，小園日涉領秋光。金盤擎去將成露，鴨掌翻來半拂牆。智在求全能衛足，心無私向祇傾陽。孤高枝幹超凡卉，不數薌林遶屋香。

重陽後五日陪張寄軒山長、朱西巖、張雪帆、家己軒、姬山、香谷到式文爽來軒賞菊重集姬山樂清軒步山長元韻

築得幽齋本絕塵，況逢籬菊殿秋新。曾聞栗里開三徑，重見高陽飲八人。垂老容顔花共瘦，知交心跡酒同真。詒君莫怪予逃席，醉卧南軒記舊因。

壽張雨亭先生邦鈿九十

懷州司馬八十九，耆英高會聯同友。奕世欽瞻九老圖，（家竹巖有九松圖軸，徵詩祝壽）願得高年附其後。今歲先生正届期，方瞳玉面華池口。細寫蠅頭字字工，（先生年至九十，日夜工書，細楷千文，不用靉靆。）牙籤卷

軸不離手。縱然偃蹇老青衿，門生强半膺青綬。戴春塘、確山昆季皆從其遊 脱非時雨化工神，那能桃李敷榮久。尤有鹿門偕隱人，辛勤汲井操春臼。舉案今齊梁氏眉，課兒賢並陶家母。難怪芝蘭杞梓多，成陰吐馥得天厚，天眷善人弗棄無鹽醜，樂清軒下挹和風，存義堂前觴春酒。樂清軒、存義堂俱竹巖别業，累請先生與同人煖壽。 開筵剛值菊花天，佳兒斑舞儕佳婦，先生年逾絳縣賢。先生識邁漆園叟，名山作述壽千秋，立言立德真不朽。

題牛女鵲橋相會圖

睽隔盈盈水一條，全憑烏鵲尾填橋。縱然渡到銀河去，嘉會無多祇半宵。
我亦披圖觸感思，邇來孤況竟誰知。人間天上同離别，不及牛郎會有期。

贈家竹巖

魯戈駐短影，風景故不常。吉人好爲善，翻覺歲月長。從遊四昆仲，白眉爾最良。乃翁交忘年，不拘叔姪行。坐我樂清軒，飲我白玉觴。素心共晨夕，風雨時連牀。燈下得佳句，耽吟夜未央。新詩積盈軸，剞劂揚瓊章。縱歷年華久，此景不能忘。喜爾肯堂構，重修鎖月樓 迺廠東西廂。喜爾精翰墨，直登歐柳堂。喜爾能存義，建存義堂 孝友清芬揚。喜爾好人善，風騷集浦陽。彙輯《浦陽歷朝詩》 搜獲惟仁址，齋中重紀綱。重建惟仁齋書室 閲歷五十年，美舉實難量。慎獨應無愧，省過如未遑。孫子定逢吉，豈但身康强。四月清和節，梅逐雨中黄。揆辰同昌老，綵舞斑衣颺。竹巖與昌老同於四月十四日生辰 巍巍世恩額，鎖月樓上供吕仙銅像并立曹、戴、岳、鄭四友牌位，樓下有方宣亭明府所題『世恩堂』匾額 積善有餘慶。

重至孝泉書屋

舊館離居二十春，喜今重與主賓親。窗前桂柏森森在，認否當時蒔養人。

孝泉書室孝泉濱，書室在孝感泉之南 課讀無多四五人。願得文心清似水，一番波折一番新。

有感

蝸角争名志漸殘，青衿垂老蹶文壇。詩能泣鬼原非易，友到通財愈見難。手足有情知痛癢，糟糠無命歷辛酸。縱思貞性同松柏，奈伴空山受歲寒。

書姬山先生坐石聽泉圖後

一片東山石，好供姬山坐。孝泉聲湯湯，環遶君之左。君也愛吟詩，珠玉安帖妥。詩情泉泠清，詩骨石嵯峩。動静兩相忘，漱枕無不可。君在家風揚，君去樓月鎖。披圖一展拜，使我淚珠墮。安得泉石間，坐君還坐我。

月夜口占

飯餘嘗獨立，對月且憑欄。圓影三更朗，方輝兩地看。課童兼夜讀，垂老怯春寒。好借清明節，閒偷幾日安。

鄭文明

字輯獻，號宜春，秉性勤慎，交友以誠。常館樂清軒，非要事不出齋門，喜吟詠，工書法，功名未就而歿，著有詩稿。

登三層樓

七尺身軀百尺樓，先生位置最高頭。牀分上下曾憐我，雲疊軒窗一縱眸。芳草千畦楊柳雨，香風十里蕙蘭秋。憑欄許乞飛霞佩，也願超騰天半遊。

恭挽姬山伯父四章

一別終千古，斯人竟不留。浮生容我在，問字向誰投。共想摩銅狄，偏驚赴玉樓。銷魂唯此甚，難忘竹林遊。

再見嗟何及，形違是仲冬。風摧君子竹，雪壓大夫松。善理回春術，難留處世容。七旬方匝月，遺恨到芙蓉。

棄盡生前事，長爲地下郎。詩成遺後輩，名出走遐方。七省瑶章祝，伯父七旬壽，詩有直隸、安徽、湖北、湖南、河南、四川及本省凡七省諸公詩郵祝 三朝鳳誥揚伯父乾隆間始入太學，嘉慶間勅封登仕郎，道光間誥封朝議大夫。 公平真福分，永訣最堪傷。

自古非無死，憐公詩興豪。諸孫承古硯，有子慟林皋。墓近雙溪冷，風淒萬木號。音容何處覓？祇許夢中遭。

呈家兄竹巖

竹本多堅節，節堅心自虚。巖亦有介石，石介氣安舒。物理既有然，伊誰能鑒諸。先生性恬定，自號長相如。遇剛不欲吐，遇柔不欲茹。視履而考祥，職思其所居。閥閲兼四代，牙籤滿五車。蓼莪不忍讀，縹帖乃菑畬。所以醉墨軒，恍似張顛廬。奮筆振蓬砂，臨池驚龍魚。觀其矢夙願，梨棗又多儲。剞劂先人集，重刊麟溪書。事皆繩祖武，非以沽虚譽。聲蜚黌序早，國器重璠璵。愧我頑鈍質，不材如薪樗。三載過我長，實行已無疏。今年届四十，薔蘼花滿除。典謁能子任，含飴弄孫咀。自是年復年，風度更蘧蘧。如竹之篸箑，如巖之崎嶇。

友人來

我親筆硯爾桑麻，幾度乘涼到月斜。昔作館鄰今作客，呼童着意煮新茶。

鄭興漢

字奕青，號鷺洲，增廣生，著有《屏山堂詩稿》。

至日尋梅

癯仙品最高，落落多風致。暗香清且幽，疏影淡而翠。吹管動葭灰，銜寒想山意。北枝或落寞，南枝應早媚。果然白梨雲，數點寒光膩。清興一時來，巖腰暫停轡。感此懷故人，道遠不可寄。狂呼老逋仙，斗酒來共醉。

寒溪

寒光透過畫溪頭，水浄潭空滯碧流。兩岸蘆花飛急雪，一灘楓葉夢閒鷗。蘋汀月冷漁歌杳，沙渚風清蟹簖浮。且喜徒杠成有日，行人涉水未須愁。

寒月

星移斗轉夜將闌，玉兔銀蟾共耐寒。縱有熱腸應可洗，儘教冷眼幾回看。霜濃城外鴉聲碎，葉落林邊鵲影單。二十四橋當此夕，也應愁聽玉簫殘。

秋夜家姬山先生過訪東明書院諸同人以詩相質

夜静山齋秋氣融，敲門喜遇老詩翁。憐君刻鵠才何健，愧我雕蟲技未工。月帶霜華三徑白，風寒燈影半窗紅。里歌那解宫商叶，聊博先生一笑中。

采薇行

荒年糧食家家闕，結隊空山采薇蕨。長耜短耒一齊掘，掘徧山巔與山凹。終朝采采不盈掬，亂斫松根及大木。村農得意往而復，山人日夜吞聲哭。

新霽野望

雉隴泥猶滑，烏輪照已過。晒鬚雌蝶瘦，服軛母牛多。魚沫噴珠蕊，蝸涎篆斗科。田家風物好，一氣轉陽和。

枯桑

瑟瑟天風吹未休，令人轉憶養蠶秋。箏彈陌上無人問，此日羅敷也白頭。

卷二十三 續編

國朝 古今體

周爲漢 字蟠東，號箌雲，諸生，著有《枕善齋詩稿》八卷。

村行見杏花始開

山窗昨夜雨濛濛，曉起尋春試玉驄。古屋濃交雙樹緑，破籬低壓一枝紅。明脂有暈初含露，薄粉生寒欲避風。强説禪心沾柳絮，又裁綺語付詩筒。

水月禪院即事

紗櫺六扇屋三椽，蕭淡渾忘五月天。心静不嫌門若市，僧忙翻覺客如禪。鄰園老樹分青蓋，傍砌新苔贈緑錢。懷刺尚聞多觸熱，藤床輸我枕書眠。

獨夜書懷

唧唧草蟲鳴，蕭蕭敗葉聲。寒燈然斗帳，落月照孤城。好夢破難補，閒愁删更生。披衣聊命筆，新句感秋成。

東嶺

送别東嶺頭，遥望東嶺曲。東嶺少行人，鳥啼楊柳緑。

陳　然

字德可，號逸橋，别號了翁，松齡子，邑諸生。習岐黄，工書畫，著有《詩草》，附刊其父詩後，題曰《鳴和詩》，存十卷。

觀倪株山先生手書丹青引歌

少陵詠馬超千古，能使圖畫空中舞。將軍妙筆洵逸羣，應與斯詩並寰宇。畫既逢詩詩數奇，曷逢懷素與張芝。振呼大叫書一幅，連城之寶珍藏之。松烟婀娜兔毫柔，飛鴻舞鳳終難求。紅樓香徑相掩映，丹青豈得傳驊騮。人美香光不離口，我道先生且停手。爲想株山執筆時，先生非左亦非右。

癸卯正月五日病起作此寫真

空知七十四年非，赢得般般世所稀。詩膽文心書畫手，僧頭儒足道人衣。耳聾偏喜聽鶯囀，目瞶還能數燕飛。可有添毫神妙者，與予傳到此真機。

題畫二首

大雨忽然來，水漲三五尺。扁舟破江飛，櫓急嫌江窄。

家住深山裏，門前長板橋。橋東樹枝上，曾掛許由瓢。

醉後

醉我何須一二鍾，人當醉後墨來攻。揮毫欲作張顛草，争道先生又畫龍。

賈應淮

字懷珊，號桐川，應鴻弟，授儒林郎，候選儒學訓導，著有《自娱編》詩稿。

山居即事

更無他念擾幽思，興在花朝與月時。飲每辭筵惟畏酒，齋恆留客請評詩。此間天地分吾小，局外炎涼敢與知。贏得圖書堆滿架，任披經史任歌詞。

舟中

秋江飽借一帆風，秋水秋山畫裏同。醉月不嫌雙槳捷，揮雲且鬭七言工。沙鷗有興陪詩客，舟子隨途問釣翁。聽得鄉音林岸出，回頭伸手急推篷。

湖上口占

銷金鍋裏物華鮮，一刻何難擲萬千。恰好湖光與山色，任從探取不須錢。

昜暲兒赴禮闈

須向東風猛着鞭，知誰工賦日華鮮。蟫心嗜古書爲宅，雁翮沖霄字寄天。染柳三春袍賜寵，生花五色筆争妍。純青煉足紅爐火，身到蓬瀛始是仙。

王可儀

字羽文，號味經，齡伯子，歲貢，授職訓導。善楷書，尤工古文，嘗主月泉書院教，著有《味經齋詩文稿》十六卷，《彙輯古文集》二十卷。

題鄭氏義門古蹟 八首録四

東明山

朝遊山之巔，暮遊山之腳。山腳聽曉鶯，山巔巢老鶴。磊磊古高人，岧岧結飛閣。桃李艷新蹊，雲霞護舊幕。天風鼓清籟，山水自揚摧。千古知音稀，何以慰丘壑。

義門橋

古躅訪旌門，溪中石橋跨。長虹卧碧流，字結闌干亞。傾耳聆波瀾，滔滔日奔瀉。題柱滅蒼苔，剜剔相驚訝。烟霞淡秋晨，花月流春夜。五皓或攜筇，時向雲間下。鄭氏永樂間有麟溪五皓圖軸，今尚存。

懸柏原

晨霞濕幽蘚，淚痕如未乾。斯人不可作，墓木猶丸丸。歛衿拜棘門，凜然肅瞻觀。青松淒以勁，西風掃空壇。慈帷在咫尺，撫墳共嗟歎。黄泉千載下，晨昏問暄寒。

桃花澗 在玄鹿山，八景之一。

問津迷仙源，緣澗覓前武。濺濺曲渚流，蕚蕚春林嫵。懸巖落蕊珠，飛泉灑紅雨。修禊臨潺湲，流觴集賓主。上巳昔時同，斯人今孰伍？摩石剔蒼苔，天葩想傾吐。

金　照

一名際熙，號蘆江，道光戊子鄉舉。嘗主廣學、浦陽、毓秀諸書院教，善楷書，著有《蘆江詩文合集》十卷。

鄭忠智公補祀鄉賢忠孝祠四言四章

一心翼戴，節亮而堅。忠貞貫日，九死徒然。力負羈紲，保主殘年。東南何處？縹緲雲烟。

草莽荒涼，君恩師事。遁跡雲遊，徒衆招忌。同患爲忠，避禍爲智。情慘身孤，望空灑淚。

公卒何日？公葬何方？補鍋穿葛，姓名不彰。惟公大節，稗史傳芳。孝義家世，日月争光。

闡揚幽靈，尸祝社稷。得所憑依，栗木生色。斗嶽仰瞻，馨香不忒。魂兮歸來，招向佛國。

朱能作

字斯振，號雅齋，汭伯子。嘉慶丁丑進士，歷官户部員外郎、江南道監察御史，以母老辭歸，家居二十餘年。著有《蘭臺書屋詩文稿》。

送尹實夫佩珩由御史任杭嘉湖道二首

姓字傳宣下九墀，人才鍾毓溯滇池。批鱗肝胆承先志，繡豸威名動帝咨。君係尹壯圖哲嗣　華國文章來鳳苑，君以辛未内翰改官户部　傳家清白著燕陲。濟時實政須儒士，浙水争看福曜移。

漕節縈持促曉鞭，人間争看使君賢。金隄保障能千古，玉册籌河計萬全。秔稻額輸村路熟，帆檣尾接岸雲連。隼旟龍節臨吴越，我愛甘棠蔭一廛。

黄景賢

字竹林，號躋亭，邑增生。

菊花

栽得寒英傍九重，夕陽斜處影惺忪。槐花著色英華透，桂樹含香氣味濃。字寄泥箋傳帝苑，酒斟金斗醉秋容。如何掛榜天門後，卻與先生籬下逢。

黄效修

字子獻，號仔軒。

詠紅馬耳

蕭蕭老圃怨秋風，點染胭脂奪化工。采得一囊懸馬首，竹披雙耳已垂紅。

黄書林 字簡香，號澮泉，邑廩生。

青蘿山懷古

松翠掩林巒，竹風掃巖壑。昔賢去久矣，青山猶屹若。緬昔至正年，移家此栖託。卻聘竟辭榮，著書自娱樂。金陵王氣鍾，魚龍競奮躍。幡然應幣徵，大展匡時畧。禮樂定明堂，文章擅臺閣。侍從十九年，帝眷良不薄。酒引三觴醉，衣留百歲著。解組賦歸來，重訂田園約。誰料謫夔門，白頭竟漂泊。我來拜祠下，遺徽杳難索。烟埋斷碣寒，雲護層崖削。勝蹟縱留貽，瓣香久寂寞。望古空徘徊，斜陽散墟落。

八詠樓懷古

傑閣壓層城，巋然高百尺。登臨偶寄耳，千載留芳蹟。憶昔隆昌中，此老風流劇。一麾出守來，暫作東陽客。風月遞春秋，鴻鶴共晨夕。舒嘯樓上頭，上下時飛屐。吁嗟事已非，滄桑幾變易。排窗岫色青，繞郭溪流碧。古澤重摩挲，蘚花没碣石。剩有六朝山，終古浮雲白。

講堂洞

紫微烱爍如畫屏，千尋擁出螺鬟青。松間一徑入寒翠，流洑入耳聲泠泠。憶昔先生巖下住，素心常抱烟霞痼。書藏二酉白雲封，洞闢五丁青草護。于今石室埋寒烟，豐碑七尺倒地眠。紫鸞緑翼復何在？欲尋高躅空茫然。茫然高躅不可作，柳簡蒲編滿巖壑。臨風惆悵六朝人，一聲清磬斜陽落。

鎖月樓呂仙銅像

縹緲仙蹤迥絶塵，朗吟惟有劍隨身。岳陽三至無人識，記取層樓百尺新。夜窗唯許月華侵，笑把新詩對月吟。自是才從天上謫，不須仙像鑄黄金。

黄　墉　字子厚，邑庠生。

書館誌别　時館雲禪寺。

半世萍踪問此身，來何证果去何因？蘭亭梓澤無常主，海角天涯盡是鄰。風月不隨緣去滅，雲山定許再來親。諸僧念我休惆悵，他日相逢是故人。

黄幾壤　字封甫。

紅葉

幾林楓葉記秋三，好景勾留約共探。愧我著書憑舍北，君家數樹隔江南。濃迷金粉霜華重，淡卻胭脂曉色含。最是夕陽斜照處，滿塍疏影到寒潭。

黄鼎彝

字二銘，號舉亭，郡增生。

竹牀

記曾截得鳳鸞枝，八尺端詳對户施。消暑真堪留客坐，安眠誰似此君宜。半窗雨過愁秋冷，六月涼生有夢知。占盡瀟湘無限趣，困人天氣日高時。

黄正鑑

字次張，號石珍，邑庠生，著有《寄情集》、《郤愁集》。

壬午九月十六日遊東巖

此地曾經夢裏思，同儕今日幸遊之。數莖秀竹閒幽徑，幾點殘花綴冷枝。寂寂樓臺隨岸曲，層層石壁與山宜。此間真是清虚境，元度何時得再攜。

春日送從姪勝友往石家

春風縹緲白雲浮，把袂依依送遠遊。柳折尊前空自悵，鳥鳴花下爲誰求。願君有志扛龍鼎，愧我無才造鳳樓。立雪程門從此去，何時一棹剡溪舟。

黄律元 字希聲，貢生。

蛛網添絲屋角晴

衮延屋角曬新晴，蛛網絲添鏡漾平。滿腹經綸憑户展，一天羅網拂雲輕。蜻蜓掛處斜還整，蛺蝶粘時縱復横。最是露珠翻顆顆，樓頭摇曳曉風清。

涼篷

何處新涼到，曾因結構工。安排依水緑，掩映蔽雲紅。編竹偏宜雨，披松好納風。晚來人跡少，斜日照疏篷。

黄　庭 號樹蘭，貢生。

桃花水

一泓流水緑波遲，正值桃花夾岸滋。滿徑春深挑菜渚，隔江人詠採菱詩。竹竿斜繫潮平後，畫櫓輕摇客到時。漫説漁郎遊處好，問津端衹在川湄。

梅影

疑向羅浮夢裏開，花枝堪與月徘徊。隔牆動處無人到，惟有春風入夜來。

金洪佐　字國士，號藕廬，能寫山水。

圓明寺

絶頂岧嶤處，嶢夫舊有亭。名賢留宴賞，古刹隱岭峃。瀑瀉僧厨白，山環佛面青。圓明橋上坐，泉奏玉泠泠。

張致寓　號子充。

竹雨

千竿斜護短牆東，聽去蕭疏雨滿空。人在竹林深處住，幾番留客緑陰中。

陳宗泰 號瞻魯。

立秋夜納涼

蟲聲唧唧月明中，聽到無聲四壁空。緩步閒階人盡睡，闌干獨倚待秋風。

王典 號環溪，宇清之孫，歲貢生。

中秋雨後齋中悶甚作此以遣

寒雨連朝賦索居，庭前積水漸成渠。西疇農患禾頭耳，秋甲子雨，禾頭生耳南浦見撈水面魚。簷溜有聲驚斷夢，痴雲不散礙讐書。樹梢安得銅鉦挂，快看陰霾一掃除。

王鎬 號維京，太學生。

雁字

淺水平沙是昔遊，臨池也學晉風流。誰將一抹青烟黛，掃破長空白練秋。直透朔風揮鉄畫，斜拖隴月當銀鈎。醉來欲掣如椽筆，試寫淩雲百尺樓。

遊山偶作

草緑裙腰一帶斜，東風催放小桃花。年來添得清狂甚，也逐香車蹋白沙。

張鵬九 號芝圃，邦鈿子，邑庠生。

無題

十五正青春，盈盈逈出羣。眉長初學月，髪短未盤雲。頰粉何勞傅，衣香不待薰。回眸時一盼，風拂翠羅裙。

觀菊戲題

一回花發一清狂，挈伴重來翫晚香。最愛枝頭浥新露，盈盈浣出美人裝。

芮　虞　諸生。

贈黄永兵

名山大壑貯胸中，笑語還吹閬苑風。一枕羲皇窺玉簡，三杯婪尾妙絲桐。圖書左右誇宗炳，雲水遨遊比陸通。他日宜登高士傳，耳聞目見有誰同。

遊保安寺

福地藏深塢，春遊跨緑灣。磬聲穿竹徑，鳥語出松關。法鏡空無我，流泉去不還。道心從悟入，自在越人寰。

夢遊仙華

卧遊忘卻步東西，少女相逢日欲低。鐵馬臨關瑶草碧，霓裳舞月彩鸞啼。輕刀剖出仙人峡，片石浮來罨畫溪。幾陣秋鴻飛不到，恍聞雲外一聲雞。

遣悶

歲月堂堂去，江山欵欵留。誰憐身世老，不解稻粱謀。撫木悲生意，觀雲倚素秋。愁城攻未得，那厭築糟丘。

張　景

號雲帆，諸生。

晚步山陰道上

曲磴層層踏落紅，清宵勝景有誰同。長湖萬頃風飄岸，峻嶺千重月印空。幾點漁燈漓渚北，一行雁影寶林東。欲尋勾踐興衰事，遥指山川杳靄中。

静悟

静悟先天外，悠悠見物華。風來修竹舞，月到老松斜。逸韻隨流水，閒情付落花。行生觀妙理，不隔一塵沙。

鄭訓烈

字輯武，號鶴川，工岐黄。楚南方宣亭明府題書『儒術天心』匾額贈之。年八十四歲卒。

醉墨軒看菊戲贈竹巖主人

逸態仙姿迥不群，分栽自是屬幽人。名花相對宜名酒，欲醉君家甕裏春。

朱能作跋

癸巳冬，余乞假歸覲，先抵家。一夕，過義門鄭氏外家，見竹巖棣臺書室案上，瑶函手鈔盈篋，問竹巖，曰：『余刻先大夫詩稿，後又續刊《奕葉吟》，以次竣事，此所蒐輯者，爲本邑先哲遺詩。其有流傳佳什，必録之，今始成編。』余曰：『君不見世之稱著述者乎？或託風雲月露之章以自矜風雅，或侈誕幻虚荒之説以自炫新奇，或伏磈礧於胸中薄前古後今之論，或寄逍遥於世外遑憤時嫉俗之談，孰若此述而不作，信而有徵，可以表彰前哲，可以嘉惠後儒，可以徵吾邦文獻之原，著述有加於是者乎？』且竹巖平日工行草、精篆隸，所臨唐碑晉帖，又無不入神，詩録特其一斑耳。余今受讀之，時歷四朝，得詩若干卷，至詩之品格標詣，宜就正於方家，余曷敢有所評隲哉？今將是録而推廣之，且以待繼竹巖而起者，未嘗不深望吾浦之大有人也。書此而爲之跋。愚表兄朱能作雅齋題於蘭臺書屋。

鄭遵泗跋

昔楊敬之有愛士癖，見人文章，諷玩不釋手，此結習所不可解者也。竹巖之待士，蓋亦有之。生平雅愛先哲之詩鈔讀，幾無虛日。如吾鄭氏《奕葉吟集》，竹巖續輯，獨梓而新之，詳加考訂，兼附近今詩章，亦云盛矣。然猶僅爲一家計，未及闔邑計也。因念《金華詩録》有云：『金華之詩，莫盛於浦陽。』恐琲璣之散失，疏刻小引呈送同人，彙諸先哲之片楮長篇，欲以付梓，何其勤也。此又非敬之所可彷彿者也。是役始於道光癸巳，越數年而成，集曰《浦陽歷朝詩録》二十二卷，吾以知竹巖愛古之深心，且以嘉竹巖之癖之大有功於名教也，獨浦陽云乎哉！族友生遵泗霽亭氏，時年八十，題於書種堂。

鄭榮美跋

古有不朽者三，立言其一也。乃有不必自立言而於人之立言者，不憚瘁心力以求之。將人所立之言，莫不賴其心力以傳，則斯舉不又在立德立功中哉！如義門竹巖先生者，爲詩人姬山封翁哲嗣也。前數年，余宦遊過登其堂者二次，見斯録適方始事。洎壬子余乃忝居東明講席，因得與先生朝夕聚首，促膝談心。見是録已付剞劂，將告竣，請而讀之。其諸詩之寫性抒情、揚華擷秀，種種妙處，諸公品之詳矣。蓋以是録自宋以至國朝合有三百餘人，爲詩約計千餘篇，分二十二卷，并有續編補遺若干卷。先生之心力不可謂不瘁矣。昔人云：『能傳人一二首詩者，其功德爲無量』，然則先生斯舉，其功德爲何如耶？余近亦欲編《嚴江詩存》，搜輯十之一二，勉策心力，以效先生之功德焉，惜有志而未逮也，是爲跋。遂安宗愚弟榮美樗仙氏拜題。

張致崆跋

姨丈竹巖先生，搜輯《浦陽詩録》，付之梓人。工竣，授余讀之。余惟我浦風騷昌於存雅，踵生其間者，若吴、若柳、若戴、若宋，英英才傑，如仙華五峰與浦陽爲終始，洵千載一時也。嗣是以來，風流不墜。撚髭聳肩之侶，或刊有專集，或散見各集，類皆研精覃思，駸駸乎入諸大家之室。顧作者如林，非連而屬之，無以知時代之後先，萃鄉邦之文獻。先生性耽風雅，篤念先賢，體不類分，人以時次，凡著於編者，口吟手鈔，得如千首，□繼思夫藏山有作，人往名留，耿耿幽光，愳將滅没。爰是冥摎博訪，遍告同人，遺墨索諸世家，傳鈔得之同好，寸璣尺錦，不棄零星；排比成編，都爲一集。雖律以大雅，尚待别裁，然先生不以選政自居，故不曰詩選，而曰詩録。始事於癸巳，告成於丁巳，由宋元明以迄於國朝，得廿有三卷，計千有百首，堪與《浦陽人物》一書抗行，厥功甚偉。余因之有感焉。我浦之爲縣，置自唐天寶中，而簡首于、梅諸公並皆北宋時人，則自盛唐以逮五季二百餘年間，豈無一二人賡唱喁于震當時而傳後世？而乃名章□句，闃寂無聞，是豈詩教大昌之代風行邊徼，轉不行於吾浦耶？抑當日採風搜佚無其人，任其湮没不彰耶？然則宋以前之詩之未入録者正多矣。是録之鐫，烏可□哉！咸豐八年歲次戊午仲秋月姻愚姪張致崆謹跋。

圖書在版編目（CIP）數據

浦陽歷朝詩録／董雪蓮，徐永明點校. —杭州：浙江大學出版社，2016.10

ISBN 978-7-308-14931-0

Ⅰ. ①浦… Ⅱ. ①董… ②徐… Ⅲ. ①古典詩歌—詩集—中國 Ⅳ. ①I222

中國版本圖書館CIP數據核字（2015）第171560號

書名 浦陽歷朝詩録
編纂 〔清〕鄭 楙
點校 董雪蓮 徐永明

責任編輯 宋旭華
責任校對 張小苹
封面設計 項夢怡
出版發行 浙江大學出版社
（杭州市天目山路148號 郵政編碼 310007）
（網址：http://www.zjupress.com）
排版 杭州金旭廣告有限公司
印刷 浙江印刷集團有限公司

開本 十六開
印張 二十五·五
字數 三四〇
版印次 二〇一六年十月第一版 二〇一六年十月第一次印刷
書號 ISBN 978-7-308-14931-0
定價 四八〇圓

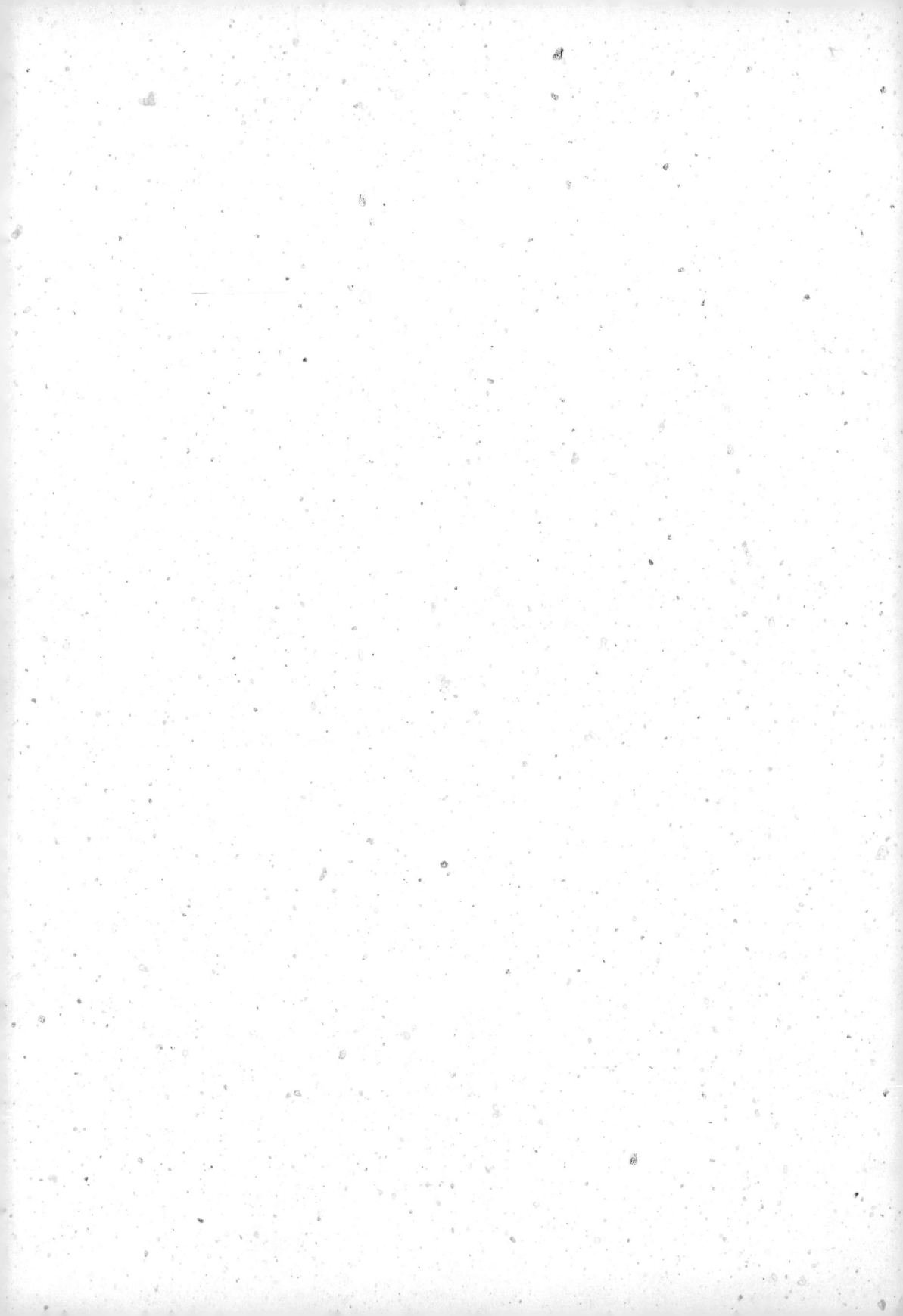